Himmelherrgottsakrament

Xaver Maria Gwaltinger ist im bayerischen Schwaben aufgewachsen, hat Germanistik, Theologie und Psychologie studiert und lange in Frankreich und Australien gelebt. Das Allgäu ist aber seine Heimat geblieben.

XAVER MARIA GWALTINGER

Himmelherrgott-sakrament

Ein Emil-Bär-Krimi

ALLGÄU KRIMI

emons:

Bibliografische Information der Deutschen Nationalbibliothek
Die Deutsche Nationalbibliothek verzeichnet diese Publikation in der Deutschen Nationalbibliografie; detaillierte bibliografische Daten sind im Internet über http://dnb.d-nb.de abrufbar.

MIX
Papier aus verantwortungsvollen Quellen
FSC
www.fsc.org
FSC® C083411

Umschlagmotiv: Montage aus Screeny/photocase.de, mauritius images/Martin Zurek
Umschlaggestaltung: Nina Schäfer, Tobias Doetsch
Gestaltung Innenteil: César Satz & Grafik GmbH, Köln
Lektorat: Carlos Westerkamp
Druck und Bindung: CPI – Clausen & Bosse, Leck
Printed in Germany 2017
ISBN 978-3-7408-0180-9
Allgäu Krimi
Originalausgabe

Danke an Carlos Westerkamp, der »Himmelherrgottsakrament« gründlich, kritisch, scharfsinnig und kreativ in vertrauensvoller Zusammenarbeit lektorierte.

1 Absturz

Das Leben ist kein Gefühlsallgäu.

Doch.

An diesem Sonntag war das Leben ein Gefühlsallgäu.

Kaiserwetter.

Der Grünten, der Wächter des Allgäus, mit seinen tausendsiebenhundertachtunddreißig Metern glänzte im Sommersonnenlicht. Majestätisch.

Er spiegelte sich ruhig im See von Tal.

Der Parkplatz am See, auf der Moosbacher Seite, gegenüber von Tal mit seiner schmucken Barockkirche St. Marien, war schon vormittags überfüllt.

Kinder spielten am Wasser.

Windsurfer surften bei milder Brise über den See.

Männer saßen an den Bierbänken beim Kiosk und zelebrierten Frühschoppen.

Frauen in Mini-Bikinis stellten ihr eingeschmiertes Gesicht in den günstigsten Einfallswinkel der Sonnenstrahlen. Augen geschlossen.

Es stank nach Sonnencreme.

Sonnenbrände zeichneten sich auf rosa Schweinchenhaut ab.

Luftmatratzen, Campingliegen, Kühlboxen, Sonnenschirme.

Ich hatte die uralte Frotteemütze, ein Erbstück meines Vaters, auf dem Kopf, die Allgäuer Rundschau vor dem Gesicht, ein T-Shirt an. Ich hasse Sonnenbrand.

Die Kirche von Tal läutete. Mittagsläuten.

Am Himmel zog hin und wieder ein Heißluftballon dahin. Hoch oben. Erhaben.

Ich vertiefte mich in meine liebste Gesellschaft, die Zeitung.

Eine Buchbesprechung. Ein Allgäu-Krimi. »Kruzifix«. Der Besprecher fand ihn »schräg«, was immer das heißen mochte. Ein Artikel berichtete besorgt über das Kuhsterben, das unerklärliche. Vor ein paar Tagen hatte ich so eine Kuh auf der Weide gesehen. Aufgeblasen wie ein Luftballon. Die Läufe himmelwärts. Die anderen Kühe grasten unbewegt um sie herum, als wäre nichts passiert. Müssen ein dickes Fell haben, die Kühe, dass sie neben einer toten Mitkuh seelenruhig grasen können. Erinnerte mich an meine Zeit im Krankenhaus. Schon Jahre her. Vier Jahre. Eine Ewigkeit. Ich konnte nie begreifen, wie die Schwestern und Pfleger mitten in dem Mief von Scheiße, Urin, Bettschüsseln, Desinfektionsmitteln in aller Herrgottsruhe Brotzeit machen konnten. Mein Appetit verließ mich jeden Morgen bei Dienstantritt am Haupteingang, wartete und holte mich nach Feierabend am Hauptausgang wieder ab.

Ein Raunen ging durch die Bademenge. Die Köpfe der Kinder, Väter, Mütter drehten sich alle in eine Richtung. Zeigefinger zeigten in die Luft. Augen weiteten sich. Münder öffneten sich und blieben offen. Erste Schreckensschreie.

Nein!

Entsetzte Gesichter.

Männer sprangen von den Bierbänken auf, schütteten die Weizengläser um.

Frauen öffneten die cremeverschmierten Augen, vergaßen, ihre Bikinis zuzumachen.

Dann Stille.

Entsetzte Stille.

Entsetzliche Stille.

Ich wandte mich um, in die Richtung, wo ein Rauschen herkam. Es wurde immer rauschiger, und ich sah:

Ein Heißluftballon senkte sich auf den See.

Immer tiefer.

Die Gasflamme zischte feindselig.

Der Korb darunter schlug fast schon auf dem Wasser auf.

Es spritzte.

Der Ballon ging in Flammen auf. Der Korb versank.

Der Ballonstoff brannte, es zischte, dampfte.

Der Ballon war abgetaucht.

Über der Absturzstelle stand eine Rauchsäule.

Kinder heulten.

Mütter beruhigten.

Väter telefonierten mit ihren Handys.

Das einzige Motorboot am See röhrte und nahm Kurs auf die Rauchwolke.

Die Wasserwacht.

Das Martinshorn der Feuerwehr.

Der Polizei.

Der Sanitäter.

Das Rattern eines Hubschraubers kam näher.

Der Badeplatz wurde evakuiert.

Für die Rettungskräfte.

Falls es noch was zum Retten gab.

2 Supervision

Montagabend.

Supervision.

Die Pfarrerin von Füssen, Melanie Spielrein.

Zu Recht hieß sie Melanie. Wie ihr Vorbild, die Melanie Klein aus England, die große Psychoanalytikerin. Die Pfarrerin Melanie war auch klein, schön und hemmungslos. Sie konnte über sexuelle Perversionen so locker reden wie andere Frauen über Tupperware.

Sie war nicht nur Pfarrerin, sie war auch Therapeutin. Seit einem Jahr nahm sie regelmäßig Supervision bei mir. Weiß Gott, warum. Vielleicht fühlte sie sich sicher bei mir: Ich hatte keinen Ehrgeiz mehr, etwas zu werden oder aus anderen etwas zu machen, ich war in keiner Kirche mehr und kein Mitglied von irgendeinem psychoanalytischen Inzestinstitut. Mit einem Wort: jenseits von Gut und Böse.

Wir saßen uns im Dachzimmer der Biselalm diagonal gegenüber, das Zimmer mit dem Schild »Schreibstube«. Die Biselalm ist ein altes Bauernhaus mit alten Zimmern. Über Tal am See. Auf tausendsiebzig Metern über dem Meeresspiegel.

Sie hatte Notizen, aus denen sie vorlas. Von ihren Behandlungen. Mir wäre lieber gewesen, sie hätte mir einfach erzählt, ohne Notizen. Kommt mehr raus dabei. Vom Unbewussten. Aber ich erinnerte mich daran, dass ich jahrelang auch mit Notizen zur Supervision gegangen war. Als ich die Notizen nicht mehr brauchte,

brauchte ich die Supervision auch nicht mehr. Wenigstens nicht die für die Ausbildung. Dann fing ich an, Psychoanalytiker zu werden. Nach der Ausbildung.

Alles das lag noch vor der Kollegin Melanie, sie war erst Mitte dreißig.

Sie wischte ihr langes blondes Haar aus dem Gesicht mit den braunen Rehaugen, setzte sich ihre Brille auf die Nase, die einen kleinen Höcker hatte, und fing an, mir vorzulesen. Erinnerte mich an Barbra Streisand. Die Nase.

Ich fing an, mich zu langweilen.

Das war neu.

Was war bloß los?

Sie las wie geistesabwesend.

Einen toten Text.

Einen Totentext.

Mir fiel absolut nichts dazu ein.

Ich war wie hirntot.

Zum Glück brachte sie immer mehr Details, es ging um eine Frau, deren Mann fremdging und die sich fragte: Was hat die andere, was ich nicht habe?

Ich schaute verstohlen auf die Uhr.

Erst eine Viertelstunde vorbei.

War die Batterie leer?

Meine Batterie im Kopf war leer.

Ich sagte in einer Notizenpause: »Das ist die übliche Frage jeder Frau, die betrogen wird: Was hat die andere, was ich nicht habe? Wie wirkt denn die Patientin auf Sie? Fehlt ihr etwas – oder fehlt Ihnen was, von dem Sie denken, andere haben es?«

Die Fragerei hatte nur einen einzigen Zweck: die Zeit totschlagen.

Melanie Spielrein übernahm ihren Teil der Totschlagarbeit, sagte: »Sie wirkt auf mich … einfach verzweifelt, sie zweifelt an sich, sie fragt sich, was sie falsch gemacht hat …«

»Verstehen Sie, warum ihr Mann fremdgeht?«

Sie reckte sich auf, schaute mir frontal ins Gesicht, sagte: »Ja. Natürlich!«

»Warum denken Sie, geht er …«

Ihre Augen wurden wässrig, sie senkte ihren Blick auf ihre Notizen, kramte ein Tempo hervor, schnäuzte sich.

In meinem Hals war ein Knoten.

Mir war zum Heulen zumute.

Sie schluckte, putzte ihre Nase.

Wir schwiegen.

Ich sagte: »Irgendwas ist heute anders … komisch … Ist was Besonderes?«

Sie fing an zu weinen.

Sagte: »Ein Patient von mir ist heute nicht zur Stunde erschienen.«

Ich sagte: »Das kommt hin und wieder vor …«

»Ja, schon. Aber … ich hab Angst um ihn …«

»Dass er sich umbringt?«

»Nein … dass er schon tot ist.«

Sie schaute auf ihre Armbanduhr.

Ich sagte: »Ja, die Zeit ist um.«

Sie atmete auf. Wir verabschiedeten uns mit Handschlag, wie immer, ich hörte sie die Treppen hinuntergehen. Mit jeder Treppenstufe tiefer schluchzte sie lauter.

3 Ebola

Dienstagmorgen.

Ich konnte es nicht erwarten, bis es sieben Uhr war.

Sieben Uhr morgens. Wenn die Welt noch in Ordnung ist.

Ich stand vor dem Kaufhaus von Tal. Tatsächlich stand in goldenen Lettern »Kaufhaus« über dem Tante-Emma-Laden. Wie »Kaufhaus des Westens«. Es war die Tal-am-See-Version von Lafayette, Printemps oder Le Bon Marché in Paris. In Miniatur. Es gab alles, was man zum Leben brauchte, sogar Luxusartikel. Zum Beispiel frische Brezen, frische Semmeln. Das war's dann auch schon mit dem Luxus. Der Rest war Konserven, Ketchup, Senf, Beuteltee, Zucker, Mehl. Pappkartons mit ein paar Zwiebeln, Kartoffeln, Äpfeln.

Sogar die Kunst war vertreten: Ansichtskarten von Tal, Tal am See, Segelboote auf dem See von Tal, die Kirche von Tal, Neuschwanstein, Rinderporträts.

Ich studierte sie.

»Guten Morgen«, sagte die Seniorchefin vom Kaufhaus, »was soll's denn sein?«

Ich dachte: Neuigkeiten über den Ballonabsturz am Sonntag.

Ich sagte: »Zwei Brezn, bittschön.«

Sie nahm die blanken Finger, ohne Schutzhandschuhe oder Greifwerkzeug, wischte sie an der speckigen Küchenschürze ab, langte in den Korb und steckte die Brezen in eine weiße Tüte.

Ich sagte: »Eine Zeitung ham S' nicht zufällig?«

Ich wusste, dass sie keine Zeitungen hatte, man muss sie bestellen, die Zeitung, spontan gab es sie nicht, die Dienstagmorgen-Allgäu-Rundschau.

Nein, hatte sie nicht, sie erklärte mir, was ich schon wusste.

Ich sagte: »Mich hätt nämlich interessiert, ob da noch was rausgekommen ist mit dem Heißluftballon-Unglück am Sonntag. Waren Sie auch dabei?«

Ich konnte mir nicht vorstellen, dass sie mit ihren weit über siebzig sonntagvormittags mit ihrem Mann, noch weiter über siebzig, am Badesee war und als Zeitzeugin dienen konnte. Sie war nicht exakt der Bikini-Typ. Sie trug eine Kleiderschürze.

Sie sagte: »Wir waren nicht drüben an der Badestelle. Aber wir haben die Sirenen gehört, die vielen, und sind dann schnell raus. Aber wir haben nur noch den Rauch aufsteigen sehen.«

»Sogar ein Hubschrauber von der Polizei war da!«

Sie sagte: »Der hat auch nichts mehr genützt. Der hat halt den Rauch von oben gesehen.«

Ich beugte mich vor, vertraulicher Ton, sagte, leise, als wären wir an einer Verschwörung beteiligt: »Weiß man denn, ob jemand ertrunken ist oder wer oder wie oder was?«

»In der Zeitung steht, man weiß nix!«

»In der heutigen?«

»Nein, in der gestrigen. Die heutige kommt erst am Mittag. Mein Mann ist in Kempten, einkaufen, und bringt die Zeitung mit. Aber schauen S', da ist die gestrige.«

Sie schlug eine Zeitung auf. Etwas heruntergekommen, die Zeitung. Beim Mittagessen gelesen. Fettflecken. Brösel. Braune Flecken. Blaue Flecken.

Ich sagte: »Hat wohl gestern Sauerbraten mit Blaukraut gegeben … und danach Kaffee und Streuselkuchen?«

Sie schaute mich erstaunt bis entgeistert an: »Ja, richtig, woher wissen Sie das?«

»Steht in der Zeitung!«

»Ach Schmarren. Sie nehmen mich bloß auf den Arm. Aber tatsächlich, Sauerbraten mit Blaukraut …«

Ich schaute ernst, sagte: »Nein, im Ernst, ich hab da so einen siebten Sinn … Manchmal seh ich Sachen, die andere nicht sehen. Hab ich bei den Schamanen gelernt. Am Amazonas.«

»Ich hab denkt, Sie sind in Rente auf der Biselalm.«

»Ja, seit drei Jahr … Aber was steht denn in der Zeitung? Sicher ein Artikel über das Unglück vom Sonntagmittag.«

Sie, begeistert, setzte ihre Lesebrille auf, hielt sich die Zeitung mit der Speisekarte von gestern vor die Augen und las im Tempo von Analphabeten beim Lesewettbewerb: *»In den Mittagsstunden des gestrigen Sonntags glaubten die Badegäste in Tal am See ihren Augen nicht: Ein Heißluftballon flog über den See. Er verlor plötzlich an Höhe und stürzte vor den entsetzten Männern, Frauen und Kindern in die Tiefe. Beim Aufschlag auf der Wasseroberfläche explodierte der Ballon, ging in Flammen auf und versank mit dem Korb in den Fluten. Rettungskräfte in großer Zahl – Sanitäter, Notärzte sowie Angehörige von Wasserwacht, Feuerwehr und Notfallseelsorge – waren in wenigen Minuten vor Ort. Die Suche nach Überlebenden, unterstützt von einem Polizeihubschrauber, verlief ohne Ergebnis. Die Unfallursache ist noch ungeklärt. Die Ermittlungen der Polizei gehen in alle Richtungen.«*

Sie nahm triumphierend ihre Lesebrille von der Nase.

Ich sagte: »Dankschön fürs Vorlesen. Eigentlich nix, was man nicht schon weiß, wenn man dabei war. Aber Sie …« Wie hieß sie? Frau Kaufhaus? Ich schaute auf die Pappkartons mit Zwiebeln, Kartoffeln, Äpfeln – auf jedem stand mit schwarzem Filzstift: »Rottach/Tal« – und versuchte mein Glück: »… Frau Rottach …«, ein Lächeln huschte über ihr Gesicht, »Sie, Frau Rottach, wissen doch mehr als die Zeitung und wahrscheinlich sogar mehr als die Polizei … Sie reden doch mit jedem hier … Sie sind keine Hellseherin, aber eine Hellhörerin!«

Sie schaute, als wüsste sie nicht, was sie von meinem Kompliment halten sollte, schnaufte durch, sagte dann: »Man hat, soweit ich weiß, noch niemanden gefunden. Sie wissen auch nicht, nach wem sie suchen sollen.«

»Waren Taucher da?«

»Ja, aber die haben auch nix gefunden … Ich mein, keine Toten.«

»Vielleicht war niemand in dem Korb drin, die hätten sicher um Hilfe geschrien, die hocken sich da doch nicht ruhig auf den Boden und warten, bis der Ballon eine sanfte Wasserlandung macht …«

»Ja, wahrscheinlich war niemand drin, da ham S' schon recht, die hätten sich gemeldet.«

Oder sie waren tot, er, sie, alle.

Dachte ich.

Sie redete weiter: »Aber das Interesse an dem Ballonunfall hat schon nachgelassen. Ob da jemand umgekommen ist oder nicht … Wenn niemand vermisst gemeldet wird, ist es ja auch wurscht … Was die Leut hier grad wirklich umtreibt, sind die toten Kühe.«

»Wirklich? Was für tote Kühe?«

Ich erinnerte mich an die aufgeblasene Kuh mit den Läufen nach oben, die Herde graste um sie herum.

»Es werden immer mehr, ein halbes Dutzend sind es jetzt schon, beim Waltl-Bauer …«

»Und an was verrecken die Küh?«

»Das weiß man noch nicht. Der Tierarzt weiß es auch nicht, jetzt untersucht ein Labor die toten Kühe und was sie fressen … Manche sagen, es ist ein Virus.«

Ich warf ein: »Vielleicht Ebola?«

Sie lachte. Schaute mich von oben herab an, obwohl sie einen Kopf kleiner war, sagte: »Ebola, das kriegen doch bloß die Gorillas im Kongo.«

»Vielleicht ein Allgäu-Ebola-Virus?«

»Noi, noi, die finden das schon raus. Hoffentlich bald. Sonst sind dem Waltl-Bauer seine Küh weg, und dann ist er weg. Er lebt davon. Jetzt, wo er erst vor Kurzem so viel neue Wiesen dazugekauft hat.«

»Dann geht's um seine Existenz!«

»Richtig.«

»Der arme Mann!«

»So arm ist er auch wieder nicht. Er ist …«, sie senkte ihre Stimme, »… nicht beliebt.«

»Warum nicht?«

»Weil er so gierig ist. Er will der größte Milchkuhbauer von Tal sein. Kauft alles auf. Ruiniert mit seinen Milchpreisen die anderen Bauern … Er verschenkt bald die Milch!«

Die Türklingel klingelte wie bei der Wandlung in der Kirche.

Eine jüngere Frau trat ein.

Sie schaute mich an, erstarrte.

Ich auch.

»Du?«

»Ja, i.«

Es war Toni.

Sie sah furchtbar aus.

Verheulte Augen.

Ringe drunter.

Das T-Shirt verkehrt rum an, innen war außen.

Überhaupt: derangiert.

Wir hatten uns schon lange nicht mehr gesehen. Antonie. Die Witwe vom Anton. Wir hatten ein Geheimnis miteinander. Wir wussten beide, wie ihr Mann, der Anton, umgekommen war. Alle dachten vor drei Jahren, als es passierte, er sei im Schlaf von einem Feuer überrascht worden. Das war auch die Version, die die Polizei ins Protokoll aufgenommen hatte. Und es war nicht verkehrt. Aber es war nicht die ganze Wahrheit. Die kannten nur Toni und ich.

Unsere intime Geheimnisbeziehung war vor drei Jahren von Turbulenzen geschüttelt worden. Toni hatte eine Partnerin, die Johanna, und beide lebten in einer WG, offiziell, in Wirklichkeit waren sie ein Lesbenpaar. Vor drei Jahren war diese Partnerschaft auch in Turbulenzen gekommen, weil sich Johanna eine kleine Auszeit von der schwulen WG genommen hatte.

Mit mir.

Das Ergebnis war Emily. Unsere kleine Tochter.

Ich sagte: »Ich bin grad am Gehen, ich muss zu meiner Alm hinauf, ich hab's eilig, sonst brennt die Milch an.«

Toni fragte: »Welche Milch?«

Ich sagte, lächelnd: »Die Milch der frommen Denkungsweise.«

Drehte mich um, hörte Toni zur Frau Rottach sagen: »Manchmal isch er nicht recht im Kopf.«

Die Geschäftsfrau sagte: »Vielleicht hat er den Ebola-Virus.«

Toni schnappte: »Eher BSE. Rinderwahnsinn.«

Ich ließ die Ladentür hinter mir ins Schloss fallen.

4 Abfall

Johanna und Toni wohnten im Messnerhaus, neben der Kirche. Sie teilten sich den Messnerdienst für den Pfarrer.

Der neue Pfarrer.

Er war noch nicht lange da.

Ein Jahr und ein paar Monate.

Aber alle mochten ihn schon. Oder immer noch.

Ich ging am Messnerhaus vorbei.

Sollte ich anläuten?

Brauchte ich nicht.

Johanna hängte die Wäsche auf im Garten.

Ich trat ungefragt durch die Gartentür, sagte: »Grüaß di!«

»Was willst denn du hier um die Zeit?«

»Eigentlich wollte ich nett begrüßt werden, aber das hab ich wohl schon verpasst.«

Sie sagte, unwirsch: »Ich hab heut keine Zeit für Nett-Begrüßen, und überhaupt, nett … mir ist nicht nach nett.«

»Nach was ist dir dann?«

»Durch die Hauptstraß springen und laut ›Scheiße‹ schreien. Danach ist's mir.«

»Hoi. Isch was passiert?«

Sie hängte wild entschlossen die Wäsche auf, nutzte die Wäscheklammern wie Waffen.

»Nix ist passiert. Es ist einfach die Scheiß-Stimmung. Nicht zum Aushalten!«

»Mit dem Pfarrer?«

»Nein, mit der Toni. Ich hab denkt, es ist wieder vorbei … Wie wir zurück waren von Australien, da hat sie getobt, ich hab's dir ja erzählt, aber dann ist es wieder gegangen, und dann ist der neue Pfarrer gekommen und mit ihm die gute Stimmung …«

Johanna hatte ihre schwule Beziehung mit Toni wieder aufgenommen, nach unserem Hetero-Intermezzo, und es schien alles im Lot zu sein. Ich sagte: »Ich hab die Toni im Kaufhaus gesehen. Sie schaut furchtbar aus. Wie frisch aus Fukushima nach dem Reaktorunglück. Weiß du, warum sie so von der Rolle ist? Hat sie ihre Tage?«

»Schmarren. Bei euch Mannsbilder sind es immer die Tage, wenn ein Weibsbild nicht funktioniert.«

»Was ist es dann?«

»Sie führt sich so auf, weil der Pfarrer nicht da ist.«

»Ist er in Urlaub?«

»Ich weiß nicht, wo er ist. Toni weiß nicht, wo er ist, keiner weiß, wo er ist.«

»Und wie lang ist er schon weg?«

»Am Samstag ist er fort. Am Sonntag war eine Vertretung da.«

Ich erinnerte mich an meine aktive Kirchenzeit, als Pfarrer, sagte: »Das ist aber ungewöhnlich. Normalerweise hält ein Pfarrer noch seine Messe am Sonntag und geht Montag in Urlaub.«

»Die Toni sagt, am Sonntag hat er Geburtstag gehabt, da wollt er einen Ausflug machen.«

»Und, hat er einen gemacht?«

»Keine Ahnung. Auf jeden Fall ist er nicht da …«

»Und die Toni heult sich die Augen aus dem Kopf, als wär's ein Stück von ihr.«

»Was für ein Stück?«

»Ach, das ist aus einem Gedicht. ›Der gute Kamerad‹. Der fällt im Krieg.«

»Und was hat das mit dem Pfarrer zu tun und der Toni?«

»Vielleicht sind sie auch zwei gute Kameraden. Kamerad und Kameradin. Wenn die Toni zum Beispiel eine Auszeit nimmt …«

Eine senkrechte Falte legte sich zwischen die Augenbrauen von Johanna. Eine scharfe.

»Eine Auszeit von was?«

»Auszeit von schwul. So was soll's ja geben.«

Johanna wusste nicht, ob sie lachen oder sonst was tun sollte.

Ich legte nach: »Euer Pfarrer, der ist doch ein stattlicher Mann. Keiner, den eine Frau von der Bettkante schubst … Und dafür, dass er aus dem Norden ist, kann er ja nix.«

»Ich weiß es nicht. Seit unserer Geschichte mit Australien ist sie jedenfalls arg komisch und nervig geworden, die Toni.«

»Hat sie denn eine Vermisstenanzeige aufgegeben?«

»Die in der Polizei wollten keine Anzeige aufnehmen. Sie haben gelacht und gesagt, wenn sie jedes Mannsbild, das zwei Tag nicht heimkommt, als vermisst aufnehmen müssen, hätten sie nix anderes mehr zu tun … Und jetzt ist sie runter ins Kaufhaus zur Frau Rottach, weil die weiß immer alles. Mehr wie die NSA.«

»Den wievielten Geburtstag hat denn euer Hochwürden Hanno von Hardenberg gehabt am Sonntag?«

»Zweiundvierzig.«

»Ein Mann im besten Alter.«

»Warum ist grad zweiundvierzig das beste Alter?«

»Ein Mann ist immer im besten Alter.«

Sie lächelte. Dachte an etwas Schönes, offenbar. Ihre Augen leuchteten.

Ich legte meine Hand auf ihren runden Hintern, sagte: »Kommst wieder einmal hinauf, auf meine Alm? Alte Erinnerungen auffrischen?«

Sie schaute mir in die Augen. Gerade. Direkt. Sagte: »Spinnst jetzt? Ich muss heut Abend in den Elternabend von der Schul.«

Ich war überrascht. Es waren gerade Ferien. Ich sagte: »Es sind doch grad Ferien, oder?«

Sie errötete, sagte: »Tanzschul.«

»Macht die Tanzschul jetzt auch schon Elternabend?«

»Ja. Inklusion sagen sie dazu.«

»Aber dein Ältester, der Alain, ist doch nicht behindert?«

»Manchmal bin ich mir nicht sicher … Ach, lass mich in Ruh!«

Ich ließ sie in Ruh, sagte: »Wenn des so ist, dann pfüadi!«

Ich war schon halb aus der Gartentür, da machte ich den Columbo, drehte mich um, sagte: »Hast du eine Ahnung, wohin der Pfarrer an seinem Geburtstag einen Ausflug machen wollt?«

»Nein. Ab und zu ist er weggefahren, er hat bloß gesagt, nach Füssen, aber wo genau und was er da vorgehabt hat, weiß ich auch nicht.«

Ich setzte ein ernstes Gesicht auf, gab den Seelsorger, sagte: »Ich mach mir Sorgen um ihn. Ich kenn ihn zwar nicht gut, aber wir haben schon ein paar Halbe miteinander getrunken, und da hat er mir gefallen. Er hat einen guten Zug. Aber er hat auch was Schwermütiges gehabt … Du, Johanna, macht's dir was aus, wenn ich einen Blick in sein Amtszimmer werfe? Vielleicht hat er was geschrieben, oder man findet einen Hinweis.«

»Aber …«

»Ich bin ja ein Kollege von ihm … Und du gehst mit, damit ich nix anstell.«

»Aber die Toni …«

»Die erfährt nix, das geht schnell.«

Johanna zögerte einen Augenblick, ich sagte: »Wart net bis heut Abend …«

Sie lächelte und ging mit mir ins Pfarrhaus.

Das Amtszimmer war poliert und stank nach Bohnerwachs.

Viele Bücher.

Ungelesen. Dem Aussehen nach.

Großer dunkelholziger Schreibtisch.

Eine Bibel lag drauf.

Was auch sonst.

Die anderen Sachen standen wohl in der zweiten Reihe der Regale.

Die interessanten.

Ich sagte: »Ich glaub, hier ist nix zu finden.«

Neben der Bibel lag ein Kalender.

Der gleiche, den ich auch benutzte. Brunnen-Kalender.

Ich warf einen Blick hinein.

Viel stand nicht drin.

Am Samstag stand drin: »Fü: MS«.

»Fü: MS« stand auch vorher am Freitag, neun Uhr, Mittwoch, neun Uhr, Montag, neun Uhr.

Am Sonntag, seinem Geburtstag, stand drin: »Ke. HLB. 6.00«.

Johanna schaute mich fragend an, sagte: »Hast was gefunden?«

»Nein, nix, lauter Hieroglyphen.«

»Dann schnell, gehen wir wieder, ich will nicht, dass die Toni –«

»Ich schau bloß noch schnell in die Bibel hinein, da ist was gelb markiert, wo sie aufgeschlagen ist. Wahrscheinlich für seine Predigt was …«

Ich beugte mich über die Bibel, las den gelb markierten Text: *Wer aber einen dieser Kleinen, die an mich glauben, zum Abfall verführt, für den wäre es besser, dass ein Mühlstein an seinen Hals gehängt und er ersäuft würde im Meer, wo es am tiefsten ist.* Matthäus 18,6.

Seltsam.

Was sollte das?

Und eine Lutherbibel dazu?

Wollte er konvertieren?

Johanna sagte noch mal, ungeduldig: »Gehen wir!«

Wir gingen.

Ich ging den schmalen Teerweg mit den platt gefahrenen Kröten hinauf zur Biselalm, in meine Dachstube.

Grübelte.

5 Selbstheilungskräfte

Am nächsten Morgen kam ich erst spät nach Tal hinunter.

Müde.

Heiße Nacht.

Ich war heiß vor Eifersucht. Hatte die Johanna einen Neuen?

Ich sah sie beim Runterfahren.

Sie sperrte gerade die Arztpraxis auf.

Sie war Sprechstundenhilfe.
Teilzeit.
Beim Doktor von Tal.
Dem Neuen.
Dr. August Aichhorn.
Dem Nachfolger von Dr. Siegwart Semmelweis.
Der war an Überarbeitung gestorben.
Genauer gesagt: Herzschlag.
Plus Hirnschlag.
Was den Doppelschlag verursacht hatte, wussten nur Johanna und ich.
Der Nachfolger war noch jünger.
Mitte dreißig.
Single.
Ich wusste, er würde es als Arzt nicht weit bringen.
Nach der Gesundbeterinnen-Affäre war ich bei ihm.
Wegen meinem Knie.
Meniskus.
Er zitierte eine Studie.
Die finnische. Wo sie die eine Hälfte der Patienten operiert haben und bei der anderen nur so getan als ob, und der Behandlungs- oder Nichtbehandlungserfolg war, statistisch, bei beiden Gruppen gleich.
»Alle Achtung«, hatte ich gesagt, »Sie lesen.«
»Ja, wenn grad keine Patienten im Wartezimmer sind, les ich halt.«
»Ich hab die Studie auch gelesen.«
Ich erzählte ihm meine Geschichte. Von dem kaputten Meniskus. Ob ich mich operieren lassen sollte oder nicht.
Er sagte: »Wenn ich Sie wär, tät ich gar nix machen!«
Endlich ein echt guter Rat! Von einem echt guten Arzt.
Er fuhr fort: »Die Natur hilft sich manchmal selber. Wenn Sie sich in den Finger schneiden, brauchen S' normalerweise auch keine CT und keinen Chirurgen und keinen sonst was. Höchstens nähen, wenn's tief ist. Aber zuwachsen tut es von selber.«
»Genau!«
»Vor hundert Jahr hat man auch nicht gleich operiert. Da hat

man gar nicht operiert. Weil man es nicht konnte. Auf jeden Fall das Knie nicht. Man hat halt die Schmerzen ausgehalten und gehofft, es wird wieder besser. Und oft ist es auch besser geworden. Selbstheilungskräfte.«

»Glauben Sie als Arzt an so was?«

»Ich glaube nicht. So was sieht man doch. Jede Wunde heilt. Jede Grippe vergeht nach acht Tag, mit und ohne Behandlung, jeder Knochen wächst wieder zusammen, man muss ihn halt grad einrichten.«

»Und mein Meniskus?«

»Ich tät einfach einmal nichts Anstrengendes. Aber auch nicht einfach gar nix. Jeden Tag ein halbes Stündle laufen. Zeitung holen langt. Runter ins Dorf, wieder rauf auf Ihre Alm.«

»Im Dorf gibt's keine Zeitung.«

»Dann bestellen Sie's halt, dann haben Sie jeden Tag einen Grund, einmal runter- und einmal raufzugehen.«

»Und davon soll mein Meniskus wieder in Ordnung kommen?«

»Jede Woche fünf Minuten länger. Und wenn S' Ihrem Knie noch was Extragutes tun wollen, reiben Sie's mit Enzian ein.«

»Enzianblüten?«

»Schnaps! Hochprozentig. Machen alle Bauern hier.«

Ich machte es genau so. Ein Jahr lang.

Mein Knie war wieder in Ordnung.

Ich spürte noch den Wetterumschwung und größere Anstrengungen, konnte aber wieder zwei Stunden ohne Schmerzen laufen, und das langte. Ich konnte sogar wieder um den See herumjoggen. Langsam.

Das mit dem Enzian habe ich beibehalten. Nur umgestellt von Einreiben auf Trinken. Innere Medizin.

Der Dr. Aichhorn schickte mir nicht einmal eine Liquidation mit phantasievollen Dingen wie:

Beratung, auch telefonisch
Untersuchung
Digitale Bildbearbeitung
Kurze Information, auch telefonisch
Wiederholungsrezept

Porto
Blutbild
Reagenzträger
Untersuchung, Organsystem
Sonografie
Folgesonografie
Medikamentöse Einlage
Intensive persönliche Beratung, auch telefonisch
Latex-Handschuhe
Gründliche Untersuchung
Eingehende Belehrung
Nix.
Deshalb kann aus ihm nix werden.
Aber lesen wird er noch viel können.
Der Dr. med. August Aichhorn.

Im Hinausgehen sagte ich: »Ach, vielleicht wissen Sie ... unser Pfarrer, wo der steckt? Ich schuld ihm noch einen Fuchzger vom Schafkopfen und hab ein schlechtes Gewissen, weil ich's ihm nicht zurückgegeben hab, er war doch Ihr Patient.«

Ich hatte keine Ahnung, ob der Pfarrer Patient vom Doktor war. Einfach mal ein Versuchsballon. Außerdem spielte ich nicht Schafkopf.

Der Doktor verschränkte die Arme vor seiner weißen Arztbrust, sagte: »Über meine Patienten darf ich keine Auskunft geben. Datenschutz. Und Schweigepflicht.«

»Aber jetzt, wo er nimmer da ist, ist er doch nimmer Ihr Patient!«

»Aber ... trotzdem ... Außerdem hab ich ihn nur überwiesen.«

»An wen?«

»An die Frau ... Auch das fällt unter Datenschutz. Sakrament! Ich hab jetzt keine Zeit mehr.«

Er griff demonstrativ nach einem Journal. »The Lancet«.

Ich sagte: »Topjournal! Und in Englisch ... Respekt!«

Er verkniff sich ein Lächeln.

6 Totenglöcklein

Vor dem Kaufhaus von Tal stand ein Polizeiauto.

Ohne Sirene.

Ohne Blaulicht.

Ich drückte mich rum.

Wollte wissen, was die da wollten. Von der Rottacherin. Die alles wusste.

Was auch immer »alles« war.

Dachte, das Kaufhaus ist ein öffentlicher Ort, da kann ich reingehen.

Ging rein, die Glocke klingelte.

Drinnen stand die Rottacherin hinter der Theke.

Mit roten Wangen.

Wichtigem Blick.

Außer Puste.

Großes Kino.

Zwei Polizisten standen vor der Theke.

Er, Mitte zwanzig vielleicht, mit einem Notizblock in der Hand, in der anderen einen Kugelschreiber. Werbegeschenk der Stadtsparkasse Kempten. Mütze auf. Eigentum des Freistaates Bayern.

Daneben sie, Anfang zwanzig vielleicht. Pferdeschwanz. Mütze drüber.

Drei Paar Augen fixierten mich.

Der Polizist, Chef im Ring, sagte: »Wir haben hier eine polizeiliche Vernehmung. Bitte warten Sie noch einen Augenblick draußen.«

Von wegen Bitte. Es war ein Befehl.

Die Frau Rottach rief mir hinterher: »Wir ham's gleich. Und eine Zeitung gibt's heut auch!«

Geschäftstüchtig.

Ich schloss die klingelnde Tür hinter mir, trat vor die Kaufhaustür, die Stufen runter.

Stellte mich mit verschränkten Armen unter das Fenster vom Laden.

Es stand offen.

Ich hielt meinen Atem an.
Um was zu hören.
Hörte Wortfetzen:
»Vermisst …«
»Nein, doch nicht unser Pfarrer … Ja, wo ist er denn?«
»Man weiß es nicht. Drum ist er ja vermisst.«
»Nein, ich weiß von nix …«
»… Brille …«
»… Kollar …«
»… na, so ein Hundekragen eben, was alle katholischen Geistlichen um den Hals tragen …«
»… nein, nix Auffälliges …«
»… Ballon …«
»… Waltl-Bauer …«
»Geizig … Milchpreise … Feinde … aus der Kirche ausgetreten … die Leut sagen …«
Geraune.
Die Kaufhaustür klingelte.
Ich schreckte auf.
Trat auf den Polizei-BMW zu.
Als tät ich mich dafür interessieren.
Sagte: »Krasses Auto!«
Die Polizistin und ihr Genosse schauten mich an, als wäre ich ein Türke.
Er sagte: »Jetzt können S' wieder hineingehen in den Laden. Wir sind fertig.«
Ich frage: »Mit was?«
Sie sagte, schnippisch: »Mit unserer Arbeit. Wir haben noch mehr zu tun!«
Mit einem Ton von: nicht wie Sie, Sie schnüffelnder Rentner.
Wir kannten uns. Von früher.
Sie hatten mich aus der Mariengrotte auf der andern Seite vom See gefischt und dann in die Irrenanstalt von Kaufbeuren gebracht.
Vor einem Jahr.
Ich drehte mich um, trat ins Kaufhaus von Tal, die Tür klingelte, die Rottacherin stand hinter ihrer Ladentheke. Glühte.
Ich sagte: »Sie ham gesagt, heut gibt's eine Zeitung.«

»Ja, hier. Halber Preis.«

»Warum?«

»Mein Mann hat's schon gelesen.«

»Und, steht was drin wegen dem Ballonunfall?«

»Nein, nix steht drin. Die werden halt noch weiter ermitteln. Drum war ja die Polizei da … äh …«

Sie biss sich auf die Lippen. Aber zurücknehmen konnte sie den Spruch mit der Polizei auch nicht.

Ich sagte: »Und was meint die Polizei?«

Sie druckste herum, sagte, trotzig: »Ich hab ihnen bloß erzählt, was ich Ihnen auch schon erzählt hab gestern. Ich stehe unter Schweigepflicht!«

Ich sagte: »Klar. Aber ich nicht. Ich sag Ihnen jetzt, was die Polizei meint. Die Polizei hat rausgekriegt, dass der Waltl-Bauer und der Pfarrer Hardenberg nicht die größten Freunde waren. Im Gegenteil.«

Sie schwieg eisern.

Ich fuhr fort: »Der Waltl ist nämlich aus der Kirch ausgetreten, wegen der Kirchensteuer. Daraufhin hat der Pfarrer ihm heimlich in der Nacht die Kühe vergiftet. Wahrscheinlich mit Restbeständen von E 605.«

»Aber das ist doch ein Insektengift.«

»Es kommt auf die Dosis an.«

Sie schaute wie ein Fragezeichen.

Ich sagte: »Wie viel E 605 man so einer Kuh gibt.«

»Ah so«, sagte sie, »eine Dosn voll.«

»Oder einen Kübel voll. Jedenfalls war der Waltl so stinkig wütend. Irgendwie hat er herausgefunden, dass der Pfarrer am Sonntag eine Ballonfahrt macht. Weil er Geburtstag hat. Er hat dann irgendwas an dem Ballon so gedreht, dass der Ballon abgestürzt ist. In den See.«

»Dann hat der Waltl den Pfarrer …«

Sie war blass geworden.

Käsweis.

Dachte.

Sagte: »Deshalb sind die gleich zum Waltl-Bauer weitergefahren.«

Sie biss sich wieder auf die Lippen. Fragte: »Und woher wollen S' das alles wissen?«

»Ich hab Ihnen doch gestern erzählt, dass ich eine Schamanenausbildung gemacht hab. Am Amazonas. Gedankenlesen. Hellsehen. Solche Sachen.«

Sie schaute mich mit offenem Mund an.

Ich hatte ihr aus dem aufgeschnappten Gesprächsfetzen, die ich vor dem Fenster gehört hatte, eine kleine Story zusammengeschustert.

Und aus meinen kurzen Recherchen im Pfarramt. Der Eintrag im Kalender vom Pfarrer hatte mich auf eine Idee gebracht.

Meine Story war dennoch total aus der Luft gegriffen. Aber hätt ja so sein können. Ich war sicher, bis zum Nachmittag wusste das ganze Dorf die Geschichte.

Ich sagte: »Und die Zeitung?«

Sie schob mir die gelesene Zeitung über den Ladentisch.

Ich zählte das Geld umständlich ab, schob ihr ein paar Münzen zurück. Zwanzig Cent. Zehn Cent. Fünf Cent. Zwei Cent. Ein Cent.

Zwei Münzen fielen auf den Boden, rollten unter das Regal mit den Dosen. Ich ging behände in die Knie, hob die gefallenen Münzen auf, stieß mit dem Kopf gegen ein Regal. Erbsendosen, Sauerkrautdosen, Maisdosen polterten auf den Holzboden, sogar eine Dose mit saurer Lunge war dabei.

Ich stellte die Dosen zurück, sagte: »Große Auswahl, Respekt«, zählte das Geld vollständig auf den Ladentisch.

»Stimmt's?«

»Stimmt!«

Ich drehte mich um, stieß eine Kiste Tomaten um, klaubte sie wieder in die Kiste, riss die Tür auf, drehte mich um, raunzte: »Ich bin kein alter Depp!«

Sie stotterte: »Aber ich hab doch gar nicht …«

Ich sagte: »Sind S' vorsichtig. Ich kann Gedanken lesen. Von den Schamanen gelernt.«

Sie wurde wieder käsweis, wankte. Ihr Mann kam gerade zur Tür herein. Ich sagte: »Ihre Frau wackelt. Es ist besser, Sie fangen sie rechtzeitig auf.«

»Warum?«, fragte er.
Ich sagte: »Sie vertragt die Neuigkeiten nicht!«
Ging.
Das Glöcklein an der Tür klingelte.
Das Totenglöcklein.

7 Tote Kühe machen Mühe

Der Waltl-Hof lag auf dem halben Weg hoch zur Alm. In Biselweiler.

Ich sah ihn. Den Waltl.

Auf seinem Traktor.

Am Rande der Weide.

Kühe weideten, wiederkäuten. Kühe haben vier Mägen. Müssen also ihre Mahlzeit viermal kauen. Ein Konfirmand sagte mir einmal: »Wissen Sie, warum ich so ungern in die Kirch geh? Weil der Pfarrer ist wie eine Kuh. Er liest aus der Bibel und dann kaut er das Gleiche viermal wieder.« Der Konfirmand ist heute Präsident vom Bauernverband. Hat viel von seinem Pfarrer gelernt.

Der Traktor fuhr langsam auf den Weidezaun zu: ein dünner Draht, an eine Batterie angeschlossen.

Die Kühe mieden ihn.

Sie mussten ganz schön schmerzempfindlich sein, trotz ihrer Masse.

Ich hatte es immer mal wieder ausprobiert: So ein kleiner Stromschlag ist unangenehm, aber Zahnschmerzen sind schlimmer. Oder mein Meniskus, wenn es bergab geht.

Ich kam näher.

Der Waltl-Bauer hing hinter seinem Lenkrad.

Düsteres Geschau.

Dann sah ich, warum er so düster schaute.

Es war das, was er hinter sich herzog mit seinem Traktor.

Eine Kuh.

Aufgeblasen.

Die Läufe himmelwärts.

Der Waltl-Bauer und ich, wir kannten uns, aber nur vom Sehen.

Auf dem Weg nach Tal hinunter oder zur Biselalm hinauf nickte ich ihm immer einen wortlosen Gruß zu. Er nickte immer wortlos zurück.

Wenig Worte, viel Herz. Fast schon eine Männerfreundschaft.

Ich blieb stehen, der Bauer machte gerade den Weidezaun auf, ich sagte: »Grüaß di, Waltl-Bauer.«

Er schaute mich an.

Durch mich durch.

Ich sagte: »Schon wieder eine?«

Er nickte. Grimmig.

Ich sagte: »Tut mir leid ...«

Er sagte: »Da hab ich auch nix davon.«

Ich sagte: »Weiß man denn schon, warum die Küh reihenweis verrecken?«

»Noi. D'r Doktor sait, vielleicht ein Virus.«

»Aber dann müsste er ja im ganzen Tal rumgehen, der Virus.«

Sein Gesicht hellte sich etwas auf. Er sagte: »Ja, das sag ich mir auch. Warum erwischt der Virus bloß meine Viecher? Wenn es so weitergeht, bin ich in einem Monat geliefert. Bankrott. Insolvent.«

»Vielleicht finden sie es bald heraus.«

»Hoffentlich. Die mit ihrem Virus ... Die letzten dreißig Jahr war kein Virus da. Und nur auf meinem Hof ... Ich denk alleweil ...«

Er machte eine Pause, ins Gesicht stand ihm bittere Wut geschrieben.

»Was denkst denn alleweil?«

Er zögerte.

»Ich denk, da steckt jemand dahinter. Das ist gezielt. Die ham es auf mich abgesehen ... Die wollen mich kaputt machen. Von meinen zwei Ferienwohnungen kann ich nicht leben. Am Ende müssen wir den Hof verkaufen ...«

Seine Stimme wurde brüchig.

Ich sagte: »Den hat ja schon dein Urgroßvater gehabt, den Hof ... und dein Großvater ... und dein Vater ...«

Er spuckte aus, sagte: »Den wenn ich erwisch, den erschlag ich und schleif ihn durchs Dorf wie die Kuh da, die tote.«

Ich fragte: »Denkst, es ist einer … oder mehrere?«

»Wois itta. Isch auch egal. Ich erschlag einen oder mehrere …«

Wir hingen unseren Totschlagphantasien nach.

Ein Auto näherte sich, Daihatsu Allrad.

Er schien erleichtert.

»Des wird der Viehdoktor sein. Er hat gesagt, er will die Kuh gleich untersuchen, dann findet man vielleicht was. Fürs Labor.«

Der Daihatsu hielt an.

Dem Waltl-Bauer fror das Gesicht ein.

Mir ging das Gesicht auf.

Eine junge blonde Frau stieg aus. Zierlich, aber kräftig, die Rundungen an den richtigen Stellen.

Sie sagte zum Waltl-Bauer: »Da ist ja die Kuh. Dann schaun mer mal, ob wir was finden.«

Der Waltl-Bauer sagte: »Wo ist denn der Doktor?«

Sie lachte ihm ins Gesicht: »Ich bin der Doktor! Der Kollege Mengele hat Urlaub.«

»Aber …«

Der abschätzige Blick vom Waltl-Bauer sprach nur ein einziges Wort: Ein Weib!

Bevor er sich von seinem Kulturschock erholt hatte, hatte sich die Viehdoktorin – Dr. Messerschnitt – zwei Gummihandschuhe übergezogen. Sie reichten ihr bis zu den Schultern.

Sie kniete sich vor die Kuh, fuhr ihr ins Maul, versenkte ihren Arm bis zur Schulter im Hals der Kuh.

Dem Waltl fielen schier die Augen raus.

Die Doktorin brachte aus dem Inneren der Kuh eine Handvoll Grasbrei heraus.

»Aus dem Magen«, erklärte sie, ergänzte: »Aus dem obersten von den vier Mägen. Weiter komm ich nicht hinein.«

Sie stopfte den Grasbrei in einen durchsichtigen Plastikbeutel. Sagte: »Fürs Labor. In Kempten.«

Der Waltl sagte nichts. Er war ganz mit Schauen beschäftigt.

Ich auch.

Eine Wucht, diese Frau.

Sie trat ans andere Ende der Kuh, schob den Schwanz beiseite, sagte: »Jetzt kommt die Scheiß-Arbeit«, lachte.

Griff der Kuh gekonnt in den Hintern.

Ihr Arm verschwand im Inneren der Kuh.

Sie erklärte: »Wir brauchen Material aus dem Magen und Material aus dem Darm fürs Labor. Wir wissen bis jetzt, dass die Kühe nicht wegen Herz- oder Lungen- oder Kreislaufschäden verreckt sind. Es muss was anderes sein.«

Der Waltl-Bauer fragte: »Gift?«

»Schaut nicht so aus. Das Labor hat noch kein Gift gefunden. Auch keinen Virus. Irgendwas ... wo man nicht denkt.«

Ich, Laie total, sagte: »Vielleicht Ebola.«

Die Kuhdoktorin lachte laut auf, ihre Brüste hüpften, sagte: »Wenn die Ebola ham, hab ich Maul- und Klauenseuche. Bei Ebola wird der Träger dünner. Die Kühe sind aber wie aufgeblasen.«

Sie wandte sich wieder einem intelligenteren Objekt zu, nämlich der toten Kuh, und beförderte eine Handvoll dunkelgrüner Kuhscheiße ans Licht der Welt. Sie roch daran. Sagte: »Riecht komisch.«

Hielt dem Waltl den Mist unter die Nase.

»Was meinst denn du, Waltl-Bauer?«

Der war total von den Socken, sagte: »Ich hab noch nie am Mist von meine Küh gerochen.«

Sie sagte: »Wir sind auf der richtigen Spur, Waltl-Bauer. Das hab ich im Urin!«

Lachte.

Zog ihre armlangen Handschuhe aus, warf sie in einen Korb in ihrem Auto.

Griff ins Handschuhfach, nahm eine Schachtel, zog aus der Hosentasche ein Feuerzeug, zündete sich eine Marlboro an, blies dem Waltl und mir den Rauch ins Gesicht, sagte zum Waltl: »Und dann müsst ich noch meine Händ waschen.«

Ich sprang flugs ein, sagte: »Wenn S' wolln, können S' bei mir duschen, meine Alm ist nur fünfhundert Meter weiter!«

Sie schaute mich abschätzig an, ich übersetzte ihren Blick in Klartext: Das tät dir so passen, du alter Wichser!

Sie drehte sich um und dampfte auf den Waltl-Hof zu.

Waltl stemmte die Arme in die Hüften, sagte, bedächtig: »Sakrament!«

8 »Verreck!«

Sonntag.

Ich schaute ungeduldig auf die Uhr.

Warum läuteten die Kirchenglocken nicht?

Es war Sonntagmorgen um neun. Normalerweise läuten die Glocken. Fünf Minuten vor neun.

Vielleicht war die Uhr kaputt.

Ich schritt den schmalen Asphaltweg nach Tal hinunter.

Vorsichtig.

Belastete mein rechtes Bein mehr als mein linkes.

Scheiß-Meniskus. Er meldete sich wieder. Schlechtes Omen.

Egal, wie ich belastete, er zog und stach.

Vielleicht sollte ich die Medikation erhöhen. Zwei Enzian jeden Morgen.

Ein Audi überholte mich. Bretterte hinab.

Formel-1-Tempo.

Meine Nachbarin.

Die mit dem Piercing am Bauchnabel.

Falls sie es noch hatte.

Den alten Audi hatte sie jedenfalls noch.

Wahrscheinlich war sie auf dem Weg zur Kirche.

Nicht dass sie religiös war.

»Warum gehst dann überhaupt in die Kirch?«, hatte ich sie mal gefragt.

»Man geht halt in die Kirch!«

Am Ortsschild leuchteten die Bremslichter auf.

Vor der Kirche standen mehrere Autos.

Vor der Kirchentür standen Leute.

In ihrer Sonntigshäs.

Ich hatte meine auch an.

Weißes Hemd, Trachtenjanker mit Hirschhornknöpfen.
Jeans. Schwarz.
Die Leute waren aufgeregt wie ein Bienenschwarm.
Ich fragte den Erstbesten: »Was ist denn hier los? Warum geht denn niemand in die Kirch hinein?«
Er zeigte mit seinem Zeigefinger auf die Kirchentür.
Ich folgte seinem Zeigefinger.
Blickte auf einen Zettel. DIN-A4.
Schwarzer Filzstift:
»Wegen Krankheit geschlossen.«
Keiner wusste was.
Die Schafe trennten sich von den Böcken.
Die Weiber von den Mannsbildern.
Die Mannsbilder pilgerten in den »Schwarzen Adler«.
Ich auch.
Hockte mich in eine Ecke.
Der Fremde.
Ich.
Da half auch kein Trachtenjanker.
Die rote Maria stellte Biere auf die Tische.
Karten wurden gemischt.
Schafkopf.
»Wegen Krankheit geschlossen … dass ich nicht lach!«
»Was der wohl für eine Krankheit hat, der Pfarrer …«
»Vielleicht eine Geisteskrankheit. Wenn er schon Geistlicher ist …«
Das Lachen blieb aus.
Wortspiele waren nicht die Stärke der Kartler.
»Vielleicht Aids?«
Schweigen.
Nach einer peinlichen Weile: »Der Schlossers Michl müsst's doch wissen, der ist doch Vertrauensmann vom Pfarrgemeinderat … und sein bester Freund.«
Der Schlossers Michl war nicht anwesend.
»Vielleicht hat er was ausgefressen …«
»Und er hat eine Vergiftung … wie die Küh vom Waltl.«
»Nein, mit was ausgefressen mein ich, dass er was angestellt

hat. Unterschlagung oder so was … Die Kirch und das Geld, da weiß man nix gwieß … Ist ja alles schon passiert.«

Ja. Wusste ich. Von der Gesundbeterin her. Ich schaute gelangweilt auf meinen Bierdeckel. Aktienbräu Kempten. Dachte an meine Aktien. Heilige Aktien. Hatte sie von der Beute vom Dr. Semmelweis gekauft. Für schlappe fünf Millionen Euro. Vom Spendenkonto geklaut. Dann christlich geteilt. Unter anderem mit mir.

»Die alte Sau!«

Einer drosch mit seinem Eichel-Trumpf auf die Resopalplatte ein.

Karten wurden wieder gemischt.

»Manche sagen, er kommt gar nimmer.«

»Warum?«

»Weil er nimmer lebt. Der ist bei dem Ballonunglück umgekommen.«

»Aber man hat noch nix gefunden. Keine Leiche. Die Taucher waren da, aber die sind leer wieder aufgetaucht.«

»Vielleicht hängt er im Rohr vom Speichersee, im Abfluss.«

»Glaub ich nicht. Dann tät ja der See überlaufen. Das ist wie beim Abfluss vom Klo. Wenn der Abfluss verstopft ist, lauft's über.«

Kollektives Nicken. Mit der praktischen Physik kannten sie sich aus.

»Oder er hat sich selber um'bracht. Man sagt, er ist bei so einem Psych… Psykater … ach, eben bei so einem Deppendoktor gewesen.«

»Deppert war er net … vielleicht a bissle komisch …«

»Oder er hat so einen Brunzaut gehabt, so was aus Amerika.«

Er meinte wohl Burn-out.

»Du meinst wohl was mit der Prostata. Aber wegen dem Gebrunze bringt man sich doch nicht gleich um … Außerdem war er zu jung für Prostata. So was hat man erst über sechzig.«

Wieder kollektives Nicken.

»Ein Mannsbild im besten Alter!«

»Oder ein anderer hat ihn auf dem Gewissen.«

»Welcher andere?«

Die Tür ging auf.
Im Türrahmen erschien der Waltl-Bauer.
Eisiges Schweigen.
Die gefühlte Temperatur fiel auf Iglu-Niveau.
Ich saß wie in einem angehaltenen Film.
Die Kartler, in ihren Bewegungen erstarrt.
Münder offen.
Atemstillstand.
Der roten Maria rutschte ein Bierglas aus der Hand. Knallte auf den Steinfliesenboden.
Scherben bringen Glück.
»Grüßts euch Gott mitnand.«
Null Echo.
Der Waltl-Bauer hätte genauso gut die Eiger-Nordwand begrüßen können.
»Gib jetzt endlich. Ich will nicht bis heute Abend warten, bis ich wieder eine gute Hand voll Karten krieg.«
Der Bann war gebrochen.
Die Kartler warfen wieder Karten auf den Tisch.
Lustlos.
Lautlos.
Der Waltl-Bauer schaute sich um.
Nach einem Platz.
Keiner rutschte.
Auch nur einen Zentimeter.
Ich sagte: »Servus, Waltl-Bauer. Komm her, da ist noch ein Platz.«
Er zögerte.
Schaute mich dann kurz an, wie ein geschlagener Hund, hockte sich neben mich.
Ich fragte: »Was macht das Vieh?«
Seine Augen wurden wässrig.
Er sagte: »Verreckt!«
»Immer noch?«
»Immer mehr.«
Die rote Maria stellte wort- und grußlos eine Halbe vor ihn.
Ich hob mein Glas, sagte: »Prost!«

Er sagte nichts, lutschte an seinem Bier, als wäre es Jauche.

Ich sagte zur Maria: »Zwei Schnaps. Doppelte.«

Sagte zum Waltl-Bauer: »Wennst nix trinkst, verrecken s' auch.«

Die zwei doppelten Schnaps kamen. Ohne Kommentar. Ohne »Wohl bekomm's.«

Als wäre der Waltl schon wegen Mordes verurteilt.

Er schaute seinen Schnaps an. Dann mich. Sagte: »Stimmt!«

Wir stießen kurz an, schütteten das Zeug mit einem Ruck in den Hals.

Zwei Aussätzige.

Die andern schauten mit keinem einzigen Blick von den Karten auf.

Redeten nicht.

Ab und zu rumste eine Karte auf einen Tisch.

Der Waltl-Bauer hockte da, in sich eingesunken wie ein kalter Kuhfladen.

Ich sagte: »Komm, gehen wir. Ich begleit dich hinauf auf deinen Hof.«

Er seufzte: »Mein Hof … nimmer lang …«, langte in die Tasche nach seinem Geldbeutel.

Ich legte einen Zehner auf den Tisch, sagte: »Das geht auf mich.«

Er kriegte schon wieder feuchte Augen.

Wir gingen raus, die Tür fiel hinter uns zu, kollektives Aufatmen in der Gaststube, man hörte, wie die Unterhaltung wieder Fahrt aufnahm.

»Arschlöcher!«

Sagte ich.

»Elendige!«

Sagte er.

Wir waren zwei Ausgestoßene.

Der Fremde und der Mörder. Ich und der Waltl-Bauer.

»Denken die wirklich, ich hab den Pfarrer auf dem Gewissen?«

»Denken die nicht. Weil die nicht denken können, die Vollpfosten. Sie wissen nix. Wahrscheinlich ist der Pfarrer mit seiner Schlampe auf die Malediven durchgebrannt.«

»Die denken, ich hätt was gegen den Pfarrer. Weil …«

»Weil du aus der Kirche ausgetreten bist?«

»Ja. Ich hab nix gegen die Kirch und nix gegen den Pfarrer, aber ich kann mir keine Kirchensteuer mehr leisten. Deshalb … Ich hab sogar noch ein paar Zimmer überm Stall zu Ferienwohnungen ausgebaut … Man braucht jeden Pfennig … und es hilft alles nix.«

Wir schnauften, hatten keine Luft mehr zum Reden, es ging steil bergauf.

Dann blieb mir die Luft ganz weg.

Wie ich das Anwesen vom Waltl-Bauer sah.

Ich erstarrte.

»Was ist denn los?«, fragte der Waltl-Bauer. »Bist angewachsen?«

Ich verfiel in Schnappatmung.

Waltl folgte meinem Blick.

Sah, was ich sah.

Fiel in sich zusammen.

Auf seiner Hauswand stand, dreckbraun:

Verräter Mörder Verreck!

9 Verschwunden

Sie hatte verheulte Augen.

Wird wohl eine schwierige Supervision, dachte ich.

Sie hockte sich in ihren Supervisionsstuhl, guckte weg. Weit weg.

Wohin?

Schluchzte.

Sagte zwischen zwei Schluchzern: »… immer noch weg!«

Ich dachte: Wer ist immer noch weg?

Ihr Patient? Ihr Hund? Ihr Gehalt? Ihre Periode?

Sie sagte, wieder gefasster: »Mein Mann! Der Carl Gustav.«

»Ich hab gar nicht gewusst, dass er weg war. Ihr Mann.«

»Am Montag ist doch immer sein freier Tag. Und am Montag ist er zum Wandern gegangen. Er ist immer so gern wandern gegangen. Sich vom Schulstress erholen, Religionsunterricht am Gymnasium, das macht ihn manchmal richtig fertig.«

Wieder heftiges Heulen.

Als hätte er sich zu Tode gewandert.

Ich dachte: Vielleicht ist er zu seinem Weibsbild gewandert, und sie sind im Bett versumpft, sagte: »Er hat sich halt verlaufen, hat auf einer Hütte übernachtet, und wenn Sie heimkommen, hockt er am Küchentisch und trinkt sein Bier.«

Sie schüttelte den Kopf, sagte: »Er trinkt nicht. Nie. Nichts.«

»Vielleicht ist er dehydriert, wenn er nix trinkt.«

»Es ist ihm sicher was zugestoßen.«

»Ham S' denn schon bei der Polizei eine Vermisstenanzeige aufgegeben?«

»Ja, das wollt ich, aber die Polizistin hat g'sagt: ›Nicht schon wieder einer. Jeder Hund kommt wieder, wenn er wegläuft. Aber die Mannsbilder ...‹ Ihr Kollege hat dann g'meint: ›Wenn er Hunger hat, kommt er schon zurück.‹«

»Und wenn er abgestürzt ist? Dann können S' ja bei der Bergwacht anrufen.«

»Hab ich auch schon. Die haben gefragt, wo sie suchen sollen, und ich hab gesagt, wo er abgestürzt ist, da sollen sie suchen, und die haben gefragt: Wo hat er denn hinwollen, und ich hab gesagt: Ich weiß es nicht. Er hat nichts gesagt.«

War wohl nicht der Gesprächigste, ihr Mann. Jedenfalls nicht bei ihr.

Ich sagte: »Ja, das beunruhigt am meisten, wenn man nichts weiß. Da malt dann die Phantasie den Teufel an die Wand.«

Sie nickte, fing sich, holte ihren Schreibblock hervor, sagte: »Und mein Patient, der hat sich auch nimmer gemeldet.«

Sie schaute wieder weg, weit weg, als wollte sie ihn in der Ferne erblicken.

Ich fragte: »Meinen S' den depressiven?«

»Ja, der depressive Akademiker.«

Ich dachte, vielleicht ist der auch mit seiner Geliebten durchgebrannt. Sagte: »War er denn suizidal?«

Ein Lächeln entwich ihr.

»Nein, das glaube ich nicht, der ist in unserer Therapie wirklich zum Leben aufgewacht. Am Anfang war er ganz arg depressiv, das wissen Sie ja, wir haben ja den Fall oft besprochen, aber dann …«

Ich warf einen Satz Parteichinesisch ein, um vor meinem Gewissen mein Honorar zu rechtfertigen, sagte: »Ja, da hat eine spontane positive Übertragung eingesetzt, und das hat ihn quasi aus seiner Depression herausgezogen, und Ihre Gegenübertragung hat sich ja auch entsprechend entwickelt …«

Ihre Augen leuchteten, sie sagte: »Ja, die Stunden sind immer lebendiger geworden, und er hat mich direkt angesteckt mit seiner Lebenslust.«

Ich schwieg.

Sie geriet ins Schwärmen, sagte: »Meinte nicht Freud auch schon, Psychoanalyse ist Heilung durch Liebe?«

Ich sagte: »Ja, so ähnlich …«

Meine lauwarme Begeisterung bremste sie nicht. Sie sagte: »Wissen Sie, was ich glaube?«

»Nein.«

»Die Liebe ist das einzige Heilmittel! Theologisch gesprochen ist die Liebe ein Sakrament. Das einzige Sakrament. DAS Sakrament!«

Heilige Begeisterung loderte in ihren verheulten Augen.

Ich sagte: »Sakrament!«

»Schön, dass Sie das auch so sehen.«

Ich sagte: »Das wissen doch die Bauern hier schon lang. Die sagen doch auch ›Sakrament‹, wenn sie sich aufregen … oder wundern.«

Sie neigte sich zu mir, sagte: »Ich verrat Ihnen jetzt ein Geheimnis: Ich arbeite nämlich an einer Promotionsarbeit. Mit dem Titel ›Sakrament‹.«

Mir entfuhr: »Himmelherrgottsakrament!«

»Da staunen Sie, gell?«

Mir wurde die Sache langsam unheimlich. Oder war ich einfach neidisch auf ihren jugendlichen Enthusiasmus? Wechselte den Ton, ganz »Zur Sache, Schätzchen«, sagte, ganz der Supervisor, ganz der Spielverderber: »Um auf Ihren Fall zurückzukommen: Ich hab mich immer schon gewundert, wo die negative Übertragung bleibt, seine negative Übertragung … Vielleicht agiert er die gerade aus. Er lässt Sie einfach hocken, er verlässt Sie. Wie war das mit seiner Mutter, hatte die ihn nicht verlassen – wenn ich mich recht erinnere?«

»Ja, die hat ihn verlassen und ist mit einem anderen durchgebrannt, als er zwei Jahre alt war.«

Ich fuhr fort: »Und jetzt verlässt er Sie, seine therapeutische Mutter – und vielleicht ist es kein Zufall, dass die Therapie bald zwei Jahr dauert –, um Ihnen das anzutun, was seine Mutter ihm angetan hat: im Stich gelassen.«

»Genau!«

Sie nahm ihren Kugelschreiber, schrieb was auf, vermutlich meine brillante Deutung. Jedenfalls die Deutung, die ich gesagt hatte. Nicht die, die ich gedacht hatte: Er ist mit seiner Mutter identifiziert und brennt jetzt mit einer anderen durch.

»Wie alt ist er denn, Ihr Patient?«

»Zweiundvierzig.«

»Und seine Mutter war zweiundvierzig, wie sie ihn verlassen hat.«

Sie blätterte in ihren Unterlagen, sagte: »Woher wissen Sie das? Ich glaub nicht, dass ich Ihnen das gesagt hab.«

Ich sagte: »Es gibt da so eine Theorie, die sagt: Wenn eines der Elternteile, oder beide, ein Trauma erlitten haben, und die Kinder kommen in das Alter der Eltern, wo die das Trauma erlebt haben, dann gibt es bei dem Kind leicht ein Nachbeben. Der häufigste Fall ist, dass zum Beispiel wenn der Vater mit sechzig stirbt, die Tochter oder der Sohn eine schwere Krankheit im Alter von sechzig kriegt. Keiner denkt, dass da ein Zusammenhang ist.«

»Und wer hat die Theorie erfunden?«

»Eine australische Psychoanalytikerin, eine gewisse Averil Earnshaw. Sie brauchen bloß ihr Buch ›Time Bombs in Families and How to Survive Them‹ zu lesen. Wie man familiäre Zeitbomben überlebt.«

Sie notierte sich den Titel. Sagte: »Sie haben mir sehr geholfen. Jetzt geht's mir schon viel besser. Glauben Sie denn, dass er zurückkommt?«

»Wer, Ihr Patient oder Ihr Mann?«

»Beide natürlich«, sagte sie entrüstet.

Aber warum war sie so entrüstet? Was an meiner Frage hatte sie so entrüstet?

Ich sagte: »Am besten beide.«

Sie schaute entsetzt, sagte: »Ja, am bb... bb... bb...esten b... bbb... beide.«

Ich hatte noch gar nicht gemerkt, dass sie stotterte.

Musste wohl die Aufregung sein.

10 Zerfetzt

»Sind Sie der Schleusenwärter?«

Der See von Tal staute sich. Über den Staudamm führte eine Straße.

Oberhalb stand ein Haus.

Mit einem Zaun drum.

An der Eisentür ein Schild: »Betreten strengstens verboten.«

Ich trat ein.

Die Tür war offen.

Ein Mann mittleren Alters saß in Knickerbockern und Polohemd vor Bildschirmen und Apparaten, die blinkten.

Er schaute grantig auf, sagte: »Aus welchem Jahrhundert kommst denn du? Schleusenwärter gibt's schon Jahrzehnte nimmer.«

Ich sagte: »Aber Sie kennen sich sicher aus.«

»Mit was?«

»Mit dem Staudamm und wie der funktioniert, und mit dene Apparate da.«

Ich zeigte auf die Geräte.

»Ja, ich bin Ingenieur. Warum?«

»Weil ... weil ich bin neulich spazieren gangen, übern Damm, schau runter, beug mich zu weit vor, und da rutscht mir meine Brieftasche aus meinem Janker und fallt hinein. Alles weg. Geld. Führerschein, Bankkärtle, Rentenausweis und ein Foto von meinem Enkel ... Das tut mir am meisten weh, so ein netter Kerl, mein Enkel. Er wohnt in Amerika, und ich seh ihn nur einmal im Jahr, und deshalb hab ich immer sein Bild bei mir … gehabt.«

Ich wischte mir eine Träne aus den Augen.

Ich hatte weder eine Träne in den Augen noch einen Enkel in Amerika.

Er schaute mich an, sagte: »Da hast Pech gehabt! Ich bin vor drei Wochen Opa geworden. Ein Prachtkerl. Mir aus dem Gesicht geschnitten. Und g'scheit ist der schon mit seine drei Wochen. Der sieht mich – und lacht!«

Ich nickte, sagte: »Das wird amal ein ganz Großer. Ist der auch in Amerika?«

»Nein, zum Glück net. In Kempten. Das ist zwar auch nicht der nächste Weg, aber es geht schon.«

»Wenn ich wenigstens sein Bildle noch hätt. Was passiert eigentlich mit so einer Brieftasche, wenn die in den See fällt?«

»Kommt drauf an, wo. In der Mitte vom See oder am oberen End sinkt sie einfach auf den Grund und bleibt liegen. Der See fangt ja ganz flach an und wird dann immer tiefer, bis zum Staudamm … Nein, da seh ich schwarz. Die Brieftasche zieht es runter, in den Sog, und dann kommt sie in die Turbinen, und dann ist's aus mit ihr.«

»Zerrissen?«

»Zerfetzt in tausend Stück.«

»Furchtbar! Ich hab die letzten Nächte kaum mehr geschlafen. Ich hab dauernd so einen Alptraum, da halt ich meinen Enkel überm Staudamm, und auf einmal kommt er mir aus und fallt hinein, wie meine Brieftasche … und dann … Zerfetzt?«

Er hatte feuchte Augen. Nickte. Schnäuzte sich.

Ich sagte: »Und wenn ich da hineingefallen wär?«

»Dann wär's dir gegangen wie einem faulen Baumstamm: gehäckselt.«

»Und unten, tät man da noch was finden? Blutspuren, Knochensplitter, Geldscheine …?«

»Theoretisch könnt man noch was von dir finden. Unterm Mikroskop. Aber nicht bei den Wassermassen. Da schwemmt's dich weg wie Schlamm.«

Ich seufzte, sagte versonnen: »Das hätt nur einen Vorteil.«

»Welchen Vorteil?«

»Kommt billiger wie jede Beerdigung.«

Er schaute mich an, als wäre ich reif für die Irrenanstalt in Kaufbeuren.

Ich sagte: »Da muss man durch. Da steckt man net drin!«

»Ja.«

Er wandte sich wieder seinen Apparaten zu.

Ich sagte: »Wie heißt denn dein Enkel? Nein, lass mich raten: Ah … ohhh … vielleicht … Herrmann?«

Sein Gesicht leuchtete wie das von Mose, als er vom Berg Sinai herabkam.

Er haute auf seine Computertastatur, rief: »Ja mi leckst am Arsch, bist du denn Hellseher?«

»Nein, natürlich nicht. Aber mein Enkel heißt nämlich auch Hermann. Allerdings bloß mit einem R. Da ist wahrscheinlich die Schwiegertochter schuld, das neidische Luder.«

»Meiner hat tatsächlich zwei R, mein Herrmann.«

»Dann sag ihm einen schönen Gruß von mir!«

»Mach ich.«

»Pfüadi!«

»Servus.«

Ich trat wieder ans Sonnenlicht, schloss die Bürotür. Auf der stand:

»Herrmann Schlögele, Leitender Ingenieur«.

11 Verliebt

Ich schreckte auf.

Alarm.

Sicher die Intensivstation. Notfall. Sterbefall. Im Klinikum. Würzburg.

Ich sprang auf, knallte mit dem Kopf an die schräge Wand von meiner Dachwohnung.

Merkte: Da stimmt was nicht.

Das Handy blinkte blau. Nachricht. Das stimmte.

Nicht stimmte: Ich war nicht in Würzburg, sondern auf der Biselalm in Tal am See.

Ich war auch nicht auf Bereitschaft.

Seit drei Jahren nicht mehr. Sondern in Ruhestand.

War wohl noch nicht ganz eingesickert in mein Hirn.

Ich atmete tief durch.

Griff mir an den Kopf, spürte den Anfang einer Beule.

Gott sei Dank keine Platzwunde. Nicht dass mir eine Platzwunde was ausgemacht hätte, aber ich hasse die Sauerei mit dem Blut-Wegputzen.

Kein Blut.

Gut.

Das Handy blinkte blau. Ich tappte nach meiner Lesebrille. Jedes Jahr ein Grad stärker. Ich war momentan bei zwei Komma fünf Dioptrien.

»Kann morgen nicht zur Supervision kommen. Krank. M.S.«

Ich erschrak. Hatte sie MS? Oder hieß M.S. Melanie Spielrein?

Wann ist morgen?

Ich drückte nach den Sendedetails.

Gestern Abend dreiundzwanzig Uhr vierunddreißig.

War wohl eine plötzliche Krankheit. Im Schlaf. Schlafkrankheit?

Oder hatte sie sich einfach nur zugedröhnt?

Oder ging sie ihre zwei vermissten Männer suchen, ihren depressiven Akademiker-Patienten und ihren schweigsamen Bergsteiger-Ehemann?

Ich ärgerte mich.

Brachte meinen ganzen Zeitplan durcheinander.

Hatte zwar nur die Supervision am Vormittag auf dem Terminkalender. Aber trotzdem.

Sollte ich ein Ausfallhonorar verlangen?

Ich schaltete den Wasserkessel an.

Espresso in die Tasse.

Aufgießen.

Zigarette.

Vorhang auf die Seite.

Fenster auf.

Kaiserwetter.

Dachte: Wenn das so ist, kann ich mich weiter ärgern oder das Gegenteil.

Im Frühtau zu Berge …

In der Morgensonne erschienen die ersten Heißluftballons am Horizont über Kempten.

Ich packte mein Mountainbike, füllte meinen Rucksack mit Brotzeit, fest und flüssig, ließ es den Berg nach Tal hinablaufen.

Fuhr an der Talsperre vorbei.

Gedachte der Transformation vom ersoffenen Ballonopfer zu Fischfutter. Ob er wohl seine persönlichen Papiere mit sich hatte, beim Absturz in den See? Aber die waren inzwischen laut Ingenieur Herrmann Schlögele auch zu Fischfutter mutiert. Für die Veganer unter den Fischen.

Den Grünten scherte das alles wenig bis gar nichts. Er thronte majestätisch in der Landschaft.

Er war mein Ziel.

Als ich an seinem Fuße in Kranzegg ankam, tropfte ich vor Schweiß wie ein Hecht an der Angel, die ersten Bremsen umsurrten mich.

Gewitter am Nachmittag. Wenn die sich in der Früh schon so aufführen.

Ich stellte mein Bike am Parkplatz ab, unter den SUVs aus München und Ulm und Bregenz und Bozen.

War ja schon eine Menge los am Grünten. Irgendein Land oder Bundesland hatte wahrscheinlich schon wieder mal Ferien.

Die Schule bestand heutzutage vorwiegend aus Ferien.

Ich setzte zum Aufstieg an, eine schmale Teerstraße, sie führt direkt zur Grüntenhütte. Bergsteigen für Sandalenkletterer.

Nach einer halben Stunde hatte ich schon den totalen Überblick. Rettenberg. Immenstadt. Sonthofen.

Mein Allgäu. Meine Dauergeliebte.

Ein paar junge Kerle auf Mountainbikes überholten mich.

Ich beneidete sie.

Nicht um ihre Jugend.

Sondern weil sie auf dem Fahrrad auf den Grünten fahren konnten. Im Schritttempo, sie keuchten, aber stiegen nicht ab.

Meine Zeit dafür war wohl schon vorbei. Mein Traum, einmal

im Leben mit dem Mountainbike auf den Grünten zu radeln, war unerfüllt geblieben. Bislang.

Zu meinem Sechzigsten hatte ich mir als Selbstgeschenk vorgenommen: Mit dem Rad auf den Grünten.

Irgendwas war immer wieder dazwischengekommen: Faulheit. Suff. Ermittlungen. Die Pfarrer von Tal starben wie die Fliegen, und ich war hinter ihren Mördern her.

Erfolgreich.

Mit heftigen Blessuren.

Ich musste mit meinem Grüntenfahrradtraum wohl bis zum Siebzigsten warten.

Die Grüntenhütte war noch geschlossen, früh um acht.

Ich stieg weiter, eine knappe halbe Stunde, in direkter Linie durch Geröll hinauf auf den Gipfel.

Die Sonne tauchte die Berggipfel in Rosa.

Ein Blick zum Gänsehautkriegen.

Das schmiedeeiserne Gipfelkreuz glänzte in der Morgensonne, Maria strahlte, ich bekreuzigte mich.

Stieg vollends hinauf zum Kriegerdenkmal, bekreuzigte mich noch mal, sagte in Richtung Himmel: »Dankschön«, zog meinen Flachmann aus dem Freud-Museum Wien aus der Tasche, schraubte den Verschluss auf, tat einen heiligen Zug, der Enzian wärmte von innen raus.

Meine Art von Spiritualität.

Ich erinnerte mich an meinen Auftritt vor zwei Jahren. Als ich hinter der Gesundbeterin her war. Und mich die Neonazis von der Wehrsportgruppe Allgäu aufmischen wollten. War ein Schuss in den Ofen. Für sie.

Gott sei Dank waren die Zeiten vorbei.

Endlich war ich im Ruhestand gelandet.

Ich hockte mich hin.

Die Heißluftballons standen in der Luft.

Kaum Wind.

Ich sah den Heißluftballon in den See von Tal stürzen. Immer wieder. Posttraumatische Belastungsreaktion.

Ob ich in Behandlung gehen sollte?

Zum Deppendoktor?

War ich selber.
Außerdem: Keiner nimmt mehr so einen alten Deppen wie mich. Als hätten alte Deppen keine Seele.
Meine Seele war unruhig in mir.
Religion hin oder her.
Ich musste rauskriegen, was mit dem Priester im Heißluftballon passiert war. An die Fischfuttergeschichte glaubte ich nicht.
Keine Ahnung, warum nicht.
Meine krankhafte Neugier bohrte.
Was war mit dem Heißluftpriester geschehen? Und warum?
Ich stolperte wieder hinab Richtung Grüntenhütte, auf dem Schotter, dann weiter runter auf dem Asphaltweg.
Die Radler rauschten schon wieder abwärts. In suizidalem Tempo.
In der Ferne sah ich zwei Menschen nebeneinander dahinschlendern.
Faszinierend.
Sie berührten sich nicht, aber sie gingen wie zwei, die »miteinander gehen«. Leidenschaftlich verbunden. Wenn zwei nebeneinanderher gehen, sieht man, ob sie verliebt sind. Auch wenn sie sich nicht anlangen. Keine Ahnung, woran. Aber ich sehe es.
Sie waren es.
Verliebt.
Kein Zweifel.
Ich dachte einen Augenblick, der Statur nach könnte sie meine Supervisandin sein.
Schmarrn.
Konnte sie nicht.
Sie war ja krank.
Was man sich alles einbilden kann.
Die zwei verschwanden hinter einem Buckel im Wald.
Ich hing meinen Gedanken nach.
Wie ich verliebt war.
Noch gar nicht so lang her.
Verliebt in Johanna.
Die Messnerin. Lebensgefährtin von Toni. Antonie. Das schwule Paar.

Ich schaute auf die Uhr.
Ich musste zurück nach Tal.
Meine unehelichen Pflichten erfüllen.

Ich strampelte mich hügelauf, hügelab zurück, vorbei am See, läutete bei Johanna.

Sie schaute mich an, Stirnfalte, schneidende Stimme: »'s wird aber höchste Zeit.«

Ich sagte: »Ja, jetzt bin ich da. In einer halben Stund hol ich die Kleine ab.«

Heute war Montag.

Babyschwimmen im ABC Nesselwang. Alpspitz-Bade-Center.

Die Kleine. Unsere Tochter.

»Ja, aber schick dich!«

Sie drehte sich um, verschwand im Haus.

War wohl nicht ihr Tag heute. Oder waren es ihre Tage? Die hatte sie meistens.

Wir sind auch mal so miteinander gegangen wie das Paar am Grünten.

Die Bremsen waren aufdringlich, hockten sich auf meine schweißigen Arme, ich war wehrlos, musste bei der Steigung die Hände am Lenker halten, hochstrampeln zur Alm.

Keine Zeit für Nostalgie. Gott sei Dank.

12 Heißluftballonphobie

Ich war unkonzentriert. Nicht bei der Sache.

Die Sache war das Babyschwimmen im ABC Nesselwang.

Emily, unser Koala – weil sie in Australien entstanden war –, war quengelig.

Launen sind ansteckend.

Durch die Fensterfassade vom Schwimmbad sah ich einen Heißluftballon am Horizont schweben, relativ spät für den Tag. Es gab bald mehr Heißluftballons als Bremsen im Allgäu.

Ich brachte Emily wieder zu ihrer Mutter zurück. Die war

immer noch launisch. Musste eine Schlechte-Laune-Epidemie im Lande sein. Trotz Kaiserwetter.

Ich hockte mich auf mein Fahrrad.

Sauste runter von der Alm nach Tal.

Vorbei am Anwesen vom Waltl-Bauer.

Er schrubbte gerate das dunkelbraune Graffiti *Mörder Verräter Verreck!* von seiner Hauswand.

Ich rief ihm zu: »Grüaß di, Waltl-Bauer!«

Er war im Schrubben versunken.

Kurz vor Tal kam mir ein Daihatsu Allrad entgegen.

Dr. Messerschnitt, die Tierärztin.

Ich winkte, rief: »Grüaß di!«

Sie gab Gas.

Ich kam mir vor wie ein Gespenst.

Unsichtbar. Unhörbar. Nicht existent.

Schreckte auf.

Ein Sanitätsauto mit Blaulicht raste mir entgegen.

Ahnte Schlimmes.

Ich fuhr um den See rum, über den Staudamm Richtung Kempten.

Ich fand das Heißluftballonunternehmen ohne Navi. Wäre ja gelacht. Bei meinem Orientierungssinn.

An einem Vorstadthaus, heruntergekommen, ein Schild:

»Heißluftballonschule. Heißluftballonfahrten – ein Spaß für die ganze Familie.«

Drunter ein PC-Ausdruck, mit Tesafilm angeklebt:

»Wegen Krankheit geschlossen.«

Dann eben kein Spaß für die ganze Familie.

Ich läutete an der Klingel mit dem Namen Lochbichler.

Die Tür des versifften Hauses öffnete sich einen Spaltbreit.

»Ja?«

Eine versiffte Stimme. Weiblich.

Ich, überfröhlich: »Grüß Gott, Frau Lochbichler, ich wollt mich bloß erkundigen nach einer Ballonfahrt.«

»Kannscht it läsa?« Ob ich nicht lesen könne.

Sie deutete unwirsch auf das »Wegen Krankheit geschlossen«-Schild.

Ich, seelsorgerlich: »Tut mir leid wegen der Krankheit. Ich hoff, es ist nix Schlimmes. Wer ist denn krank geworden?«

»D'r Ma!« Ihr Mann.

»Bloß a kurze Frag. Mein Enkel, der hat nämlich nächsten Montag Geburtstag. Und sein Herzenswunsch wär eine Ballonfahrt.«

»Kinder dürfen nur in Begleitung Erwachsener mitfahren.«

»Wirklich?«

Ich hoffte, sie sah nicht, wie ich blass wurde. Ich hatte eine Heißluftballonphobie. Wenn ich einen sah, stellte ich mir vor: Ich häng da oben in dem Korb und muss bieseln. Oder schlimmer. Tät mich zu Tode schämen. Außerdem eine Aufzugphobie. Das gleiche Problem: Er bleibt mittendrin stehen und ich muss schiffen. Wenn ich Angst krieg, krieg ich Harndrang. Oder schlimmer. War schon so als Kind im Kino: Märchenfilm. Die wasserstoffgebleichte Dame drohte: »Wenn du zwischendurch rausmusst, darfst nimmer rein.« Und schon war der Druck da.

Ich unterbrach meine Selbstanalyse, lag ja nicht auf der Couch, stand vor dem Türschlitz mit dem grantigen Gesicht dahinter, sagte: »Kein Problem! Ich fahr mit!«

Sie, zögernd: »Ich weiß nicht, ob d'r Ma dann schon wieder g'sund isch, bis dahin.«

»Isch er krank? Schwer?«

»Ja. Drum steht ja: ›Wegen Krankheit geschlossen.‹«

»Was fehlt ihm denn?«

»Sind Sie von der Polizei oder was?«

Die Tür ging wieder Richtung zu.

Ich log ausnahmsweise nicht: »Nein, ich bin nicht von der Polizei. Ich bin schon lang pensioniert, und früher hab ich im Krankenhaus g'schafft. Ich weiß, wie das ist, wenn einer krank ist. Für die Angehörigen – wie Sie – ist das oft noch schlimmer als wie für den Betroffenen selber.«

Der Türspalt verbreiterte sich wieder um ein paar Zentimeter. Sie nickte.

»Da ham S' recht! Und es kommt ja auch kein Geld rein.«

»Ich könnt gern vorauszahlen.«

Die Tür ging halb auf. Die Frau, alters- und jugendlos, aber eher älter, hatte eine Kleiderschürze an. Ein Kleidungsstück aus der guten alten Zeit, ich kannte es noch von meiner Oma.

»Also, ich weiß wirklich nicht, wie lang das noch dauert. Seit einem Monat ist er schon im Klinikum Kempten. Er hat einen Herzinfarkt gehabt.«

»Stress?«

»Ja, und wie. Da war doch die Sach mit dem Unfall am See von Tal. Unser bester Ballon, ganz neu, hat über hunderttausend Euro gekostet. Und dazu die Polizei und das ganze G'frett.«

»Das hat ihm das Herz gebrochen ...«, sagte mein Ex-Seelsorger-Ich.

»Einen Herzinfarkt hat er halt kriegt. Und dann die Operation ...«

»Stents?«

»Was?«

»Bei so was werden oft so eine Art künstliche Rohre eingebaut, damit das Blut wieder durchkommt durch die Adern.«

»Genau so was war's!«

»Und von was leben S' jetzt?«

»Ich hab eine kleine Schneiderei im Haus, Änderungen ... Kostüme ... fürs Theater oder den Karnevalsverein.«

»Karnevalsverein? In Köln?«

Sie, nicht ohne Stolz: »Früher hab ich nur für unsern Faschingsverein genäht, den in Kempten. Die fahren jedes Jahr zum Fasching nach Köln und machen beim Faschingszug mit, jedes Jahr mit neuen Kostümen! Und in letzter Zeit kommen auch Aufträg aus Köln ... Düsseldorf ... Mainz!«

»Und Sie schneidern die Kostüme selber?«

»Ja, ich. Alle.«

»Respekt!«

Ich verneigte mich leicht, theatralisch.

»Die Schneiderei hält uns zurzeit über Wasser. Die anderen zwei Ballons ... das ist kein sicheres Einkommen. Es hängt halt immer vom Wetter ab. Die sind auch schon älter. Aber wenn S' wollen ... Unser Techniker könnte ja mitfahren.«

Sie dachte wohl an die Vorauszahlung. Ich dachte an einen alten Heißluftballon. Panik hoch zwei. Langte in meine Brusttasche, zog einen Fünfziger raus, hielt ihn hin, sagte: »Vorauszahlung. Langt das?«

Sie nahm den Fünfziger so schnell, wie ein Hecht eine Fliege schnappt, sagte: »Hundert Euro!«

Ich sagte: »Ich tät gern mit dem Techniker reden ... einfach damit ich besser vorbereitet bin ... was ich anziehen muss, ich und mein Enkel, und wegen der Sicherheit, dann kann ich's meinem Enkel erklären, der ist nämlich ein bissle ängstlich, mein Enkel ...«

Sie griff nach dem Schein, ich zog meine Hand zurück, sagte: »Und der Techniker?«

Sie sagte widerwillig: »Der Schlossers Michl aus Tal!«

»Ach so, der Schlossers Michl, den kenn ich. Mit dem hab ich schon zusammengearbeitet.«

Wie ich die Gesundbeterin gesucht hab. Dachte ich, sagte weiter: »Super Mann, der Schlossers Michl.«

Gab ihr den Fünfziger.

Schweren Herzens. Aber Informationen sind halt kostspielig.

Ich sagte: »Ich meld mich dann wieder, in ein paar Tag. Und gute Besserung für Ihren Mann!«

Schwang mich auf mein Fahrrad. Richtung Tal.

Zum Schlossers Michl.

13 In einem Bächlein helle ...

Der Buckel nach Sulzberg war eine Quälerei. Immer. Jedes Mal.

In der kleinsten Übersetzung strampelte ich hoch.

Keine Ahnung, was ich mit dem Schlossers Michl reden sollte.

Doch, was ich mit ihm reden wollte, wusste ich. Aber nicht, wie.

Auch den Weg auf der anderen Seite der Höhe hinab zum See von Tal holte mich kein Einfall ein.

Ich kann scheint's nur eins: radeln oder denken.

Ich rollte in Tal ein, an der Kirche vorbei.

Die Kirche. Lieblich. Barock. Fast wie die Wieskirche.

Aber sie hatte ihren Preis.

Für die Priester der letzten Jahre.
Das Leben.
Ich ließ den »Schwarzen Adler« links liegen.
Obwohl mir eine Halbe oder zwei gutgetan hätten.
Aber Dienst ist Dienst, und Schnaps ist Schnaps.
Danach vielleicht.
Die Tür zur Werkstatt vom Schlossers Michl stand offen.
Ich drin.
Der Schlossers Michl schleppte ein paar Eisenteile, raunzte mich an: »Ausm Weg!«
Was für eine Ansage!
Erinnerte mich an durchgeschnittene Zündkabel, tote Hunde, Katzen mit abgeschnittenen Pfoten und meine eigene Hinrichtung. Sie war schiefgegangen.
Noch war ich sicher. Ich hatte Witterung aufgenommen, war aber noch niemandem gefährlich geworden. Hatte noch keins auf die Rübe gekriegt. Gut für mich. Schlecht für die Ermittlungen.
Schlossers Michl stellte die Eisenteile in eine Ecke, sagte: »Schon wieder einen Schlüssel verloren?«
»Nein, diesmal nicht. Ich komm grad von der Lochbichlerin.«
»Ja, ich weiß!«
Soso.
Fragte nicht: Woher weißt du das?
Konnte ich mir denken. Sie hatte ihn wohl gleich antelefoniert.
Ich erzählte wieder die Geschichte von meinem Enkel, Geburtstag, innigster Wunsch: Ballonfahrt. Fragte: »Glaubst du denn, so was ist sicher?«
»Warum denn nicht? Du siehst doch jeden Tag ein Dutzend Heißluftballone umeinanderfahren in der Gegend. Und nix passiert.«
»Bis auf neulich, wo der Pfarrer in dem Ballon in den See gestürzt ist.«
»So was kommt vor. Aber nicht so oft wie ein Flugzeug abstürzt oder ein Zug verunglückt, oder sich auf der Autobahn ein paar Deppen derrennen.«
»Stimmt. Aber an was kann denn so was liegen?«
»Technisches Versagen.«

»Welche Technik kann denn da versagen?«

Der Michl feilte an einem Teil herum, sagte: »Zum Beispiel der Brenner. Das Ventil, wo die Flamme rauskommt. Wenn das defekt ist, kann alles Mögliche passieren. Entweder es kommt kein Gas mehr durch. Dann sackt der Ballon schnell ab. Oder es kommt zu viel durch, dann brennt er an.«

»Oder der Gaskocher explodiert?«

Er schaute auf. Merkte wohl, dass ich mitgedacht hatte, sagte: »Eher nicht. Aber auch nicht ausgeschlossen.«

Klang nach: Leck mich am Arsch.

Ich sagte: »Wie kann ich denn sicher sein, dass da nichts passiert, wenn mein Enkel drinhockt? Und ich.«

Ich schwitzte nach. Aber nicht vom Radfahren, sondern vom Gedanken, dass ich mich da reinhocken sollte.

Dachte gerade noch rechtzeitig dran, dass ich gar keinen Enkel hatte.

Er sagte: »Die Technik wird vor jedem Flug nachgeprüft.«

»Von dir?«

»Auch von mir!«

»Und mit dem Ballon, wo der Pfarrer runtergefallen ist, hast du da auch geprüft, vorher?«

Er schaute weg, in die Ecke, wo die Eisenteile standen, sagte: »Das geht dich einen Dreck an. Das ist nämlich vertraulich.«

»Okay. Kommt auch menschliches Versagen in Frage?«

»Immer. Oder vielmehr: Kann man nie wissen. Wenn der Ballonfahrer ohnmächtig wird oder einen Herzinfarkt kriegt oder einen Schlaganfall.«

»Oder wenn er gar nicht drin ist?«

Er schaute verdutzt. Sagte: »Jetzt bist wohl übergeschnappt. Du gehörst nach Kaufbeuren.«

Ich sagte nichts. Er sagte: »Oder bist schon wieder besoffen? Schwing dich!«

Er nahm seinen Schweißbrenner.

Ich nahm Reißaus.

Rollte auf meinem Mountainbike die Rettungsstraße hinab zum Kiosk am See.

Er war geöffnet, der Kiosk.

Der Appetit auf eine halbe Weizen war mir vergangen.
Das mit dem »besoffen« vom Schlossers Michl saß.
Ich bin stigmatisiert, dachte ich. Noch immer. Oder schon wieder.
Ich hockte mich an die Bootsanlegestelle am Anglerverein.
Schaute auf die Segelboote. Sie wackelten im Wind.
Schräg gegenüber am Ufer von Moosbach plantschten Kinder im Badebereich.
Ich stand wieder auf, radelte den Seeweg entlang, über die Staumauerstraße zur Badestelle.
Einfach in die Abendsonne legen.
Denken.
Ich kann nicht zugleich Rad fahren und denken. Entweder oder.
Ich sperrte mein Rad ab, zog mich bis auf meine Radlershorts aus.
Konnte mich nicht dazu entschließen, ins Wasser zu gehen.
Wollte eine rauchen.
Keine Zigaretten dabei.
Hockte mich hin.
Stand wieder auf.
Ging drei Schritte hin und drei Schritte her.
Sah vor meinem geistigen Auge den Heißluftballon auf den See zusteuern.

Nein!
Entsetzte Gesichter.
Männer sprangen von den Bierbänken auf, schütteten die Weizengläser um.
Frauen öffneten die cremeverschmierten Augen, vergaßen, ihre Bikinis zuzumachen.
Dann Stille.
Entsetzte Stille.
Entsetzliche Stille.
Ich wendete mich um, in die Richtung, wo ein Rauschen herkam. Es wurde immer rauschiger, und ich sah:
Ein Heißluftballon senkte sich auf den See.
Immer tiefer.

Die Gasflamme zischte feindselig.
Der Korb darunter schlug fast schon auf dem Wasser auf.
Es spritzte.
Der Ballon ging in Flammen auf. Der Korb versank.
Der Ballonstoff brannte, es zischte, dampfte.
Der Ballon war abgetaucht.
Über der Absturzstelle stand eine Rauchsäule.

Ein Flashback.

Typisch für Posttraumatische Belastungsstörung.

Dazu die innere Unruhe. Ameisen im Arsch.

Ich zog mich wieder an.

Wie ferngesteuert.

Radelte bis zur Staumauer, warf mein Rad ins Gras, hangelte mich den schrägen Hang hinab.

Stechen im Knie.

Aus der Betonmauer sprudelte ein Bächlein.

In einem Bächlein helle … Schuberts »Forelle«.

Etwas am Rande des Rinnsals glitzerte.

Eine Forelle? Keine Forelle.

Ich rutschte auf meiner gepolsterten Radlerhose an den Bachrand.

Klaubte ein laminiertes Schildchen heraus. Ein halbes. Schräg durchgeschnitten.

Las: »Personalausweis«.

Meine Hände zitterten. Der Anfang von Parkinson?

Schlimmer.

Ein Name stand drauf. Ein biometrisches Foto.

Trotzdem erkannte ich ihn:

Den Pfarrer von Tal. Hanno von Hardenberg.

14 Flucht

Ich war zu fertig. Schob mein Mountainbike den rissigen, steilen Asphaltweg hinauf auf meine Alm.

Den halben Personalausweis vom Pfarrer Hardenberg, Gott hab ihn selig, in der Brusttasche.

Verscheuchte die Bremsen. Sie ahnten das Gewitter. Hinterm Grünten zog es schwarz auf.

Der Hof vom Waltl-Bauer lag ruhig da.

Auf der Wiese Kühe.

Mitten drin eine Kuh, die Läufe gen Himmel, aufgedunsener Bauch. Regungslos.

Tot.

Schon wieder eine.

Die anderen Kühe taten, als ginge sie das nichts an.

Komisches Getier.

Die Wand vom Haus war frisch gekalkt. Wie Schatten schauten die Graffiti-Buchstaben durch. *Mörder Verräter Verreck!*

Seine Frau trat aus dem Stall.

Sie trat nicht. Sie schleppte sich.

Ich rief: »Alles in Ordnung, Bäuerin?«

Sie schaute mich an, als käme ich frisch vom Mond. Deutete auf die tote Kuh.

Ich sagte, laut: »Scheiße!«

Sie leerte den Eimer aus. Was auch immer drin war. Kühe muhten aus dem Stall. Die restlichen.

Ein Mercedes-SUV stand vollbepackt in der Einfahrt, der Motor lief, Kinder saßen hinten drin, der Mann am Steuer, eine Frau lief aus dem Haus, warf sich auf den Beifahrersitz. Bevor sie angeschnallt war, quietschten die Reifen, der SUV sprintete auf dem Asphaltweg nach Tal hinab.

Wie auf der Flucht.

Ich lehnte mein Rad an den Weidezaun, ging auf die Waltl-Bäuerin zu, deutete auf die tote Kuh, sagte: »Schon wieder eine …«

Sie deutete auf den entschwundenen SUV, sagte: »Und die Feriengäste bleiben auch nimmer. Auf und davon. Die wollen nicht mehr in dem verfluchten Haus sein.«

Ich wollte sie trösten, aber wusste nicht, wie.

Der Herr hat's gegeben, der Herr hat's genommen, der Name des Herrn sei gelobt. Hiob 1,21.

Ich dachte: Wenn ich das bringe, ersticht sie mich mit der Mistgabel, und zu Recht.

Ich sagte: »Sakrament. Sakrament noch amol. Bluatssakrament.«

Sie nickte.

Ich sagte: »Was macht der Bauer? Ich hab gesehen, das Sanitätsauto ist raufgefahren zu euch heut früh, wie ich runter bin.«

»Er ist im Krankenaus. Zusammengebrochen beim Weißeln. Das Herz, sagen sie. Kein Wunder …«

»Und die Kinder?«

Sie schaute mich an, wieder der Kaufbeuren-Blick.

Allmählich gewöhnte ich mich dran.

Sie sagte: »Du weiß doch, die Tochter hat auf Amerika geheiratet, und der Bub studiert in London … Als gäb's hier nix zum Studieren …«

Ich nickte.

»Z'erst zieht man s' auf, und dann sind s' weg. Meiner ist in Taiwan. Mathematik.«

Sie nickte, sagte: »Als gäb's im Allgäu nix zum Rechnen.«

»Ja, hier muss man immer mit dem Schlimmsten rechnen.«

Sie hatte Tränen in den trocknen Augen.

»Hoffentlich überlebt er's, d'r Ma.«

»Dein Mann war schon immer ein zähes Luder. Den bringt so schnell nix um.«

Sie schaute auf die tote Kuh, sagte: »Jeden bringt was um. Jeden was anderes …«

Es wurde philosophisch, nichts für mich. Ich sagte: »Wenn ich dir behilflich sein kann, sag's. Jederzeit.«

Sie nickte, drehte wieder ab, ging bucklig in den Stall zurück.

Meine Augen waren feucht.

Das Elend in Person war sie.

Ihr Anblick eine Körperverletzung für meine Seele.

Ich schob weiter. Kümmerte mich nicht mehr um die Bremsen.

Sie bissen auf mich ein, der Schmerz war willkommen.

Wenn es außen wehtut, spürt man es innen nimmer so schlimm.

Ich schrak auf, ein Auto hielt neben mir.

Kam er denn nicht vorbei?

Ich quetschte mich mit meinem Fahrrad enger an den Weidezaun.

Eine Stimme, weiblich, sagte: »Werst jetzt endlich vernünftig?«

Meine Nachbarin. Vom Hof neben der Alm.

Früher, wie sie noch die Kühe auf die Weide trieb, hatte sie immer ein Top an, bauchfrei, und ihr Bauchnabelpiercing glänzte in der Morgen- und Abendsonne. Sie hatten die Kühe verkauft. Unrentabel. Mit den Kühen ging auch der Glanz.

Vom Piercing.

Ich sagte: »Grüaß di. Wieso vernünftig?«

»Weilst dein Rad schiebst. Endlich. Wie oft hab ich dir schon gesagt, in deinem Alter fahrt man nimmer mit dem Rad da rauf.«

Ich dachte: Leck mich am Arsch, du solltest mit dem Rad fahren statt mit deinem Audi A3, du Zicke, du junge.

Sie war knapp über fünfzig.

Ich sagte: »Nett, dass du dich so um mich kümmerst. Hast wohl recht. Zu Fuß ist es sicherer ... in meinem Alter.«

»Gell!«

Wenn man jemand loshaben will, muss man ihm nur recht geben.

Sie fuhr wieder los.

Jedes Mal, wenn ich auf meinem Mountainbike den Berg hochkeuchte, bekam ich von jedem Depp, der mir mit dem Auto begegnete oder mich überholte, die Belehrung: In deinem Alter ist das aber ungesund. Du solltest ...

Jedes Mal dachte ich: Du kannst mich. Sagte: »Ja, da kannst recht haben.« Ohne abzusteigen.

Ich schob mein Fahrrad bis auf fünfhundert Meter vor die Alm, dann flachte der Weg ab, und zum Trotz hockte ich mich wieder auf den Sattel und radelte die letzten fünfhundert Meter zur Alm.

Vor der Alm stand der gelbe VW Caddy von der Post.

Die junge Postbotin wich mir aus, verlangsamte, rief mir zu: »Post für dich!«

Gott! Hoffentlich nur eine Rechnung.

15 Im Stich gelassen

Hoffnung ist ein Weib. Verführerisch. Trügerisch.

Es war keine Rechnung.

Leider.

Es war ein Brief.

Ohne Absender.

Ich riss ihn auf, der Schweiß tropfte auf das Blatt Papier mit der eiligen Schrift. Ich las:

Lieber Dr. Bär,

es tut mir leid, dass ich auf diese Weise Abschied nehmen muss. Mein Mann ist weiterhin vermisst. Mein Patient ist nicht wiederaufgetaucht. Ich kann nicht mehr. Ich ziehe zu meinen Eltern ins Rheinland und widme mich meiner Dissertation. Sie wissen ja: Sakrament.

Ihnen alles Gute, vielen Dank für alles, Gruß!
MS

»Sakrament! Himmelherrgottsakrament«, sagte ich zum Grünten in der Ferne.

Keine Reaktion.

Das Gewitter zog auf, es grollte.

Doch eine Reaktion?

Ihr Mann. Carl Gustav Spielrein. Der Theologe. Der Religionslehrer.

Vielleicht hatte er sich auf den Kerkeling gemacht. Jakobsweg. »Ich bin dann mal weg.« Ohne Ankündigung.

Oder war einfach mit seinem Mensch durchgebrannt. Nach Füssen, Frankfurt, Frankreich, Französisch-Guyana, die Falklands.

Weiß Gott.

Ob ER es wusste?

Der Allwissende. Ich: der Nixwissende.

Es wurmte mich schon.

Dass sie einfach mit einem Fünfzeiler abgehauen war. Mich im Stich gelassen hatte.

Ich griff zu meinem psychoanalytischen Rettungsring, dachte: Gegenübertragung. Sie lässt mich spüren, wie es sich anfühlt, wenn man im Stich gelassen wird. Projektive Identifikation. Melanie Klein. Nein, Melanie Spielrein.

Aber im Stich gelassen zu werden fühlt sich nicht an wie projektive Identifikation. Beschissen fühlt sich's an. Projektive Identifikation hin oder her.

Es donnerte, die ersten Tropfen klatschten auf das Pflaster vor dem Haus, ein Rauschen kam heran. Blitz, einundzwanzig, zwei... Donner. Blitz, einund... ein biblisches Krachen. Die Luft zitterte.

Ich stellte mein Fahrrad unter den Dachvorsprung. Sprang die Treppen hinauf, schloss die Kippfenster in meiner Dachwohnung. Ein Trommelfeuer von Regen prasselte darauf.

Ich zog mein verschwitztes Zeug aus.

Duschen.

Alles wegduschen.

Alle Scheißgefühle.

Alle irren Gedanken.

Der abgeschnittene Personalausweis fiel auf den Boden.

Ich gab ihm einen Tritt. Er landete unterm Bett.

16 Flüchtlinge

In der Zeitung: Flüchtlinge.

Im Radio: Flüchtlinge.

Im Fernsehen: Flüchtlinge.

Zum Glück hatte ich keinen Fernseher.

Die Allgäuer Rundschau schrieb: *Minderjährige Flüchtlinge drängen in die Schulen. Aushilfskräfte für Deutsch gesucht.*

Ehrenamtlich natürlich.

Ehrenamtlich: das neue Wort für unbezahlt.

Ich war schon ehrenamtlich: unbezahlter Ermittler. Musste

wissen, was da mit dem Pfarrer im Heißluftballon passiert war. Irgendwas stimmte nicht. Aber was?

Was ging mich das an?

Melanie Klein meinte, es gäbe einen Wiss-Trieb. So was wie ein Sexualtrieb fürs Hirn. Normale Leute sagen dazu: Neugier. Mein Sexualtrieb war in die Jahre gekommen. Mein Wiss-Trieb war da stehen geblieben, wo der Sexualtrieb mit achtzehn ist. Ganz oben.

Deshalb musste ich wissen, warum die Pfarrerin Melanie Spielrein geflohen war und wohin. Zu ihren Eltern. Ins Rheinland. Der Rhein ist tausendzweihundertdreißig Kilometer lang. Fließt durch die Schweiz, Österreich, Liechtenstein, Frankreich, Niederlande, Deutschland. Welches ist das Rheinland?

Flüchtlinge. Ein Schimpfwort. Wie ich noch Kind war. Ich wohnte mit meiner Mutter im Dachgeschoss im Siedlerhäuschen, das sich meine Großeltern vom Munde abgespart hatten. Meine Mutter war zu sechs Siebteln alleinerziehend. Ihr Mann hatte einen Minijob als Vater: Samstagnachmittag bis Sonntagnachmittag. Am Samstagnachmittag flog er ein, zu Fuß, vom Bahnhof. Sonntagnachmittag floh er wieder in seine Arbeit. Auswärts. Eine Halbflüchtlingsfamilie. Ich freute mich, wenn er Samstagnachmittag kam. Er brachte eine Flasche Cola mit. Cola kam von den Amis, bei denen er arbeitete. Cola war damals für mich, was heute Champagner ist. Moët & Chandon. Krug. Pommery Brut Royal … Unerschwinglich. Brachte er mit! Mir!

Die Freude sprudelte weniger als Cola und Champagner. Meine Mutter hielt nichts von Cola. Meine Großeltern noch weniger. Was kann von Amerika schon Gutes kommen? Die Besatzungsmacht. Die Sieger. Mein Vater: der Verräter. Keiner sagte das. Aber es lag in der Luft. Die Großeltern nannten meinen Vater nie bei seinem Vornamen. Für sie war er »der Bär«. Ich kann mich nicht erinnern, dass ich das Cola jemals getrunken hatte. Hatte ich. Heimlich. Sogar die Erinnerung daran ist gelöscht.

Also, ich freute mich heimlich, dass mein Vater kam, am Samstagnachmittag. Meistens. Mutter erzählte ihm von meinen Heldentaten. Geld klauen aus Omas Einkaufstasche. Wovon sonst sollte ich Kaugummis bezahlen? Dubble Bubble. Kaugummis zum Aufblasen. Oder das Milchgeld für die Schulmilch für Bonbons verwenden. Solche Sachen. Dann erinnerte sich mein Vater an seinen Erziehungsauftrag und versohlte mich. Ich nahm ihm das nicht übel. Dass er mich versohlte. Was ich ihm bis heute nicht verziehen habe: dass er es vorsätzlich tat. Nicht von Herzen. Aus seinem verschrobenen Hirn heraus.

Dann kamen die Flüchtlinge. Eine Flüchtlingsfrau wurde zwangseinquartiert im Siedlerhäuschen, das für einen Single schon eng gewesen wäre. Für drei Parteien war es eine Katastrophe. Für alle drei.

Und jetzt kamen sie wieder. Die Flüchtlinge. Mit ihnen die Erinnerungen. Die Flüchtlinge waren draußen. Man sah sie nicht in Tal am See. In Kempten ein paar. Kein Problem. Das Problem waren meine Erinnerungen.

Ich ließ die Zeitung auf meine Knie sinken.

Zählte in meinem Kopf alle die Wohltaten, die ich schon als nützliches Mitglied der Gesellschaft getan hatte. Die Finger einer Hand reichten dazu. Gut, ich hatte soziale Berufe, Seelsorger und Therapeut. Aber nicht ehrenamtlich. Ich verdiente mein Geld damit. Bis heute.

Ich schenkte mir einen doppelten Obstler ein. »Alkohol ist eine Substanz, in der sich das Über-Ich auflöst.« Sagte Michael Lukas Moeller, ein Kollege von mir. Schon tot. Aber recht hat er gehabt.

Der doppelte Obstler nahm die Angst aus den Flüchtlingen. Und mein schlechtes Gewissen aus mir.

Mit Angst im Hirn kann man nicht denken.

Ein Gedanke kam mir.

Eine Idee.

Sie war so genial, dass ich mir noch ein Stamperl genehmigte, das Glas zum Prosit zum Himmel streckte und sagte: »Dankschön! Ein Prost auf die Flüchtlinge!«

Waren doch ganz nett, die Typen.

17 Käsweis

Ich weiß nicht, wie man das aushalten soll. Tausend schreiende, tobende, prügelnde Kinder und Halbwüchsige.

Auf dem Schulhof.

Flashbacks aus meiner glorreichen Schulzeit überfielen mich.

Ranzige Butterbrote in Körpertemperatur.

Schweißige Turnhallen.

Nachschwitzen im Klassenzimmer. Im Nylonhemd. Die absolute Stinksauna.

Vor die Klasse treten.

Herzfrequenz zweihundertdreißig.

»Also, Bär, beweisen Sie, dass die Innenwinkelsumme im Dreieck hundertachtzig Grad beträgt.«

Ich nahm ein Stück Kreide, malte ein Dreieck an die Tafel.

Sagte: »Das sieht man doch!«

»Bär, aus Ihnen wird nie ein Mathematiker. Beweisen sollen Sie, nicht sehen.«

Ich stand vor der Tafel, vor der Klasse, vor dem Oberstudienrat. Gestern war es mir noch ganz klar, wie man das beweist. Als der Ober den Beweis auf die Tafel gezaubert hatte. Ganz einfach.

Alpha plus Beta plus Gamma gleich hundertachtzig Grad.

Ich stotterte: »Also, wenn ein Winkel sechzig Grad hat …«, ich deutete auf eine Ecke vom Dreieck, »dann haben drei Winkel …«

Der Studienrat hatte einen schlechten Tag. Er plärrte mich an: »Wollen Sie mich verarschen, Bär?«

Er hatte jeden Tag einen schlechten Tag. Auf jeden Fall mit mir.

Ich sagte: »Nein …«

Er plärrte: »Bär, setzen, sechs.«

Hübsche Alliteration. Behielt ich für mich. Wahrscheinlich konnte er mit einer Alliteration nichts anfangen. War ja auch Mathematik, nicht Deutsch.

Ich hockte mich wieder hin. Schwitzte weiter in mein Nylonhemd hinein.

Zehn Jahre später saß ich am Pult.

Als Lehrer.

Ich war der Einzige, der saß. Die Schüler gingen über Tische und Bänke.

Meine freundliche Einladung, sich endlich häuslich niederzulassen, blieb unerhört.

Die Tür öffnete sich, der Direktor stand im Rahmen, bellte: »Unerhört! Sorgen Sie sofort für einen geordneten Ablauf des Unterrichts. Die Kollegen beschweren sich über den Krach, da kann man ja nicht mehr unterrichten …«

Die Tür schlug wieder zu.

Immer mal wieder.

Nach zwei Jahren dämmerte mir, dass ich für den Job nicht gemacht war. Ich fand meine Schüler sehr nett, sie mich auch. Ich fand es völlig verständlich, dass sie keine Lust hatten, täglich fünf oder sechs Stunden ihr junges Leben zu verhocken, damit sie den Rest ihres Lebens jedem beweisen konnten, dass die Winkelsumme im Dreieck hundertachtzig Grad ist.

Aber mit meinem Verständnis kam kein geordneter Unterricht zustande.

Ich ging.

Weit weg.

Das Weiteste, was ich fand, war die Ostseite von Australien. Sydney.

Da ging ich hin.

Nie wieder eine Schule betreten.

Ich trat ins Sekretariat vom Michl-Lang-Gymnasium in Kempten.

Die Sekretärin schaute in ihren PC, ließ mich warten.

Worauf eigentlich?

Sie war total in ihren PC versunken, ich dachte, ich fang schon an, Wurzeln zu schlagen.

Ich sah mich um. Stundenpläne, Fächer für Papiere, Fotokopierer.

Ich griff in meine Tasche, nahm eine Gauloises, zündete sie an.

Bevor mein erster Zug die Lunge erreichte, ging eine Sirene an.

Die Stimme der Sekretärin: »Was glauben Sie eigentlich, was Sie da tun?«

Ich dachte, das wäre offensichtlich, fragte: »Gibt's hier einen Aschenbecher?«

»Hier gibt's gar nix. Hier wird nicht geraucht. Machen S' sofort Ihre Zigarette wieder aus. Sonst kommt die Feuerwehr ... Und Sie zahlen!«

Ich nahm die Blechdose, die als Bleistifthalter diente, leerte die Stifte auf den Tisch, drückte meine Zigarette aus.

»Also ... also ...«

Empörung pur.

Ich sagte: »Wo soll ich sie denn sonst ausdrücken? Meine Hand ist mir zu schad dafür!«

»Also ... also, ich hol gleich die Polizei!«

»Was wolln S' denn mit der Polizei? Sie werden doch mit ganz anderen Sachen fertig, hier ... an der Schule ... mit dene Bankert ...« Ich lächelte sie an. »Da braucht man schon einen Magen ... in Ihrem Job, gell?«

Ich dachte, heult sie gleich los – oder lächelte sie?

Sie verzog ihr bebrilltes Gesichtchen zu einem Lächeln, sagte: »Sie reden genauso daher wie mein Opa ... Bankert ... da brauchst schon einen Magen ... das hat mein Opa auch immer gesagt.«

»Netter Mann, Ihr Opa. Lebt er denn noch?«

Sie schaute auf den Boden, sagte: »Ja, halb ...«

»Wieso halb?«

»Er liegt im Pflegeheim.«

Ich sagte: »Schlaganfall ... und schaut den ganzen Tag die Decke an ... und red nix mehr ... mit der Sonde im Bauch ...«

Sie starrte mich an, Augen weit aufgerissen.

»Woher wissen Sie denn das?«

Ich seufzte.

»Meine Mutter, die liegt so da ... wie Ihr Opa ...«

»Ich besuch ihn jeden Tag nach der Schul.«

Ich kriegte feuchte Augen, sagte: »Respekt ... Sie mögen ihn wohl arg, Ihren Opa?«

Sie nickte. Reden konnte sie nicht mehr.

Fing an, leise zu schluchzen.

Ich ruckte neben sie, nahm sie in den Arm.

Schwieg.

Sie schluchzte.

Die Tür ging auf.

Ein Mann erschien.

Wir fuhren auseinander wie in flagranti ertappt.

Sie sagte, schnell: »Herr Direktor … das ist der Herr …«

Der Direktor, ein gestandener Mann Mitte fünfzig, sagte: »Der Herr Bär, na endlich, ich wart schon auf Sie. Kommen S' rein.«

Er tat, als hätte er nichts gesehen, nichts von uns zwei, so nah beinander.

Feiner Mann.

Ich gab ihm die Hand, sagte: »Dr. Bär.«

Er drückte mir kräftig die Hand, vielleicht war er früher Schmied gewesen, auf dem zweiten Bildungsweg Direktor geworden. Ich massierte meine Hand, zwinkerte der Sekretärin zu, folgte ihm ins Rektorat.

Er zeigte auf einen Stuhl, ich hockte mich vor seinen dicken Schreibtisch aus Makassarholz.

»Schöner Schreibtisch«, sagte ich, sah vier Löcher drin eingebohrt, jeweils zwei und zwei, dachte, mich haut's gleich vom Stuhl.

»Ist Ihnen nicht gut?«

Ich wischte mir den kalten Schweiß von der Stirn. Sagte: »Ihr Schreibtisch hat mich grad an was erinnert.«

Erinnerte mich, wie ich an den Schreibtisch genietet war, weil mir der Mörder, hinter dem ich her gewesen war, meine Pfoten abhauen wollte. Als ich die Gesundbeterin suchte.

Sagte: »Wo ham S' den denn her?«

»Der war billig zu haben, von einem Typen aus Tal. Kennen Sie Tal am See?«

»Kenn ich.«

»Und weil das Ministerium bloß Sperrmüll genehmigt, hab ich mir denkt, den stell ich mir nei. Auch wenn er ein paar Kratzer hat. Spottbillig.«

Ich dachte, soll ich ihm die Geschichte von dem Schreibtisch erzählen? Nein, ich wollte ihm nicht den Spaß verderben.

Er war ein guter Mensch. Griff hinter sich in den Bücherschrank. Nahm einen dicken alten Wälzer heraus, einen Band aus der Brockhaus-Enzyklopädie, offline, legte ihn auf den Tisch, öffnete den Buchdeckel, nahm eine Flasche raus, holte zwei Schnapsgläser aus seiner Schreibtischschublade.

»Ein Allgäuer Obstbrand aus der Brennerei Sulzberg!«, sagte er, stolz. »Der tut Wunder.«

Er schenkte ein, wir prosteten uns zu, kippten die Medizin runter.

»So was braucht man in dem Job hier!«, sagte er. »Schauen S', jetzt ham S' schon wieder a bissle a Farb im G'sicht.«

Er räumte den Brockhaus wieder ins Regal, sagte: »Also.«

Ich sagte: »Ich bin hier … wegen den Flüchtlingen. Deutschunterricht.«

»Gott sei Dank. Ham S' denn Erfahrung mit Unterrichten?«

»Ich war vor meiner Pensionierung Pfarrer. Konfirmandenunterricht. Religionsunterricht.«

»Ah so!«

»Wunderbar war's …«, log ich. Ja, für die Schüler war es vielleicht wunderbar.

Ein Ruck ging durch ihn.

»Religionsunterricht, ham S' g'sagt? Hab ich richtig gehört?«

»Ja.«

Er schaute aus, als hätte er plötzlich eine Erleuchtung.

»Mensch, ich hab's! Unser Religionslehrer ist verloren gegangen, und wir brauchen dringend Ersatz. Dringender als wie Deutsch für Flüchtlinge. Können S' einspringen?«

»Warum ist denn Ihr Religionslehrer verloren gegangen? Die gehen eher selten verloren …«

»Unser Kollege Spielrein aus Füssen, seine Frau ist dort evangelische Pfarrerin, der ist zum Bergsteigen … und nimmer zurückgekommen.«

»Warum?«

»Weiß man nicht. Aber wenn Sie den für ein paar Wochen vertreten könnten, das wär phantastisch, als Springer.«

»Ich kann's ja mal probieren, aber mit dem Lehrplan bin ich nicht mehr so auf dem Laufenden.«

Er wischte etwas aus der Luft weg. Sagte: »Scheiß auf den Lehrplan. Hauptsach, die Kinder sind versorgt.«

»Und Ihr Laden lauft …«

Er stutzte, sagte: »Sie sind auch net auf der Brennsuppn dahergeschwommen, Herr Bär.«

»Nein, genau gesagt, vom Speichersee in Tal.«

Er stand auf, ging zur Wand, deutete auf einen Plan. Stundenplan.

Zeigte mir, wann und wo ich zum Unterricht springen sollte.

Er wollte, dass ich gleich dableibe und nach der Pause anfange.

Wir einigten uns auf morgen.

Er griff nach meiner Hand, ich entzog sie ihm, sie tat noch weh, winkte jovial, sagte: »Bis morgen dann. Pfüad Gott!«

Die Tür zum Direktorat schloss sich hinter mir.

Die Sekretärin schaute mich an.

Ich fror.

Ich sagte: »Ich hab einen neuen Job!«

Sie fragte: »Deutsch für Ausländer?«

»Nein, Religion für Inländer. Ich soll ab morgen früh den Kollegen Spielrein vertreten. Der sei verloren gegangen. Wie war er denn so, der Kollege Spielrein?«

Sie wurde rot. Dann blass. Dann käsweis.

Rutschte vom Stuhl, blieb leblos auf dem Boden liegen.

Ich huschte auf und davon.

Am Schluss denken die noch, ich wär's gewesen.

18 Saubär

Das Chaos erstarrte.

Sie schauten mich an, als wäre ich ein Gespenst.

Die Fünftklässler.

Zwanzig Buben.

Sieben Mädchen.

Evangelischer Religionsunterricht.

Ein Event zwischen Langeweile und Chaos.

»Der Herr Spielrein kommt heut nicht. Ich bin die Vertretung. Mein Name ist Bär. Dr. Bär.«

»Wo ist denn der Sp...ielrein?«

Er hätte eigentlich was anderes sagen wollen, der Bub.

Die anderen lachten. Einer fragte: »Ist er krank?«

Ich sagte: »Ich hoffe nicht. Aber ich weiß es nicht. Er ist verschwunden ... Er wollte Bergsteigen gehen ...«

Sie lachten schon wieder.

»Der und Bergsteigen ...«

Ich fragte: »Warum der und Bergsteigen? Ich habe gehört, er war, ah, ist ein begeisterter Bergsteiger ... Er ist oft in die Berge ...«

Die Mädchen kicherten.

»Immer am Montag ...«

»Und was ist daran komisch?«

Sie kicherten weiter.

Eine sagte: »Nix. Nur ... weil die Frau Lot, die Sekretärin vom Direktor, die geht auch immer Bergsteigen.«

Eine andere kicherte: »Immer am Montag ...«

Ein Bub sagte: »Der Spasti, der ist kaum die Treppen hier raufgekommen.«

»Wieso Spasti? Ist er gehbehindert?«

»Nein, Spasti ist sein Spitzname. Er ist halt so komisch gegangen.«

»Wie, komisch?«

Keiner konnte sagen, was am Gang vom Lehrer Spielrein so komisch war.

Eins von den Mädchen rief: »Fonsi, zeig's ihm.«

Fonsi wurde rot.

Ich sagte: »Kannst mir schon zeigen. Wie ist er denn gegangen?«

»Ja, zeig's ihm, los!«

Sie feuerten ihn an.

Ich sagte: »Komm, mach schon ... Es passiert dir nix.«

Fonsi war der Klassenclown.

Er stand auf und ging durch das Klassenzimmer, die Kinder lachten sich krank.

Der Gang war tatsächlich unbeschreiblich. Sah normal aus, aber hatte etwas Linkisches an sich. Ein leichtes Hinken, es wirkte tatsächlich komisch, er ging so, wie andere reden, wenn sie leicht stottern. Dazu ein wenig nach vorn gebeugt, er erinnerte mich an den Quasimodo, den Glöckner von Notre-Dame.

Ich sagte: »Danke, Fonsi, für die super Vorstellung, jetzt kann ich mir denken, wie der Spielrein geht und warum ihr ihn Spasti nennt ... Da bin ich ja gespannt, welchen Spitznamen ich von euch krieg.«

Sie kicherten, steckten die Köpfe zusammen, tuschelten.

Ich sagte: »Bis er zurück ist, müsst ihr mit mir vorliebnehmen. Was habt ihr denn gemacht in Reli?«

Schweigen.

Leere Gesichter.

Einer sagte: »Nix.«

»Wie, nix ... Ihr könnt doch nicht einfach nix gemacht haben.«

»Nix Gescheites ...«

Ein Mädchen: »Halt immer so langweilige Geschichten ... von früher.«

»Wann war früher?«

»Halt ganz früher ... Irgendwas von Judas und Israel und Saul und einem Stern ...«

»Vielleicht der Stern von Bethlehem?«

»Ich glaub, es war der Mercedes-Stern ...«

»Nein, du Depp, der Davidstern. Das weiß ich, weil wir den aufzeichnen haben müssen.«

Ich sagte: »Kann jemand von euch den Davidstern aufzeichnen?«

Totstellreflex.

Dann Kopfschütteln.

Ich sagte: »Ihr habt wahrscheinlich den David durchgenommen, nicht den Judas, und es geht um Juda, das ist der südliche Teil vom Königreich der Juden, und Israel, das ist der nördliche Teil, und Saul war der erste König von den Juden und der König David, sein Nachfolger, hat die zwei Teile vereinigt. Wie die Wiedervereinigung 1989.«

Sie schauten mich an, als hätte ich Chinesisch gesprochen.

Mir wurde klar, dass sie mit Wiedervereinigung nichts anfangen konnten. Da waren sie noch nicht mal geboren.

»Und was wisst ihr denn von David?«

Schweigen.

»Sagt euch der Name Goliath was?«

Einem dämmerte etwas von einer Steinschleuder und einer Prügelei und Kopf ab.

Ich dachte, ich muss ganz unterirdisch anfangen.

Sagte: »Ich zeig euch mal, was eine Schleuder ist und wie man eine Schleuder macht.«

Ich lieh mir von einem der Mädchen einen roten Gummi, mit dem es seinen Pferdeschwanz zusammengebunden hatte, faltete ein kleines Blatt so zusammen, dass es einen Papierhaken ergab, spannte den Gummi zwischen Daumen und Zeigefinger, legte mein Papiergeschoss auf den Gummi, spannte, zielte, schoss.

»Au!«, schrie der Fonsi, der Spielrein-Imitator.

»Jetzt wisst ihr, was eine Schleuder ist. So ein Ding hat der David genommen und mit einem Stein dem Riesen Goliath an die Birne geschossen. Der ist dann tot umgefallen, und David hat dem Goliath sein Schwert genommen und ihm die Rübe abgehaut.«

»Geil!«

»Wollts noch mehr hören vom David?«

»Ja!«

Ich hockte mich auf den Lehrerschreibtisch, fing sie mit den Augen ein, machte eine Pause, begann leise, als tät ich ihnen ein Geheimnis erzählen: »Der David war schlau und brutal und ist dann ein ganz mächtiger König geworden. Aber er war auch ein geiler Sack. Er hatte mehrere Frauen, aber die langten ihm nicht. An einem Abend ist er auf seiner Dachterrasse rumgehockt – und sieht in der Nachbarschaft, wie sich eine junge Frau auf ihrer Dachterrasse gegenüber auszieht und badet. Sie hat ihm wahnsinnig gefallen, und er ist ganz scharf auf sie geworden. Und weil er König war, hat er sie gleich zu sich kommen lassen …«

»Nackert, aus der Badewanne?«, fragte einer.

Die Mädchen kicherten.

»Ich weiß nicht, ob sie nackert war, aber viel wird's nicht

angehabt haben. Der David hat sich dann erkundigt, wer sie ist, und seine Berater sagen: ›Die heißt Bathseba, aber die isch verheirat, mit der geht nix!‹ Der David fragt: ›Mit wem isch sie denn verheirat?‹ Die Berater sagen: ›Mit dem Uriah, das ist ein General von deiner Wehrmacht, und er ist grad im Krieg.‹ Da hat der David eine Idee …«

Ich fragte in die Klasse: »Hat jemand eine Idee, was der David für eine Idee gehabt hat?«

Schweigen, Spannung.

Ich machte eine Pause, schaute auf die Uhr, sagte: »Fortsetzung nächste Stunde.«

»Nein, nein!«

»Doch keine Fortsetzung?«, fragte ich naiv.

»Doch, gleich, wir können ein paar Minuten länger machen, ist sowieso Pause …«

»Gut. Fortsetzung kommt, aber erst nächste Stunde. Ich geb euch noch Hausaufgaben. Ihr müsst den Davidstern lernen. Ich zeig ihn euch. Er geht nämlich ganz einfach.«

Ich malte mit zwei Strichen den Davidstern an die Tafel.

Mir fiel wieder mein mathematischer Beweis von der Winkelsumme des Dreiecks aus meiner Schulzeit ein. In der Schule verstand ich ihn, zu Hause saß ich dann vor dem Beweis wie der Ochs am Berg.

Ich sagte: »Ich verrat euch auch, wie ihr euch das gut merken könnt, wie man den Davidstern hinkriegt.«

Ich machte mit meinen Händen, zwei Zeigefingern und zwei Daumen gegeneinander, ein Dreieck in die Luft.

»Das ist ein Dreieck mit der Spitze nach oben. Es ist ein Zeichen für das männliche Geschlechtsteil – weil es nach oben steht.«

Kichern, rote Köpfe, ungeteilte Aufmerksamkeit.

Ich drehte meine Hände nach unten. »Und das ist ein Dreieck mit der Spitze nach unten. Es ist ein Zeichen für das weibliche Geschlechtsteil. Könnt ihr euch das vorstellen?«

Einer sagte: »Klar. Genauso schaut meine Schwester untenrum aus!«

»Genau.« Ich entflocht meine Hände, nahm die Kreide, ging zur Tafel, sagte: »Wir haben das weibliche Dreieck mit der Spitze nach unten«, malte es, »und wenn man ein männliches Dreieck mit der Spitze nach oben drauflegt … hat man den Davidstern. Kapiert?«

Offene Augen, Münder, Geister.

»Soooo ist das«, sagten die Gesichter der Buben und Mädchen, ich sah, wie es dämmerte. Sie begriffen die religionsgeschichtliche Bedeutung des Davidsterns.

Ich machte meinen Pflichteintrag im Klassenbuch: »König David.«

Dann ein Raunen und Kichern und Deuten.

»Alles klar?«

Der Fonsi, der Spielrein-Darsteller, meldete sich, die Klasse verstummte.

Er sagte: »Herr Dr. Bär, wir haben jetzt auch einen Spitznamen für Sie.«

Hochspannung.

Ich, stolz, sagte: »Soso, dann raus damit!«

Fonsi zögerte einen Augenblick, aller Augen waren auf mich gerichtet.

Fonsi sagte: »Sau-Bär!«

19 Fische im Bett

»Ich bin die Vertretung.«

Interessierte keine.

Keine von den Abiturientinnen.

Sie gähnten, kauten Kaugummis, strickten, wischten auf ihren Smartphones rum.

Ich sagte, lauter: »Wenn Sie Ihr Religionsabitur machen wollen, sollten S' schon was lernen.«

Augenrollen himmelwärts.

Immerhin.

Ich war also doch kein Gespenst.

»Das geht euch wohl alles am Arsch vorbei, Religionsabi und so.«

Sie schauten an mir vorbei.
Wohin?
»Ich soll da weitermachen, wo der Herr Kollege Spielrein aufgehört hat. Bevor er verschwunden ist. Was habt ihr denn gemacht die letzten Wochen?«
Null Reaktion.
Ich sagte: »Also nix.«
Sie gähnten weiter, kauten Kaugummis, strickten, wischten auf ihren Smartphones rum.
»Wisst ihr was, ihr könnts mich am Arsch lecken.«
Sie schauten auf. Auf mich.
»Und zwar kreuzweis und ganz langsam.«
Ich stand auf, zog meine Schachtel Gauloises Blondes aus der Tasche von meinem Trachtenjanker, ging zur Tür, sagte mit der Zigarette zwischen den Lippen: »Wer will, kann ja eine mitrauchen.«
Schloss die Tür hinter mir.
Hörte dahinter Gegacker wie in einem Hühnerstall.
Zündete mir vor der Schultür eine an.
Nach dem dritten Zug kam eine Abiturientin. Fragte: »War das ernst gemeint mit dem Mitrauchen?«
Ich hielt ihr die offene Schachtel hin.
Sie nahm eine, ich gab ihr Feuer.
»Danke!«
Wir bliesen den Rauch in die Luft.
Sie sagte: »Das ist eigentlich verboten.«
»Macht ihr bloß, was erlaubt ist?«
Sie schaute mich an, überrascht.
Eine zweite Abiturientin kam dazu.
Rauchte mit.
Eine dritte.
Wo zwei oder drei versammelt sind in meinem Namen … Matthäus 18,20.
Ich fragte in die Raucherinnenrunde: »Was ist eigentlich los mit euch? Seids ihr immer so lahmarschig, oder seids ihr unter Schock?«
Eine blies den Rauch aus, sagte leise: »Schock.«

Eine andere: »Wir haben ihn zwar nicht leiden können, den …«
Ich sagte: »Den Spasti?«
Sie nickten. Kriegten feuchte Augen.
Eine dritte sagte: »Er hat einen Scheiß-Unterricht gemacht, war dauernd mit dem Kopf woanders …«
Eine nickte. Sagte leise: »Bei seinem Mensch.«
Sie nickten. Eine sagte: »Aber dass er weg ist … das hätt's auch nicht braucht. Manche sagen, er ist im Gebirge abgestürzt, wissen Sie was …?«
»Ich weiß auch nur, dass er verschwunden ist. Vielleicht ist er tot. Oder irgendwo …«
Schweigen. Noch eine Runde Zigaretten.
Plötzlich erstarrten sie. Sie schauten mich hilfesuchend an.
Der Direktor war im Anmarsch, sah uns, sagte: »Aber gell, das got itta, das isch verboten … Herr Kollege. Was glauben Sie denn, was Sie da machen?«
Ich sagte: »Wir nehmen gerade die Theorie der religiösen Rauchopfer durch. Praktische Übung.«
Der Direktor, unsicher: »Wollen S' mich verarschen?«
»Soll ich Ihre Frage wirklich beantworten?«
»Machen S' doch, was wolln!«
Er rauschte im Stechschritt weiter.
Die Mädchen schauten mich zum ersten Mal an. Voll.
Ich sagte: »Also, was ist denn los mit euch?«
Eine sagte: »Er war so verrückt nach seinem Mensch …«
Ich fragte: »Wer war denn sein Mensch?«
Eine nach der anderen drückten sie die Zigaretten aus, gingen wortlos ins Klassenzimmer.
Ich stand allein da.
Ich ging ins Klassenzimmer zurück.
Ruhe.
Spannung.
Kein Gähnen, kein Kauen, kein Stricken, kein Smartphone-Wischen.
Ich sagte: »Im Lehrplan steht: Religion und Psychoanalyse.«
Wieder Augenrollen.

»Was ist das Gemeinsame von beiden?«
Das Schweigen der Lämmer.
Ich sagte: »Sex.«
Einer entfuhr es: »Wieso?«
Ich sagte: »Religion ist dagegen, Psychoanalyse dafür.«
»Und?«
»Wisst ihr was, ihr gebts mir jetzt eine Chance. Ich mach was, und wenn's euch interessiert, können wir weitermachen. Wenn nicht, lass ich euch in Ruhe. Für immer.«
Kein Widerspruch. Kein Widerspruch ist Zustimmung.
Ich sagte: »Jetzt entspannts euch einmal, ich erzähl euch ein Märchen. Ihr brauchts gar nicht aufpassen. Und auf keinen Fall mitschreiben. Wer schreibt, lernt nix. Am besten, ihr legts den Kopf auf den Tisch und träumts mit.«
Sie legten ihre hübschen Köpfchen nicht auf die Tische. Sie waren hellwach.
»Ich erzähl euch jetzt das Märchen von einem, der ausging, das Fürchten zu lernen. Also … es war einmal …«
Sie lauschten.
Hatten wohl so was seit ihren Kindergartentagen nicht mehr gehört.
Ich erzählte ihnen das Märchen von einem, der wissen wollte, was Angst ist.
Weil ihm Angst unbekannt war.
Er erlebte allerhand gruselige Geschichten …
Ich schloss meine Märchenstunde: »Am Ende landete er im Bett der Königstochter und konnte sich immer noch nicht fürchten. Die Kammerfrau bringt es ihm bei: Er schläft, sie deckt ihn auf und schüttet einen Eimer voller Gründlinge in sein Bett. Und jetzt weiß er, was Angst ist.«
Ich schaute die Mädchen an. Sie mich.
»Was soll das?«
»Was glaubt ihr, was das soll? Fällt euch was dazu ein?«
»Nein.«
»Könnte es was mit Angst zu tun haben?«, fragte ich.
»Ja. Klar.«
»Und was macht am meisten Angst?«

»Die Fische?«

»Ja, die Fische. Die Fische im Bett machen mehr Angst als Brösel im Bett.«

Sie lachten.

»Und wenn wir die kleinen Fische symbolisch nehmen?«

Schweigen.

Kichern.

Eine ganz Mutige meinte: »Also, ich glaub, die Psychoanalytiker denken dauernd an Sex, und kleine Fische könnten so was sein wie Spermien …«

Ich: »Und die Frau, das Kammermädchen, bewirkt einen Erguss von Spermien in seinem Bett. Er entdeckt sich als sexuelles Wesen.«

»Und das soll Angst machen?«

»Habt ihr keine Angst vorm Sex?«

Kichern. Lachen.

Keine sagte: »Nein.«

Sie wurden nachdenklich.

Eine fragte: »Und warum erzählen Sie uns heute ausgerechnet dieses Märchen?«

»Ehrlich gesagt, ich weiß nicht. Aber ich finde deine Frage gut. Eine echte psychoanalytische Frage.«

Schweigen.

Ich sagte: »Ich habe eine Idee. Vielleicht hängt das Märchen mit unserer Situation zusammen. Vielleicht ist der Spasti auch ausgegangen, um das Fürchten zu lernen … und in einem Bett gelandet.«

Sie schauten mich mit großen Augen an. Dann sich. Irgendwas ging in ihren Köpfen vor, Verbindungen entstanden.

Aber sie sagten mir nicht, welche.

Schauten sich vielsagend an.

Mir sagten sie nichts.

Eine meinte: »Und was hat das alles mit Religion zu tun?«

Ich sagte: »Religion hat mit Angst zu tun. Und mit Sex. Religion unterdrückt Sex. Freud meinte: Unterdrückte Sexualität macht Angst.«

»Nicht unterdrückte auch!«, entfuhr es einer.

Die Schulglocke läutete.

»Schon aus? Können wir noch eine Viertelstunde weitermachen?«

»Nein, für heute ist Schluss. Nächste Stunde wieder!«

Es kam nie zur nächsten Stunde.

Die Sekretärin saß wieder aufrecht hinterm Schreibtisch vorm PC.

Die Frau Lot. Liselotte Lot. Käsweis. Immer noch.

Hielt sich mit ihren Augen am Bildschirm fest.

Ich sagte: »Der Kollege Spielrein, Gott hab ihn selig, gibt's denn von dem ein Foto? Die Kleinen sagen, er hat sich komisch bewegt, die Abiturientinnen sagen, sein Unterricht war grottenschlecht, weil ...«

Das Käsweis in ihrem Gesicht steigerte sich zu Leichenblass.

An ihrem Hals sprossen rosa Flecken.

Ihr schmallippiger Mund wurde ein Strich.

Sie zischte den Bildschirm an: »Unverschämt ... diese Saubande, diese verreckte. Ich sag gar nix. Reden S' mit dem Direktor, wenn S' was wissen wolln.«

Ich sagte: »Da ham S' recht. De mortuis nihil nisi bene.«

Über die Toten nur Gutes.

Sie schaute.

Durch mich hindurch.

Zur Salzsäule erstarrt.

Frau Lot.

Ich fror.

20 Gefeuert

Ich fuhr heim.

Verwirrt.

Was war das für ein Typ, dieser Carl Gustav Spielrein?

Wo war er?

Wie war er? Tot oder lebendig?

Ich ließ es bei »geheimnisvoll«.

Manchmal hilft schon ein Wort, um zu fassen, was man nicht weiß.

Ich bog beim »Schwarzen Adler« links ab, hinauf zur Alm.

Am Anwesen vom Waltl-Bauer vorbei.

Der Daihatsu von der Tierärztin Dr. Messerschnitt stand in der Einfahrt.

Auf der Weide neben dem Haus die Tierärztin und die Waltl-Bäuerin.

Neben einer Kuh.

Aufgeblasen wie ein Heißluftballon. Die Läufe zum Himmel.

Die Nächste.

Wie ferngesteuert hielt ich an, ging durch die wiederkäuenden Rindviecher auf die Dreiergruppe zu.

Die Kuh war tot.

Die Frauen ratlos.

Ich sagte: »Schon wieder eine!«

Die Bäuerin sah noch käsweißer aus als die Sekretärin vom Gymnasium.

»Das ist unser Ende ...«, sagte sie in Richtung Grünten.

Ich sagte: »Weiß man denn schon –«

Die junge Tierärztin fuhr mir übers Maul: »Wenn man schon was wüsst, wär ich nicht schon wieder da. Wir warten noch auf die Laborbefunde.«

»Immer noch?«

Sie streifte ihre Tierarzthandschuhe über. Sie reichten ihr bis unter die Achseln.

Ich dachte: Die kann sie notfalls auch fürs Theater nehmen. Zum Abendkleid. Sagte: »Da kann man nix machen!«

Sie schaute mich an wie einen senilen Deppen, sagte: »Ich entnehm jetzt noch eine Probe aus dem Darm.«

Ich fragte: »Zu was?«

»Zur Sicherheit!«

Die Bäuerin weinte still in sich hinein.

Ich legte meinen Arm um sie, sie reichte mir bis zur Schulter, dabei bin ich schon einen Kopf zu kurz gewachsen, sagte: »Das wird schon wieder!«

Die Bäuerin schüttelte den Kopf, sagte: »Das hat der Pfarrer

Hardenberg auch immer gesagt, in seiner auswärtigen Sprach … dat wird schon wieder …«

Ich sagte nichts, dachte: Vielleicht musste er deshalb sterben, wenn einer so einen saudummen Blödsinn sagt.

Ich stieg in meinen Golf, verbreitete eine Rauchwolke und war sauer.

Auf mich.

Wegen dem Rückfall in meine alte Berufskrankheit.

»Look at the bright side of things.« Alles wird gut.

Ich fuhr auf den Parkplatz vor der Alm, das Handy läutete.

Der Direktor vom Gymnasium.

Bevor ich sagen konnte: »Bär«, plärrte es aus dem Gerät.

Eine akustische Köperverletzung.

»Was glauben Sie eigentlich, was Sie machen, Bär? Bei mir läuft das Telefon heiß die Eltern von den Fünftklässlern rufen an sie nehmen einen Rechtsanwalt wegen Ihren Sauereien wo Sie erzählen ich hab Sie für Religion eingestellt und nicht für Sexualkunde und Ihre Raucherei in der Oberstufe und von wegen Rauchopfer und praktische Übung und Ihre Märchenstunden Ihre versauten und die Schüler von der Fünften und die Abiturientinnen laufen mir die Bude ein sie wollen mehr Religionsunterricht bei Ihnen ja wo simmer denn wenn die Kinder schon mehr Unterricht wollen das hat's ja noch nie gegeben wir sind keine Bananenrepublik nicht da hört sich doch alles auf und meine Sekretärin kündigt, wenn Sie noch einmal in die Schule kommen er oder ich hat sie gesagt da hört sich doch alles auf Schluss mit lustig Sie sind gefeuert ich erteile Ihnen Hausverbot wenn Sie sich noch mal hier blicken lassen hol ich die Polizei hören Sie?«

Er holte zum ersten Mal Luft, ich nutzte die Gelegenheit, sagte: »Sie können mich nicht feuern, ich bin ehrenamtlich.«

»Das ist mir scheißegal, ich …«

Ich stieg aus, ging auf die Kühe am Weidezaun zu, hielt mein Handy an die Kuhglocke, und das Rindvieh am anderen Ende der Leitung verstummte.

Ich dachte: Arschloch.

Aber gewurmt hat es mich trotzdem.

Ich dachte, ich könnte wieder mal ein Erfolgserlebnis brauchen.

»Lieber Gott, ein kleines nur!«

Bittet, so wird euch gegeben, klopfet an, so wird euch aufgetan … Matthäus 7,7.

Ich sperrte die Tür auf.

Schaffte es nicht.

Der Schlüssel drehte sich nicht.

Die Tür war offen.

Wahrscheinlich hatte ich vergessen, abzuschließen.

Meine Wohnungstür war auch offen.

Ich erschrak, dachte: Demenz. Jetzt geht's los.

Mein PC war eingeschaltet, der Bildschirm flimmerte.

Ja: Demenz.

Ich griff nach der Maus, um ihn herunterzufahren, dachte, da schau an: Microsoft hat ein neues Logo.

Eine Kuh.

Vielleicht von Microsoft Allgäu.

Eine Kuh, die auf dem Buckel lag.

Die Läufe zum Himmel.

Bauch wie ein Heißluftballon.

Ohne Kopf, das Tier.

Statt dem Kopf: ein Foto.

Mein Antlitz.

Unterschrift: »Du bist der Nächste!«

Mein Bauch grummelte.

Der PC drehte sich.

Finsternis bedeckte mich, mein letzter Gedanke: Ob mich die Tierärztin untersuchen wird?

21 Ab in die Röhre

Es war nicht die Tierärztin.

Es war die Chefärztin.

Notaufnahme Klinikum Kempten.

Sie sagte: »Du ...«
Was soll man darauf sagen?
Nichts.
Ich sagte: nichts.
Sie tackerte an meiner Stirn herum.
»Platzwunde!«, sagte sie.
Voller Vorwurf.
»Wie ist denn das wieder passiert? Warst besoffen?«
»Nein, ich bin trocken.«
»Schon wieder?«
»Jedes Mal, wenn ich nix trink, bin ich trocken. Ich hab nur in den Computer hineingeschaut.«
Sie lachte.
Mich aus.
Sagte: »Das ist ja lächerlich, willst mich verarschen? Vom Computer-Hineinschauen kriegt man keine Platzwunde.«
»Au!« Schon wieder ein Tacker.
»Nicht, was in den Computer hineingeht, verunreinigt den Menschen, sondern was aus ihm herauskommt. Matthäus 15,11.«
Sie runzelte ihre schöne Stirn unter ihrem blonden Engelhaar, kümmerte sich einen Dreck um meine theologischen Reflexionen, sagte: »Ich schieb dich lieber in die Röhre, da ist was mit deinem Kopf nicht in Ordnung. Die Platzwunde sieht harmlos aus, aber da steckt man net drin, nicht dass es ein Schädelbasisbruch ist.«
Sie strich mir übers Haar, ich kann das nicht ausstehen, weil es mir so guttut, es haut mich um, ich raunzte: »Ein Dreck ist es. Wenn es ein Bruch wär, könnt ich nimmer denken. Kombinieren. Assoziieren ...«
Sie sagte zu ihrer Assistentin: »Röhre!«
Wenigstens nicht: »Kaufbeuren!«
Dieses Streichen über meine Haare brachte mich aus dem Konzept. Erinnerte mich an unser letztes Encounter. Unser erstes intimes. Ich hatte gerade mit meinem Kompagnon Philipp Marlein das Geheimnis um den Heiligen Krieg zwischen Panteranern und der Vatikan-Mafia aufgedeckt, das Christentum vor sich selbst gerettet und das Abendland vor dem Islam bewahrt, und

sie hatte dabei meinen Arsch gerettet, mich zu sich genommen, in die Wohnung, Sicherungsverwahrung im Bett.

Wir waren seither auf Distanz wie zwei Stachelschweine, bei denen jede Annährung gefährlich ist, nicht weil wir uns nicht mochten, sondern weil wir beide Schiss hatten, dass wir uns zu sehr mochten.

Sie lebte gerade in Scheidung, ihr Mann hatte eine andere, sie teilten sich ihre Tochter Anna, sahen sie alle vierzehn Tage. Die Anna hatte ich getauft, Annas Opa, Dr. Grafs Vater, war ein Freund von mir gewesen, tragisch umgekommen. Meine Erfahrungen mit Frauen und Beziehungen waren bislang unterirdisch. Die Vasthi Graf und ich hatten mindestens zwei Dinge gemeinsam: Sehnsucht nach und Angst vor Bindung.

Die Krankenschwester verband mir meinen Kopf, ich sah aus wie ein Frontsoldat im Ersten Weltkrieg oder ein Skifahrer, der gegen einen Baum geknallt ist.

Ich sagte: »Du weißt, ich war schon mal in der Röhre, wie ich die Gesundbeterin gesucht hab, und wär mit einem Haar drin verreckt. Meine Birne hat eine Platzwunde, aber mein Hirn ist voll da. Sonst tät ich nicht mehr wissen, was auf dem Bildschirm von meinem PC gestanden ist. In Leuchtschrift.«

»Was denn?

»Da war ein totes Rind mit meinem Gesicht drauf und drunter ist gestanden: ›Du bist der Nächste!‹«

»Hast dich schon wieder in was hineingemischt, wo dich nichts angeht?«

»Das ist eine lange, komplizierte Geschichte. Ich bin was auf der Spur, aber ich weiß nicht, was ich auf der Spur bin. Also …«

Sie deutete mit ihren Augen auf die Krankenschwester und die Assistenzärztin, legte den Finger auf ihre Lippen, einfach süß! Sagte, barsch: »Für lange, komplizierte Geschichten hab ich keine Zeit, wir sind hier eine Notaufnahme und kein Erzählverein für Senioren.«

Ich schaute auf die Spitzen meiner Lehrerschuhe, sagte zu niemandem speziell: »Ich könnte ja mal wieder bei dir vorbeikommen, dann reden wir in Ruhe und ohne Audienz. Bei dir wär's sicherer.«

Ihre Wangen wurden rosa.

Sie schaute an mir vorbei, sagte zur Krankenschwester: »Machen S' den Herrn Bär fertig, Arztbrief, Rezept und so weiter, und geben S' ihm seine Sachen, der kann dann heimgehen. Und wer kommt als Nächster dran?«

Und weg war sie.

Zicke. Blöde. Null Manieren.

Ich setzte mich auf, griff nach meinen Zigaretten, ach ja, die waren ja in meinem Trachtenjanker …

Wartete.

Ich kriegte einen Arztbrief und meine Jacke, griff nach meinen Gauloises, ja, sie waren da, nach der Brieftasche, ja, sie war da, nach meinem Schlüsselbund, war da … irgendwas war anders … schwerer … Ich schaute auf meinen Schlüsselbund und erschrak: Hatte ich doch was am Hirn abgekriegt?

Ich sah doppelt. Zwei Autoschlüssel.

Steckte den Bund wieder in die Tasche. Wieder raus: immer noch zwei Autoschlüssel.

Einer von VW.

Einer von Audi.

Ich kehrte um, um das Missverständnis aufzuklären.

Sagte zur Krankenschwester: »Sie, da stimmt was nicht, weil …«

Ein Gedanke drang durch den Kopfverband in mein Hirn:

Dr. Graf fuhr einen Audi. TT.

Die Krankenschwester sagte: »Ist Ihnen nicht gut?«

Ich sagte: »Saugut ist es mir. Mir ist so kannibalisch wohl als wie fünfhundert Säuen!«

»Was?«

Ich sagte: »Keine Angst. Goethe. Johann Wolfgang von. ›Faust I‹. Pfüad Gott!«

Die Krankenschwester sagte zur Assistenzärztin: »Wir hätten ihn doch in die Röhre tun sollen.«

Die Ärztin: »Am besten gleich nach Kaufbeuren.«

22 Dusche eiskalt

Ich steckte den Schlüssel ins Zündschloss vom Audi TT. Hockte mich auf den Beifahrersitz. Zündete mir eine Gauloises an.

Wartete.

Oder lieber wieder aussteigen? Weglaufen?

Wohin?

Auf meine Alm? Da war freier Zutritt. Für wen auch immer. Einer hatte den Schlüssel. Der mir das originelle Willkommen auf dem PC bereitet hatte. »Du bist der Nächste!«

Traute ich mich nicht. Zurück …

Also vorwärts. Wo war vorwärts? Bei Dr. Graf. Sicher. Im Schlafzimmer.

Ich hustete. Eng war's im Hals. Scheiß-Rauch.

Ich wollte mir den Schweiß von der Stirn wischen, aber meine Hand landete auf der Bandage. Richtig, ich trug ja einen Verband. So was vergisst man schnell.

Ich schreckte auf.

Die Fahrertür ging auf, Dr. Graf ließ sich in den Sitz fallen.

Schnaufte aus wie eine Kuh beim Kalben.

Ich hielt ihr meine Schachtel Gauloises hin, mit einer Zigarette zum Rausziehen bereit, so gehört sich das, hab ich gesehen. In einem Film mit Humphrey Bogart und Audrey Hepburn.

Sie sagte: »Jetzt nicht. Im Krankenhaus … weißt schon …«

»Gesundheitsterror?«

»Genau.«

Ich schaute sie von der Seite an. Sodass sie es nicht merkte. War reifer geworden.

Vor einem Jahr noch war sie strikt gegen Rauch, Alkohol, Gluten, Fett, Speiseeis und sogar Haribo-Gummibärli. Echt extrem.

Seit unserer ersten Nacht war sie davon geheilt.

Oder war ich ansteckend?

Ja. Ansteckend gesund.

Die Schranke vom Klinikum hob sich, sie fuhr hinaus auf die Robert-Weixler-Straße.

Sie nahm sich eine Zigarette, ich gab ihr Feuer, sie ließ das Fenster runter, tiefer Zug, der erste ist immer der schönste, sagte:

»Ich bring dich jetzt zu mir. Wegen der Sicherheit. Hast du eine Ahnung, wer da in dein Haus hinein ist und an deinen PC? Und warum?«

»Keine Ahnung … Jedenfalls musste er einen Schlüssel haben.«

»Wer hat denn einen Schlüssel?«

»Meine Nachbarin. Die mit dem Piercing auf dem Bauch.«

»Woher weißt du denn, dass sie ein Piercing auf dem Bauch hat?«

Hörte ich einen Hauch von Eifersucht?

Wär ich bloß ausgestiegen aus dem Audi. Auf dem Parkplatz. Rechtzeitig.

Ich sagte: »Früher, wie sie noch Kühe hatte, hat sie sie früh auf die Weide getrieben und abends zurück.«

»Und was hat das mit dem Piercing zu tun?«

»Sie hat ein Top angehabt, bauchfrei, und da hat man eben das Piercing am Bauchnabel gesehen.«

»Hat sie es immer noch?«

»Das Top?«

»Nein, das Piercing.«

»Weiß ich nicht, ich hab sie nie mehr im Top gesehen, seit sie die Kühe verkauft haben.«

»Glaubst du, die tät so was, ins Haus gehen?«

»Nein, nur weil sie ein Piercing hat oder gehabt hat, ist sie keine Einbrecherin …«

Wir bliesen den Rauch gegen die Frontscheibe.

Sie sagte: »Piercing hin oder her … Hinter was bist du denn her?«

»Eine komplizierte Geschichte.«

»Mach's halt einfach!«

»Einfach geht nur, wenn man die Geschichte kennt … aber ich kenn die Geschichte noch nicht. Das ist, wie wenn du eine Diagnose stellen sollst und kennst die Krankheit noch nicht.«

Das verstand sie.

Sie sagte: »Klar. Wir sammeln erst die Fakten. Hast du welche?«

Ich sagte: »Ja, ein paar. Vor ein paar Wochen ist der Pfarrer von Tal verschwunden. Mit einem Heißluftballon in den See von Tal gestürzt und ersoffen. Sagen sie.«

»Ja, ich hab's in der Zeitung gelesen.«

Feuchte Augen. Ihr Mann war der Verfasser des Artikels, der Chefredakteur Magnus Augstein. Ihr Ex.

»Und zur gleichen Zeit ist der Mann von der Pfarrerin von Füssen verschwunden. Er war Religionslehrer am Michl-Lang-Gymnasium in Kempten.«

»Wohin verschwunden?«

»Weiß man nicht. Vermisst. Abgestürzt beim Bergsteigen. Heißt es. Aber wissen tut keiner was.«

»Und weiter?«

»Seine Frau, die Pfarrerin Spielrein, ist auch verschwunden. Irgendwo ins Rheinland. Zu ihren Eltern. Wollte promovieren. Über das Sakrament.«

»Welches Sakrament?«

»Das Sakrament der Liebe.«

»Gibt's des jetzt auch schon?«

»Sie hat's erfunden.«

»Weiter?«

»Was weiter?«

»Fakten!«

Ich blies den letzten Rauch aus, sagte: »Das sind schon die Fakten. Außer dass beim Waltl-Bauer die Kühe verrecken, eine nach der anderen … Und an sein Haus ham sie hingesprüht: *Mörder Verräter Verreck!*«

Sie warf ihre Kippe aus dem Audi-TT-Fenster. Sagte: »Und der letzte Fakt ist der Einbruch bei dir, Einbruch mit Schlüssel und du als totes Rindvieh auf dem PC.«

Ich sann, sagte: »Auf die Fakten ist g'schissen. Man muss wissen, was sie bedeuten …«

Sie ergänzte: »Wie mit den Blutwerten. Sie sind nix wert, wenn man nicht weiß, was sie bedeuten. Aber das ist alles Theorie. Philosophie. Fakt ist deine Platzwunde am Kopf.«

Ich sagte: »Das ist der einzige Fakt, den ich deuten kann.«

Sie schaute mich kurz an, verwundert, ich sagte: »Die Bedeutung ist: Ich bin auf einer richtigen Spur.«

Wir waren an ihrem Haus in Sulzberg angekommen.

Vom Balkon: Blick auf den Grünten.

Abendlicht, Abendrot.
Chardonnay.
Gauloises.
Sie drückte ihre Zigarette aus, leerte ihr Glas, sagte in Richtung Grünten: »So ... ich schlupf jetzt amal in was Bequemeres.«
Ich sagte: »Das tät ich jetzt auch gern!«
Unsere Blicke begegneten sich. Wir lasen, was wir dachten.
Blickten weg, scheu wie Teenager.
Ich sagte: »Ich mach derweil die Gläser und den Aschenbecher sauber.«
Sie, verlegen: »Musst fei net. Das kommt in den Spüler. Aber du könntst in die Dusche ... dann schau ich nach dem Verband.«
Ich sagte: »Da muss ich aufpassen, dass ich den Spüler und die Dusche nicht verwechsel!«
Sie lachte. Laut. Aus dem Bauch raus.
Wer über meine Witze lacht, hat bei mir gewonnen. Mich. Für immer.
Ich drehte die Dusche auf.
Kalt. Eiskalt.

23 »Aus, fertig und gar!«

Meine neue Narbe am Hirn stand mir gut.
Fand ich.
Wie ein Schmiss an der falschen Stelle.
Ich stellte mein Fahrrad ab, sicherte es mit meinem Tedi-Schloss.
Aber wer klaut schon vor dem Polizeipräsidium?
Trotzdem.
Ich drückte eine Art Klingel.
Die Tür summte auf.
An der Theke – oder wie auch immer sie bei der Polizei für die Rezeption sagen – stand eine junge Polizistin.
Pferdeschwanz.
Allgäuer Kuhaugen.

Allgäuer Kälberfüllung in der Polizeibluse.

Alter: Hätte meine Enkelin sein können.

Sie lächelte mich sachlich an, öffnete ihre vollen Naturlippen wie einst Doris Day, als sie von Cary Grant einen Kuss erwartete.

Ich atmete tief durch, sagte: »Ich komme in einer Kriminalsache.«

»Soso. Das sagen alle. Welche denn?«

»Das ist hochvertraulich. Könnte ich den Kriminalkommissar sprechen? Den zuständigen?«

Sie zögerte, ich sagte, schnell: »Sie wissen doch, der Pfarrer von Tal, der wo mit dem Heißluftballon in den See gefallen ist. Ich habe neue Erkenntnisse.«

Sie war beeindruckt. Ihr Doris-Day-Mund schnappte zu.

Sie sagte: »Kommen S' mit!«

Ich dachte, das muss meine neue Narbe sein, die so gut wirkt.

Sie führte mich in ein Zimmer. Tisch. Stuhl links, Stuhl rechts. Plastik. Weiß. Obi. Sommerschnäppchen.

Sie deutete auf den linken Stuhl, sagte: »Nehmen S' Platz!«

Dachte sie, ich bin ein Dackel?

Ich nahm trotzdem Platz.

Sie verschwand.

Kam nach zwei Minuten wieder.

Hockte sich mir gegenüber, sagte: »Also?«

»Nix für ungut, aber ich wart lieber, bis der Kommissar kommt. Machen Sie sich keine Umständ, ich kann mich gut mit mir selber beschäftigen.«

Sie lächelte.

Amüsiert. Sagte: »Ich bin der Kommissar. Die Kommissarin.«

Deutete auf den silbernen Stern auf ihrer Schulterklappe.

Jetzt hatte ich ein Maul wie der Cary Grant, bevor er die Doris Day küsste.

Halb offen.

»Sie sind aber jung für eine Kommissarin!«

Sie lächelte gequält. Wahrscheinlich hörte sie den Altmännerquatsch dreimal am Tag, sagte: »Für Kommissarinnen gibt es keine Altersbegrenzung nach unten. Außer volljährig.«

Ich dissoziierte: volljährig, volllippig, vollbusig.

Sie sagte, milde lächelnd wie die Schwarze Madonna von Altötting: »Aber Sie ham schon irgendwo recht. Ich bin die jüngste Kommissarin im Polizeibezirk Kempten.«

»Glückwunsch!«

»Also, zur Sache!«

Ich schaute mich um.

Sie sagte: »Keine Sorge, der Raum ist abhörsicher.«

Gedankenlesen konnte sie also auch.

Ich räusperte mich, fuhr über meinen grauen Dreitagebart, griff mir an meine Narbe: »Also, da muss ich a weng ausholen, damit Sie verstehen … Der Pfarrer von Tal …«

Längsfalte zwischen ihren Augen.

Sie sagte, kühl wie Audrey Hepburn: »Fassen Sie sich bitte kurz!«

Ich sagte: »Haha, das ist früher immer auf den Telefonhäusle gestanden, den gelben, kennen S' die noch?«

»Ist das relevant für den Fall?«

Bevor ich weiter ausholen konnte, sagte sie, vorgebeugt, wie eine Schlange, die mit einem Kaninchen spricht: »Ich kenne den Fall, ich habe ihn selbst bearbeitet – und abgeschlossen. Es war ein Unfall. Technisches Versagen. Haben unsere Experten ermittelt. Das Opfer war durch die Explosion tot oder handlungsunfähig und ist dann ertrunken.«

»Tot oder lebendig?«

»So oder so. Das macht keinen Unterschied.«

»Für mich schon. Also ich tät lieber tot ersaufen.«

Sie sog die Luft ein. Schaute auf ihre Swatch-Uhr.

Ich fragte: »Hat man denn die Leiche je gefunden?«

»Nein. Mit an Sicherheit grenzender Wahrscheinlichkeit ist der Leichnam in die Turbine des Stausees gesogen worden und … nicht mehr identifizierbar.«

Ich langte an meine Narbe, sagte: »Hackfleisch?«

Sie sah mich angeekelt an.

Ich fragte: »Und woher weiß man, dass es der Pfarrer von Tal war – und niemand anderer?«

»Alle Indizien sprechen dafür, dass es der Pfarrer Hanno von Hardenberg war. Es gibt sogar Zeugenaussagen …«

Ich, fachkundig: »Zeugenaussagen sind das unzuverlässigste Indiz. Wenn Sie richtig fragen, kriegen Sie auch Zeugenaussagen, dass der Papst im Ballon war, oder der Baron von Lütgendorf, oder die heilige Maria, Muttergottes.«

Ihre Längsfalte auf der Stirn wurde so rot wie meine Narbe.

Sie sagte: »Alle Indizien sprechen eindeutig dafür, dass es der Pfarrer von Tal war.«

»Welche?«

»Die Brille, die unsere Taucher gefunden haben, seine Schuhe, sein Kollar, seine Lohnsteuerkarte ...«

»Lohnsteuerkarte? War er auf dem Weg ins Finanzamt? Ist das nicht komisch ... das passt alles so gut zusammen. Zu gut!«

»Hören S' auf mit dem Schmarren. Ich glaub, Sie schauen zu viel ›Tatort‹. Außerdem geht Sie das gar nix an! Und überhaupt ...«

Sie war drauf und dran, mich hinauszuschmeißen.

Ich sagte, cool: »Ich habe nämlich den Beweis entdeckt, am See.«

Hielt ihr den halben Personalausweis hin.

Sie nahm ihn, lächelte. »Ach, das ist ja wunderbar. Jetzt ist die Sache wirklich über jeden Zweifel erhaben!«

»Ja, Sie können den Fall schließen.«

»Ist schon geschlossen.«

»Doppelt geschlossen hält besser.«

Sie sagte: »Gut, dann dank ich Ihnen für Ihre Mühe.«

Heißt: Schwing dich.

Ich ging zur Tür, machte den Columbo, sagte aus der Drehung heraus: »Da fällt mir noch ein, da ist eine winzige Kleinigkeit, die mir Kopfzerbrechen bereitet: Ich habe den halben Ausweis gefunden, unterhalb von der Staumauer, ausgerechnet den Teil vom Ausweis, auf dem das Opfer einwandfrei identifizierbar ist, und er ist gar nicht zu Fischmehl zerschreddert wie der Rest vom Hochwürden, man könnt grad meinen, der Ausweis wär mit einer Schere zerschnitten und unterhalb von der Staumauer so gepflanzt worden, dass man ihn leicht findet. Finden muss. Komisch, oder?«

Sie, eiskalt: »Der Fall ist geschlossen. Aus, fertig und gar!«

Ich schloss die Tür, griff mir an die Stirn, dachte: Und warum hab ich dann eine Narbe an der Birne?

24 Abstecher nach Mekka

Meine Mutter lag im Bett, wie immer.

Im Pflegeheim.

Seit fünf Jahren.

Vierzehn Tage hatten sie ihr gegeben. Die Ärzte. Vor fünf Jahren.

»Dann schläft sie friedlich ein!«

Märchenonkel!

Sie hatte keine Lust, friedlich einzuschlafen.

Riss sich den Ernährungsschlauch aus der Nase.

Ab ins Klinikum, neuen Schlauch legen.

Jeden Tag.

Die Pfleger sagten: »Sie braucht eine Sonde! Sie können sie so nicht liegen lassen.«

Was sie nicht sagten: »Sie können uns nicht jeden Tag das Theater mit Schlauch und Klinikum zumuten.«

Ich rief den Arzt an.

Fragte: »Wie ist das mit der Sonde? Wenn man die reintut?«

»Wieso wollen S' denn eine Sonde legen lassen? Sie hat doch in ihrer Patientenverfügung geschrieben: ›keine lebensverlängernden Maßnahmen‹.«

»Und wenn man keine Sonde legt, was ist dann?«

»Dann kriegt s' halt nichts mehr zum Essen.«

»Und dann?«

»Dann dauert's nicht mehr lang … Sie schläft halt dann nach und nach ein.«

Ich sagte, empört: »Heißt das, dass sie verhungert?«

»So kann man es auch sagen.«

»Ich soll meine Mutter verhungern lassen?«

»Das müssen Sie wissen. Ihre Entscheidung.«

»Danke!«

Er legte auf.
Ich ließ eine Sonde legen.
Es kamen immer weniger Besucher zu ihr.
Die einen munkelten: »Wie kann man die alte Frau nur so quälen!«
Meinten mich damit.
Die anderen munkelten: »Der hätt mit einem Haar seine eigene Mutter verhungern lassen.«
Mit »der« war ich gemeint.
Ich rüttelte meine Mutter aus dem Schlaf.
Sie schaute ins Leere. Durch mich hindurch.
Ich hätte doch keine Sonde legen lassen sollen. Das ist doch kein Leben. Ohne Hirn leben.
Ich rüttelte weiter, sagte: »Der Emil ist da!«
Nach zehn Minuten hakte sich ihr Blick in meinem ein.
Sie lächelte. Drückte mir die Hand mir ihrer linken. Die rechte war gelähmt.
Schnappte wie ein Fisch. Ohne Ton.
Ihr Sprachzentrum war zerstört. Eingeblutet.
Ich sagte: »Jetzt ist das Zehnerle g'fallen, gell, jetzt kennst mich!«
Sie nickte. Andeutungsweise.
Ich sagte ihr, was ich immer sagte: »Alles in Ordnung. Dein Haus ist ordentlich beinander. Gruß vom Frederick.« Ihr Enkel.
Null Reaktion.
Ich wiederholte.
Null Reaktion.
Ihr Blick entgleiste wieder, schaute durch mich hindurch, an die Decke.
Ich schaute nach gefühlten zwei Stunden auf die Uhr. Unauffällig.
Elf Minuten vorbei. Warum verging die Zeit nicht?
Nach zwanzig Minuten beugte ich mich über sie.
Sagte: »Ich pack's jetzt wieder! Jetzt gibt's noch ein Altmännerbussi!«
Ich rieb meine Bartstoppeln an ihrer sanften Greisinnenwange.
Sie lächelte.

Ich sagte: »Ich komm bald wieder.«
Wann auch immer bald ist.
Sie nickte.
Ich ging.
Mit meinem Gewissen. Dem schlechten.
Dachte: Wegen zwanzig Minuten Besuch dreihundert Kilometer fahren, nach Augsburg und wieder zurück!
Ein Heißluftballon schwebte über dem Pflegeheim.
Noch einer.
Eine Idee kam mir: Ich fahr die zehn Minuten nach Gersthofen.
Dann lohnt sich die Bretterei auf der Autobahn wenigstens besser.
Recherchieren.
Gersthofen nördlich von Augsburg ist das Mekka der Ballonfahrer.

25 Wackeln

»Da ham S' Glück g'habt!«, sagte die junge Frau an der Rezeption vom Ballonmuseum.
In ihrem Augsburger Schwabenakzent.
Ich schmolz.
Klänge der Heimat.
Mit elf Jahren hatten sie mich deportiert.
Ins Ausland.
Aber das ist eine andere Geschichte. Mit der wollte ich nichts zu tun haben.
Sie schaute mich sittsam an, sagte: »Unser Obertechniker ist nämlich grad im Haus … Herr Eichele, da isch jemand für Sie!«
Herr Eichele schlenderte daher.
Tiefenentspannt.
Grauhaarig.
Ein Opa.
Wache Augen.

Drahtig.

Er streckte mir die Hand entgegen, sagte: »Grüß Gott, was gibt's denn?«

Ich reichte ihm die Hand.

Kräftiger Händedruck.

Ich sagte: »Ich hab grad meine Mutter besucht. Im Pflegeheim –«

Er unterbrach: »Ihre auch?«

»Ja, in Ostheim.«

»Meine liegt in Lechhausen. Seit ein paar Jahr. Red nix, tut nix, schaut vierundzwanzig Stund am Tag an die Decke.«

Er atmete tief durch.

Ich sagte: »Scheiße, gell?«

»Das kannst zweimal sagen!«

»... und da hab ich mir denkt, wenn ich schon in der Gegend bin, schau ich amal das Ballonmuseum an. Das Mekka der Ballonfahrer.«

Ich blickte mich um, deutete mit meinem Arm rundum, sagte: »Und es übertrifft alle Erwartungen.«

Herr Eichele lächelte, sagte: »Gell!«

Ich dachte, jetzt reicht's mit dem schönen Getue, sagte: »Ich hätt eine Frage, eine vertrauliche.«

»Ja?«

Ich schaute auf die Dame, die an der Rezeption herumhantierte, mit Hasenohren, sagte: »Sehr vertraulich. Geheimdienst.«

Seine Augen weiteten sich, er sagte: »Das isch koi guter Spaß!«

»Es ist überhaupt kein Spaß. Ernst.«

Er sagte: »Kommen S' in mein Büro.«

Er setzte sich hinter seinen Schreibtisch. Die Wände waren voll mit:

Eichele im kleinen Ballon.

Eichele im großen Ballon.

Eichele jung.

Eichele alt.

Eichele nimmt einen Preis entgegen.

Eichele steht in der Zeitung.

Eichele sagte: »Welcher Geheimdienst?«

Ich sagte: »Das ist geheim.«

»Also, i wois net …«

»Keine Sorge, ich brauch nur ein paar Informationen. Ich zieh Sie da in nix rein. Echt. Ich bin doch selber aus Augsburg. Gebürtig. Ich bin in Kriegshaber in die Schule gegangen.«

Er entfaltete seine Stirn wieder.

Lächelte.

»Ich im Bärenkeller.«

Ich sinnierte kurz, sagte: »Die Buben vom Bärenkeller, vor denen ham wir Kriegshaberer einen Heidenrespekt g'habt. Mit denen ham wir uns öfters geprügelt, schön war's …«

Er lachte. »Kommt Ihr Schmiss am Hirn wohl von so einer Prügelei? Vielleicht sind wir uns schon einmal begegnet …«

»Nein, der ist frisch. Alter schützt vor Prügel nicht!«

Augsburger sein war offensichtlich Garantie für nichts Böses.

»Was wollen S' denn wissen?«

Ich räusperte mich, senkte meine Stimme, schaute, ob die Tür dicht war, sagte: »Ich will wissen, wie man einen Heißluftballon zum Absturz bringt!«

»Ha?«

Entgeistert.

»Sie werden doch net …«

»Nein, ich bin kein Terrorist von der Seniorenabteilung vom IS.«

Ich erzählte ihm die Geschichte mit dem Pfarrer, der im Heißluftballon über dem See von Tal abgestürzt und ersoffen war.

Er sagte: »Ich hab davon gelesen. Hab mich auch gewundert, wie so was geht. Unsere Technik ist inzwischen so perfekt, dass so was praktisch nicht passieren kann.«

Er stockte, sagte: »Aber warum fragen S' denn da in Kempten nicht nach? Die haben auch einen Ballonverein, einen guten, die fahren da mehr rum im Allgäu als wie wir in Gersthofen. Touristen und so …«

»In Kempten renn ich gegen eine Mauer. Das Schweigen der Ballonfahrer. Und da denk ich, da stimmt was nicht.«

»Und die Polizei?«

»Geht von einem Unfall aus. Der Leichnam ist in der Turbine

vom Staudamm zu Fischmehl gemahlen worden, den Ballon und den Korb hat es bei der Explosion zerrissen. Null Beweise, nix. Nur die Brille, die Schuhe, der Kollar, die Lohnsteuerkarte und den halben Ausweis vom Pfarrer hat man gefunden. Für die Polizei ist der Fall geschlossen.«

Schweigen.

Er fragte: »Sind Sie denn selber schon Ballon gefahren? Dann hätten S' nämlich eine bessere Vorstellung, wie das so zugeht.«

»Nein, nicht direkt. Ich hatte noch keine Gelegenheit.«

»Wollen S' fahren? Ich fahr mit und zeig's Ihnen, und dann kriegen S' eine Idee, wie so ein Ballon abstürzen kann …«

»Ah … äh … nein danke, nett von Ihnen, aber ich habe …«

»Schiss?«

»Höhenangst.«

»Schmarren. So ein Ballon ist sicher wie Abrahams Schoß.«

»Da zieht's mich aber noch nicht hin …«

Er lachte.

»Von Kempten nach Augsburg mit dem Auto fahren ist hundertmal riskanter als mit dem Ballon von Augsburg nach Kempten fahren. Statistisch.«

»Ja, schon, aber was nützt mir die Statistik, wenn ich runterfall?«

Er schüttelte den Kopf, dachte wahrscheinlich: hoffnungslos. Schnaufte, sagte: »Kommen S', ich zeig Ihnen was. Wir ham hier ein Eins-zu-eins-Modell im ersten Stock.«

»Oh, schön!«

Der Schweiß auf meiner Stirn trocknete wieder.

Im Museum waren keine Besucher.

Im ersten Stock hing ein Ballon, der Korb in der Luft, eine Einstiegsrampe führte in den Korb.

Herr Eichele sagte: »Das ist leichter wie in einen Linienbus steigen.«

Seine Handbewegung lud mich ein, das Ding zu betreten.

Ich hielt mich mit beiden Händen am Korb fest.

Er wackelte.

Ich setzte meinen Fuß in den Korb.

Er wackelte. Der Korb.

Der Schweiß auf meiner Stirn kam wieder.

Ich stieg mit dem zweiten Fuß hinein, krallte mich mit den Händen an den Rand vom Korb.

Ein einziges Gewackel.

»Da kann nix passieren, was ham S' denn ... Schauen S', der hängt an drei Drahtseilen.«

»Aber er wackelt ... wie ein Kuhschwanz!«

Herr Eichele machte Anstalten, sich zu mir in den Korb von ein mal ein Meter Grundfläche zu gesellen.

Der Schweiß rann.

Herz auf zweihundert.

Atmen eingestellt.

Ich kam nicht mal mehr auf die Idee zu beten.

Wir standen, Bauch an Bauch, in dem wackeligen Korb.

Herr Eichele, ungerührt, erklärte mir die Details.

Die Düse.

Den Brenner.

Den Höhenmesser.

Und wie das alles funktioniert.

»Alles sicher. Topsicher!«

Der Korb wackelte, der Schweiß rann.

Ich sagte: »Ich glaub, bei mir müsste der Korb nicht abstürzen. Ich käm schon vor Angst um, wenn ich da oben irgendwo wär.«

»Das Prinzip ist todsicher. Leichter als Luft. Man fährt mit einem Ballon quasi durchs Luftmeer. Durch den Auftrieb, wie bei einem Schiff. Deshalb sagen wir Ballonfahrer ja auch, wir fahren – und nicht fliegen. Wer da oben sagt: wir fliegen, muss eine Runde zahlen.«

Eichele lachte. Ich schwitzte.

Hatte meinen Humor auf dem Weg in den Wackelkorb verloren.

»Wie kommt's dann, dass ein Ballon abstürzt?«

»Es sind meistens menschliche Fehler, zusammen mit Windböen, und meistens beim Aufsteigen oder Landen.«

»Aber die Luft war ganz ruhig am See von Tal. Ich hab den Ballon selber ins Wasser fallen sehen, und beim Aufprall ist er explodiert.«

Eichele zuckte die Schultern.

»Dann stimmt was net.«

»Haben Sie schon mal den Fall gehabt, dass sich einer umgebracht hat? So wie der Möllemann, der aus dem Flugzeug gesprungen ist und vergessen hat, den Fallschirm aufzumachen?«

Eichele schüttelte den Kopf. »Das mit dem Möllemann ist ja auch nie richtig geklärt worden, ob er den Fallschirm nicht aufgemacht hat, oder ob der nicht aufgegangen ist durch einen technischen Fehler …«

»Oder durch Sabotage«, warf ich ein.

»Beim Fallschirm kann ich es mir vorstellen, dass einer die Reißleine nicht zieht, weil das so schnell geht. Aber so ein Ballon fahrt ja ganz langsam. Und es gibt keinen Menschen, der sich langsam in den Tod steuert, genauso wenig wie ein Schwimmer nicht ersaufen kann, nur weil er will … Oder einer erstickt, weil er die Luft anhält.«

Ich nickte. »Ja, der Lebenstrieb. Meine Patentante, die hat immer gesagt, wenn sie ins Krankenhaus muss – sie war über achtzig –, dann bringt sie sich um. ›Ich hab schon ein Mittele‹, hat sie mir gesagt. Dann hat sie angerufen – aus dem Krankenhaus, ob ich ihr Zigaretten schicken kann. Sie war drin wegen Raucherbein. Ich hab gesagt: ›Gern, aber ich hab denkt, bevor du ins Krankenhaus gehst, nimmst dein Mittele.‹ ›Ja‹, hat sie gesagt, ›das kann ich immer noch.‹ Sie haben ihr ein Bein scheibenweise weggeschnitten. Sie nahm ihr Mittele immer noch nicht. Dann das zweite Bein … Kurz: Sie nahm ihr Mittele nie, sie verreckte elendig. Und sie ist nicht die Einzige, die ich kenn. Wenn man gesund ist, nimmt man ein Mittele, im Kopf. Sobald es ernst wird, übernimmt der Lebenstrieb.«

Eichele nickte. »So ist es auch bei meiner Mutter. Und deshalb halt ich Ihre Suizid-Hypothese im Ballon für einen Schmarren.«

Ich sagte: »Ich muss jetzt raus, dringend.«

Er fragte: »Biesla?«

»Nein, denken.«

Ich brachte mich mit einem Schritt in Sicherheit, Eichele wackelte seelenruhig im Korb weiter.

»Ich kann nämlich nur denken, wenn ich keinen Schiss hab!

Und ich denk grad, wie täten denn Sie einen Ballon abstürzen lassen?«

Er sagte: »Man könnte eine winzige Plastikbombe an der Düse anbringen. Mit Zeitzünder. Aber das sieht der größte Depp. Man kann schwer was verstecken in dem Korb, schauen S' …« Er deutete in den Kubikmeter Korb. Nein, da konnte man nichts verstecken.

»Höchstens«, sinnierte er, »wenn so was in einer Brotzeitdose versteckt ist, oder in einer Wasserflasche.«

»Aber wie kommt's dann zum Explodieren?«

Er sagte: »Fernbedienung. Von jedem Smartphone aus kann man den Zünder aktivieren. Das ist genau so, wie wenn ich an meinem Haus mit dem Ding da«, er zeigte mir stolz sein Handy, »meine Rollläden rauf- und runterlass.«

Ich hatte eine Idee. »Ich hab früher als Bub ein Rennauto gehabt, das hat man auch fernsteuern können. An Baustellen sieht man das auch, da hat der Lastwagenfahrer so ein Kästchen vor der Wampe und spielt damit rum und ladet die schweren Dinger von seinem Laster.«

Eichele nickte. Sagte: »Theoretisch könnte man einen Ballon auch fernsteuern, ist zwar schwer, aber es ginge. Er fahrt halt dahin, wohin ihn der Wind weht. Aber Winde wehen in unterschiedlichen Höhen unterschiedlich. Was man kann: ihn aufwärts oder abwärts steuern. Aber man muss sich mit dem Wind auskennen. Und man müsste ihn natürlich im Auge haben, beobachten, dann dahin steuern, wo man will …«

»… und dann explodieren lassen durch Fernzündung.«

»Aber das merkt doch der Dümmste, wenn er da in seinem Korb drinhockt und wird ferngesteuert und das Ding sinkt und sinkt, ich tät da dann einfach rausspringen …«

Eichele hielt sich am Korb fest und wackelte genüsslich. Er konnte nur im Korb denken.

Er sagte: »Ja, diese Fernsteuer-Hypothese können wir auf den Mist werfen.«

»Was bleibt dann noch an Möglichkeit?«

Er sagte: »Am einfachsten ging's mit einer Drohne. Das machen die Amis ja auch fast überall in der Welt.«

»Aber ich hab keine Drohne gesehen – oder gehört.«

Wir schwiegen.

Ich, enttäuscht, folgerte: »Dann bleibt eigentlich nur ein technischer Defekt.«

Er: »Unwahrscheinlich.«

Wir schwiegen wieder eine Weile, er wackelte philosophisch, stieg dann aus dem Korb raus, sagte: »Mehr kann ich Ihnen auch nicht verraten. Keine Ahnung. Ich glaub, ich hab Ihnen nicht viel helfen können.«

Ich dachte, das ganze G'schwätz hat nichts genützt. Sagte: »Aber es war hochinteressant.«

Wir reichten uns zum Abschied die Hände.

»Pfüad Gott.«

»Pfüad Gott.«

Seine Augen starrten in die Ballonhülle nach oben, er ließ meine Hand nicht los, ich dachte: Krieg er jetzt einen Schlaganfall?

Er sagte: »Die Fernsteuerungs-Hypothese macht Sinn. Aber nur unter einer Bedingung: dass Ihr Pfarrer im Korb schon tot war, bevor er abgestürzt ist.«

Er ließ mich mit offenem Mund stehen.

26 Der Clown

Stau.

Auf der A 96 zwischen Landsberg am Lech und Buchloe.

Zwei Ausfahrten. Eine Viertelstunde. Ohne Stau.

Der Bayern-5-Staurechner teilte mir mit: »Ihr braucht vierzig Minuten länger.«

Ich kam mir vor wie im Kindergarten.

»Ihr braucht vierzig Minuten länger, liebe Kinder.«

Seit ein paar Monaten war Bayern 5 dabei, die Autofahrer zu infantilisieren.

Ich schaltete den Motor aus, versuchte mit der Fahrerin, die auf der Überholspur stand, zu flirten.

Der Versuch misslang.

Sie schaute auf die vollgestaute Autobahn mit einer Konzentration, als hätte sie hundertsechzig Stundenkilometer drauf.

Dann leckst mich auch am Arsch!

Ich zündete mir trotzig eine Gauloises an.

Schaute zum Himmel.

Erschrak.

War ich schon paranoid?

Schon wieder ein Heißluftballon. Er schwebte elegant über den Stau.

Noch einer.

Gab es denn nur noch Heißluftballons?

Noch einer.

Zum Glück blieben sie in der Luft, verdünnisierten sich Richtung Horizont.

Eine Heißluftballonflotte.

Zeit zum Denken.

Ich dachte: Wenn der Pfarrer im Ballon schon vor dem Aufschlag auf dem See tot war, wie war er umgekommen?

Mord?

Nein, er war so beliebt. Allerseits.

Selbstmord?

Depression? Wie der Co-Pilot von Germanwings, der seine Maschine gegen einen Berg in den französischen Alpen geflogen hat. Mit hundertneunundvierzig Menschen drin. Alle tot.

Und wer steuerte den Ballon punktgenau vor der Staumauer in den See?

Der Zufall?

Ein Rivale?

Der IS?

Nach drei Gauloises ruckelte der Stau weiter.

Nach einer knappen Stunde bog ich Richtung Kempten ab. Der Kinderfunk hatte doch recht gehabt. Vierzig Minuten länger …

Ich hatte es auf einmal eilig.

Nicht dass ich die Heißluftballons einholen wollte.

Ich wollte zu Johanna.

Meine Hormone trieben mich.
Die Neugier-Hormone.

Sie hängte schon wieder Wäsche auf.

Wo bringt die so viel schmutzige Wäsche her?

Hat sie einen Waschzwang?

Waschzwang kommt von zu wenig Sex. Frei nach Freud.

Ich stieg aus meinem Golf aus, sagte: »Grüaß di, du hast ja eine Menge Arbeit! Kann ich dir behilflich sein?«

Sie schaute mich misstrauisch an, hängte weiter Wäsche auf die Leine, fragte: »Was willst denn?«

»Ach«, säuselte ich, »du kannst ja Gedanken lesen! Was ich wirklich will, ist, wieder mal mit der Emily nach Nesselwang zum Babyschwimmen gehen … vielleicht morgen früh …«

Sie drehte sich um, schaute mich an, als wäre ich nicht ganz recht im Kopf, sagte: »Wirklich?«

»Ja, echt!«

»Da tätst mir einen großen Gefallen. Weil morgen früh muss ich zum Doktor nach Kempten.«

»Bist krank?«

Sie druckste herum.

»Wegen einer Untersuchung …«

»Was fehlt dir denn?«

»Mir ist s immer so komisch. Schlecht. Dann friss ich wieder.«

»Bist schwanger?«

Sie schaute mir frontal in die Augen, zischte: »Von wem denn?«

»Das weiß man nicht immer so genau.«

»Depp!« Sie hängte die Wäsche auf, als würde sie Verbrecher aufhängen.

Nach einer Weile: »Nein, es ist das Kreuz.«

Ich, unvorsichtig: »Wenn's hinten wehtut, soll man vorn aufhören.«

»Habts ihr Mannsbilder denn nix anderes im Kopf als wie das eine!«

Die Diskussion ging mir in die falsche Richtung.

Ich nahm den Wäschekorb, hielt ihn ihr hin, sagte: »Dann brauchst dich nicht so bücken. Das tut nämlich weh!«

Die Wäsche wurde wieder softer aufgehängt.

Ich sagte: »Kannst du dir vorstellen, dass der Pfarrer Hardenberg in dem Ballon abgestürzt ist, weil ihn einer umbringen hat wollen?«

»Schmarrn. Gegen den hat keiner was g'habt.«

»War er vielleicht schwul und hat einen Lover gehabt, und der war eifersüchtig …«

»Jetzt hör auf, die Nummer haben wir schon einmal gehabt. Vor Australien, der Doktor und der Pfarrer. Nein, er war nicht schwul. So was sieht man.«

»Woran sieht man das?«

»Eine Frau sieht das. Ich hab da einen Blick dafür.«

»Und wenn er bi war?«

»Hör auf mit der Spinnerei …«

Der Wäschekorb war halb leer, er wurde leichter. Mein Staumelder im Kopf sagte mir: noch fünf Minuten. Ich versuchte noch einen Anlauf.

»Und wenn er sich selber in den See gestürzt hat? Selbstmord?«

Sie schüttelte den Kopf mit der blonden Mähne.

»Glaub ich nicht, er war immer so lustig. Jedenfalls im Dienst. Wenn er gepredigt hat, ham die Leut oft gelacht, er war ernst, aber er hat immer wieder einen Spaß hineingebracht, und die Leut ham gelacht. Das hat's noch bei keinem Pfarrer gegeben, solang ich hier bin. Ich glaub, wenn der nicht Pfarrer geworden wär, hätt er auch Clown werden können.«

Ich sagte: »Da hab ich ja was versäumt. Aber ich hab mein Kontingent an In-die-Kirch-Gehen schon aufgebraucht. Wenn ich in eine Kirch geh, wird's mir immer so komisch … Drum geh ich eher selten. Aber da fällt mir die G'schicht ein …«

Es lagen noch drei Wäschestücke im Korb.

»… die G'schicht, da kommt einer zum Pfarrer und sagt, dass er so deprimiert ist und nicht aus und nicht ein mehr weiß und alles hat keinen Sinn … Und der Pfarrer sagt: ›Sie brauchen mal was anderes, nicht dauernd nur Arbeit … was zum Lachen. Da ist doch grad der Zirkus bei uns in der Stadt, und da ist ein Clown, und die Leut lachen sich dumm und damisch über ihn. Gehen S' doch einfach amal da hin …‹ Da sagt der Mann zum Pfarrer: ›Ich bin der Clown!‹«

»Ha? Versteh ich nicht?«

Oh Gott. Witze kann man verstehen, aber nicht erklären. Ich nicht.

Nahm die Abkürzung: »Vielleicht war der Pfarrer Hardenberg depressiv und hat sich's nicht anmerken lassen. Nach innen depressiv und nach außen lustig.«

Sie sagte: »So ist's mir manchmal mit meine Kinder gegangen. Mir war zum Heulen, aber ich hab ihnen lustige G'schichten vorgelesen am Bett. Wies dann g'schlafen ham, hab ich endlich heulen können.«

Sie hatte aufgehört, Wäsche aufzuhängen. Ich legte meine Hand auf ihre Schulter.

Wir sahen uns zum ersten Mal an. In die Augen. Die feuchten.

Ich sagte: »Morgen um neun hol ich die Emily zum Schwimmen ab.«

Küsste sie auf die Wange.

»Pfüadi.«

»Pfüadi. Und dankschön.«

Ich drehte ab.

Sie sagte von hinten: »Jetzt fallt mir ein: Manche ham gesagt, er geht zum Deppendoktor, der Pfarrer.«

Ich drehte mich noch mal um, fragte: »Montag, Mittwoch und Freitag, umra halb neune wird er immer weggefahren sein?«

»Ja … stimmt, mit der Zeit … Woher weißt du das?«

»Aus seinem Kalender.«

»Und du glaubst, er war …«

»… depressiv. Vielleicht. Drum geh ich lieber zum Babyschwimmen. Ist gesünder!«

Sie lachte.

Endlich mal wieder.

27 Basic Instinct

Ich fuhr den schmalen Weg mit den zerquetschten Kröten hoch zur Alm.

Kam über den letzten Buckel, wo man im Winter leicht im Schnee stecken bleibt, und sah:

Ein Auto. Vorm Haus.

Eine Person. Auf der Bank vorm Haus.

Ahnte nichts Gutes.

Parkte meinen alten Golf Diesel neben dem neuen Umweltauto, einem kleinen Yaris Hybrid. Von Toyota. Mochte ich nicht. Hybrid kommt von Hybris. Hochmut. Hybrid-Fahrer denken, sie sind was Besseres. Grüne Gutmenschen.

Die Person war eine Frau.

Wie immer schaute ich in den Briefkasten an der Einfahrt.

Eine Reflexhandlung.

War nie was drin.

Aber hätt ja sein können.

War.

Ein Brief.

Aus Köln.

Von der Bezirksregierung?

Vom Landgericht?

Vom Amt für Schulentwicklung?

Vom Standesamt?

Vom BAföG?

Vom Karnevalsverein?

Vom Bundesamt für Anonyme Alkoholiker?

Ich steckte ihn ein.

Ging missgelaunt Richtung Bank.

Mit der Yaris-Frau drauf.

Erstarrte.

»Sie?«

Sie nickte.

»Ja, ich.«

»Ist was mit Ihrem Opa?«

Sie sah bleich aus, wächsern. Ungesund.

Aber nicht unattraktiv.

In ihrer Allgäu-Uniform. Dirndl. Sagte: »Kann ich mit Ihnen sprechen?«

Ich hockte mich neben sie, sagte: »Das hätt ich nicht gedacht, dass Sie noch mal mit mir sprechen wollen. Nach meinem Auftritt in Ihrem Sekretariat.«

Die Sekretärin. Frau Lot. Liselotte Lot.

»Ja, wenn S' unbedingt wolln. Um was geht's denn?«

Sie schaute sich gescheucht um, sagte: »Können wir das nicht innen besprechen ... in Ihren Räumen?«

»Räume« – als hätte ich eine Anwaltskanzlei. Oder eine Arztpraxis.

»Es ist niemand hier. Das Haus ist leer.«

Sie schaute sich noch mal um. Ein Nachbar bretterte vorbei. Sie machte sich klein. Noch kleiner, als sie sowieso schon war. Sagte schnell: »Ich bin nämlich krankgeschrieben ... wenn mich da jemand sieht ...«

»Und was fehlt Ihnen denn?«

Sie fing an zu weinen.

Ich stand auf, sagte: »Kommen S' nauf in meine Räume.«

Ich ging vor ihr die Treppen hoch, öffnete die »Schreibstube« mit der psychoanalytischen Couch drin und dem Sessel und dem Tisch von Ikea.

Sie versank in dem Sessel.

Ich thronte hinter meinem Ikea-Schreibtisch.

Wenn man mit einer Frau spricht, muss immer ein Tisch dazwischen sein.

Goldene Regel. Hatte ich vor vierzig Jahren in der Seelsorgeausbildung gelernt.

Nach der Ausbildung habe ich gelernt: Die Liebe ist stärker als der Tisch.

Trotzdem.

Sagte, amtlich: »Was kann ich für Sie tun?«

Sie richtete sich auf in ihrem Sessel, sagte: »Ich habe einen Auftrag für Sie.«

Ich sagte: »Ich habe zwei linke Hände. Da wär der Schlossers Michl besser. Oder der Holzhandel Filleböck in Oberzollhaus.«

»Ich meine keinen handwerklichen Auftrag.«

»Welchen dann?«

»Ermittlungen.«

»Ich bin kein Privatdetektiv.«

»Aber Sie haben ein paar Morde aufgeklärt, wo die Polizei versagt hat. Der Pfarrer …«

»Ich weiß, erinnern Sie mich nicht daran. Das waren Jugendsünden, da war ich grad frisch in Rente.«

Sie lächelte. Sagte: »Aber Sie sind noch ganz gut erhalten. Und wie Sie unseren Direktor in der Schule ham abfahren lassen … und rauchen im Sekretariat … und die Kinder schwärmen noch immer von Ihnen … vor allem die Mädchen in der Oberstufe …«

Ich sagte: »Die Antwort ist Nein!«

»Ich hab Ihnen ja noch gar nicht gesagt, was der Auftrag ist.«

»Egal, was, die Antwort ist Nein!«

Sie stand auf. Sagte: »Dann also nicht.«

Ich sagte: »Gut, dann können wir ja normal miteinander reden. Was wär denn der Auftrag gewesen, wenn ich ihn angenommen hätt …?«

Sie lächelte in sich hinein, schlug die Beine übereinander wie Sharon Stone in »Basic Instinct«.

Der Tisch zwischen uns war doch gut.

Sie wusste, dass sie mich am Wickel hatte. Meine Neugier. Fressgier und Neugier, der Sex des Alters.

Ich schaute sie an, schwieg.

Wie ein Fisch an der Angel.

Wenn Frauen was wissen, muss es raus. Und wenn's durch die Knopflöcher ist.

»Sie kennen doch die Frau vom Herrn Spielrein, unserem Religionslehrer …«

»Ja, kenn ich, oberflächlich … die Pfarrerin von Füssen … tragisch …«

»Ich möchte, dass Sie sie finden. Das wär der Auftrag gewesen.«

»Warum?«

»Darum … ein Gespräch von Frau zu Frau.«

»Ich weiß aber nicht, wo die Pfarrerin Spielrein hinverschwunden ist. Ich weiß nur, dass sie nicht mehr in Füssen ist.«

Dass sie irgendwo im Rheinland war, wusste ich. Aber ich wollte mein Pulver nicht zu früh verschießen.

»Deshalb will ich ja, dass Sie rausfinden, wo sie jetzt wohnt …«

Ich schwieg. Sie schlug die Beine wieder übereinander, diesmal in der anderen Richtung. Seufzte. Sagte: »Vielleicht können wir, die Frau Spielrein und ich, zusammen rausfinden, wo ihr Mann geblieben ist.«

»Der Spasti.«

Sie richtete sich auf, zischte wie eine Kobra: »Sagen Sie nicht Spasti! Er war so ein edler Mensch, der Carl Gustav ... Er hat so gelitten, dass ihn alle verarscht haben, wegen seinem charakteristischen Gang.«

»Sie haben ihn wohl sehr geschätzt ...«

»Ja, wir haben immer gut zusammengearbeitet. Er war anders als die anderen Deppen im Kollegium. Verletzlich, einfühlsam, subtil, zärt...«

Sie unterbrach sich, erschrocken. Wischte sich eine Träne aus den Augen. Sagte: »Seine Frau tut mir so leid. Deshalb mag ich mit ihr reden. Von Frau zu Frau.«

»Und mich Mannsbild brauchen S', damit ich die Drecksarbeit mach und rausfind, wo sie ist.«

»Das verstehen Sie nicht.«

»Bin ja auch keine Frau.«

Gespanntes Schweigen.

Sie kramte in ihrer Tasche. Zog einen Briefumschlag raus, legte ihn auf den Tisch zwischen uns, sagte: »Sie müssten's auch nicht umsonst machen.«

Ich nahm den Umschlag in die Hand, er wog so schwer wie ein ordentliches Rindersteak. Oder zwei Schweinsschnitzel. Fragte mich, welche Scheine für das Gewicht verantwortlich waren: Fünfer, Fünfziger? Hunderter?

»Aus Geld mach ich mir grundsätzlich nix«, log ich. »Überhaupt aus nix Materiellem.«

Sie schaute mir in die Augen, tief, flüsterte: »Wenn das Materielle nicht genügt – und mehr hab ich nicht, mein Opa hat a bissle was g'spart –, dann lege ich gern noch was ... Spirituelles ... drauf.«

Sie hob ihren Dirndl-Busen, kreuzte die Beine, langsam. Ich merkte, wie ich rot wurde, sagte: »Ich mach nur schnell das Fenster zu, ich glaub, da zieht's!«

Ich schloss das Fenster, drehte mich um.
Sie stand auf der anderen Seite des Ikea-Tisches, sagte: »Also?«
»Nein … Ich brauch Bedenkzeit.«
Sie holte ein Kärtchen aus ihrer Handtasche, legte es neben den fetten Umschlag.
»Meine Handynummer und Adresse.«
Sie drehte sich um, sagte: »Ich find schon selber raus«, und verließ meine »Räume«.
Ich schaute ihrem wohlgefüllten, wohlproportionierten Dirndl nach, mir kam das Poster vom Musée Mendjisky in Paris, Montparnasse, in den Sinn: Eine nackte Frau mit Wonderpo geht die Treppen hoch, nichts als hochhackige Schuhe an. Ein Foto von Émile Savitry.
Ich sah sie so die Treppen hinuntersteigen, die Liselotte Lot. Rein spirituell.
Ich wog den Umschlag noch mal in meinen Händen. Er war nicht zugeklebt. Ich spitzte hinein. Setzte meine Lesebrille auf. Nahm die andere Lesebrille. Ja, doch … Es waren:
Fünfhunderterscheine.
Ließ den Umschlag liegen. Erinnerte mich an den Umschlag aus dem Briefkasten, langte in meine Joppentasche. Der Brief aus Köln, riss ihn auf.

Betreff: Anfrage

Sehr geehrter Herr Dr. Bär,

für unsere Jahrestagung im Februar in Köln möchten wir Sie anfragen, ob Sie als Hauptreferent zur Verfügung stehen könnten, und zwar mit einem Vortrag zum Thema:
»Probleme der Abstinenz in psychoanalytischen Behandlungen und Supervisionen in Theorie und Praxis«.

In der Hoffnung auf eine positive Antwort verbleibe ich mit freundlichen kollegialen Grüßen
Professor Dr. Dr. hc. (mult.) Francesca Da Vinci

Ich war sprachlos.

War zum Glück niemand da zum Sprechen.

Ich hatte keine Ahnung von der Theorie der Abstinenz. Ein wenig von der Praxis. Am meisten von den Problemen.

Köln.

Rheinland.

Karneval.

Spielrein.

In meinem Kopf schwirrte ein Schwarm von irren Gedanken.

Ich nahm mein Zahnputzglas. Ehedem Senfglas von Aldi, Develey. Mittelscharf.

Du schenkest mir voll ein, Psalm 23. Nahm einen vollen Zug von dem spirituellen Getränk. Allgäuer Obstler. Atmete tief aus. In meinem Kopf bildete sich etwas. Fühlte sich an wie Zusammenhänge.

Sie trafen mich wie ein Blitz.

»Sakrament«, entfuhr es mir laut. »Himmelherrgottsakrament!«

Den dicken Umschlag mit den Fünfhunderterscheinen legte ich in meinen Tresor.

Kühlschrank. Gefrierfach.

28 Opapo

Tom Tommer empfing mich in seinen Räumen. Polizeipräsidium Kempten.

Seit unserem letzten Treffen war er vom Vize zum Präsidenten aufgestiegen.

Ich sah es an seinen Sternen auf den Schulterklappen. Zwei goldene Sterne mit Lorbeerkranz. Auch golden.

Und an seinem Bauch. Das Gewicht seiner Verantwortung hatte sich auf den Bauch geschlagen.

Sein Diensthemd spannte.

Er war einst mein Patient gewesen.

Burn-out.

Geheilt.

Jahre später hatte er mir einen Gefallen getan.

So weit zur Abstinenz. Abteilung Probleme. Darf man einen Ex-Patienten um einen persönlichen Gefallen bitten? Und nach wie lange »Ex«? Ein Jahr nach Ende der Therapie? Zwei? Fünf? Zehn? Ich wusste die klassische Antwort: nie. Jedenfalls nicht in diesem Leben. Für danach hat selbst die Psychoanalyse keine Vorschriften. Noch nicht.

Er erzählte mir begeistert, dass er Opa geworden war. Von einem äußerst hübschen, ungewöhnlich genialen, einzigartig originellen Enkelkind. Es schrie ab und zu, aber nur, weil es hochbegabt war.

Ich sagte: »Ganz der Opa!«

Er lächelte verlegen, sagte: »Nur noch besser! Es spricht auch schon. Mit sechs Monaten. Sagt ›Opapo‹.«

»Wahnsinn!«

»Und wissen Sie, was das heißt?« Er schaute mich gespannt an.

Ich dachte: Opapo heißt wahrscheinlich: Mein Großvater ist ein Arsch. Sagte: »Es klingt irgendwie japanisch. Ich habe noch kein Kind jemals Opapo sagen hören. Ehrlich, da bin ich überfragt.«

»Und Sie sind Psychoanalytiker?« Bedeutsame Pause, dann: »Es heißt: Mein Opa ist Polizeipräsident! Opa Po!«

»Unglaublich. Glückwunsch!«

Ich suchte die Kurve.

»Und als Polizeipräsident – was sagen Sie zu dem halben Ausweis und der ganzen Geschichte?«

Er hielt einen laminierten Schnitz in der Hand. Den Rest vom Ausweis des dahingesunkenen Pfarrers Hanno von Hardenberg. Mit einem Seufzer wandte er sich dem langweiligen Thema zu, sagte: »Nach Ihrem Anruf hab ich mir die Akten bringen lassen. Die Ermittlungen waren anstandslos, alle Indizien sprechen dafür, dass es der Hardenberg war, der mit dem Ballon in den See gestürzt ist. Und alles andere – tut mir leid – klingt a weng nach …« Er suchte ein Wort, das mich nicht beleidigte, fand: »Phantastisch.«

»Und wenn Ihr Enkel sagen tät, da ist was faul dran, an der Geschichte?«

»Der kann noch nicht reden.«

»Außer Opapo. Und wenn er reden könnt?«

»Dann wär was dran. Der ist ja auch ein Genie!«

»Ich nicht, drum ist bei meinem Verdacht nix dran … dass der Ausweis gepflanzt worden sein könnte …«

»Ahhh, ähhhh, das wollt ich damit nicht sagen. Aber es fehlen halt handfeste Beweise …«

»Sie haben einen in der Hand. Könnten Sie nicht den Schnipsel vom Ausweis in einem von Ihren Speziallaboren untersuchen lassen?«

»Nach was?«

»Wie der Fetzen von dem ganzen Ausweis getrennt worden ist.«

»Warum?«

»Man hat vom Pfarrer nix gefunden. Auf der anderen Seite von der Staumauer. Überhaupts nix. Das ist alles durch den Schredder von der Turbine am Staudamm gehäckselt worden. Fein wie Fischfutter. Und da soll ausgerechnet der Ausweis sauber abgeschnitten worden sein?«

Er atmete tief durch. »Wenn S' meinen. Damit die Seel eine Ruh hat, gut … Aber warum sind S' denn so arg hinter der Sache her?«

»Weil zwei Leut spurlos verschwunden sind, auf einmal … und da besteht ein Zusammenhang.«

»Welcher?«

»Das will ich rausfinden. Da bin ich genial. Wie Ihr Enkel.«

»Wieso?«

»Der wollte auch rausfinden, wo sein Opa arbeitet!«

Polizeipräsident Tom Tommer strahlte. »Sobald ich den Befund hab, ruf ich Sie an!«

29 Versicherungsbrand

Auf dem Weg zurück auf meine Alm kehrte ich in Tal am See ein.

Durst.

Im »Schwarzen Adler«.

Vier Kartler droschen auf den Tisch ein.

Ein Kiebitz schaute zu.

Ich hockte mich in die Ecke unter das Bild mit dem deutschen Schäferhund im Profil.

Die fünf taten, als wäre ich Luft, deshalb wusste ich, dass sie mich gut im Visier hatten.

Die Wirtin Maria fragte mich von hinter der Schänke: »Wie immer?«

»Wie immer!«

Ich hatte keine Ahnung, was wie immer war: Kaffee, Bier, Schnaps, Mineralwasser? *Alles hat seine Zeit.* Trinken und trocken. Nüchtern und besoffen. Einheimisch und ausgeschlossen.

Sie brachte mir Mineralwasser.

Auch recht. Sie hätte mir genauso gut ein Schild umhängen können: »Alki«.

Vom Stammtisch schallte: »Noch a Halbe!«

»Mir auch noch eine.«

»Und einen doppelten Schnaps dazu.«

Häme à la Allgäu.

Ich schaute aus dem Fenster.

An der Wand neben dem Fenster, unterm Kruzifix, ein Bild. Ballonfahrerschule Lochbichler.

War ich paranoid? Die Heißluftballons verfolgten mich.

Ich nippte an meinem Wasser. Wie Alkoholiker am Bier. Alkis erkennt man am Nippen. Sie sind Künstler im Dosieren. Sie ziehen Bier nicht hinein wie die Ochsen. Sie picken wie die Spatzen. Sie halten ihren Pegel. Ich nippte. Hielt meinen Pegel. Null Promille.

Die Stammtischkartler zogen ihr Bier in sich hinein, mit einem »Ahhhhhh« in Dur und Moll zelebrierten sie mir ihre Häme.

Einer ging raus. Brunzen.

Noch einer.

Einer sagte: »Beim Lochbichler hat's brennt!«

»Ja, ich hab's g'lesen.«

»Richtig brennt hat's.«

»Ein schöner Versicherungsbrand!«

»Was wird denn der versichert haben? Der hat doch kein Vieh

mehr. Der hat bloß seine Ballone. Das Geschäft sei auch nimmer so gegangen die letzte Zeit …«

»Seit der Ballon mit dem Pfarrer drin in den See neigefallen ist …«

»Ja, das ist keine gute Werbung, wenn ein Ballon in den See fallt, und dazu noch mit dem Pfarrer drin. Schlecht fürs Geschäft.«

»Aber gut für die Versicherung. Der hat doch ein paar Ballone g'habt, und die sind mehr wert wie ein Stall voll Vieh.«

»Besonders jetzt, wo das Vieh verkauft wird. Voriges Jahr war eine gute Milchkuh noch tausendfünfhundert Euro wert. Aber jetzt, bei dem Milchpreis, kriegst keine neunhundert Euro mehr dafür.«

»Aber ich hab g'hört, so ein Ballon kostet leicht seine hunderttausend Euro.«

»Und wie viel hat der Lochbichler g'habt?«

»Das ham s' nicht geschrieben. Ein paar halt.«

»Ein paar hunderttausend Euro … von der Versicherung.«

»So ein Unglück zahlt sich aus!«

Sie lachten.

Die Brunzer kamen wieder, mit Nikotinfahne.

Ich sagte: »Zahlen.«

Maria kam, sagte: »Zwoi fuchzig.«

Ich schob ihr einen Fünfer hin.

»Passt scho!«

Sie hob die Augenbrauen, sagte: »Alles in Ordnung?«

Ich sagte: »Nix ist in Ordnung, aber das Wasser ist so gut, es macht den Kopf so klar, dass ich ganz scharf seh, was alles nicht in Ordnung ist. Pfüadi!«

Ich ging durch das gesammelte Schweigen hinaus, hörte einen sagen: »Der ist auch nimmer ganz recht im Kopf.«

»Der hat sein Verstand versoffen.«

»Prost!«

»Prost!«

»Prost!«

30 Vertrauensmann

Ich trat ins Freie.

Klar. Alert.

Schlossers Michl trat aus seiner Werkstatt.

»Servus, Michl. So ein Zufall, dass ich dich seh. Ich hab nämlich grad an dich denkt.«

Er schaute misstrauisch.

Sagte nichts. Kein Gruß.

Ich ging über die Straße auf ihn zu.

»Was ich dich fragen wollt: So ein Heißluftballon, du bist doch Fachmann dafür, wenn der aufsteigt, der braucht doch einen, der wo das Seil hält. Damit ihn der Wind nicht wegbläst, solang die Leut noch nicht drin sind, im Korb.«

»Wenn ein Wind geht, ja«, knurrte er. Hantierte mit seinem Schweißgerät herum.

»Und einen Verfolger braucht er auch, der wo ihm nachfahrt und ihn dann aufklaubt, wenn er runterkommt, den Rückholer.«

»Hm.«

»Und der Pfarrer, der wo in den See g'fallen ist, der hat doch sicher auch einen Verfolger und einen Rückholer g'habt.«

»Keine Ahnung. Ich bin bloß für die Technik zuständig.«

»Den Brenner?«

»Hm.«

»Du kennst dich ja aus mit Brenner. Funktioniert das genauso wie mit deinem Schweißbrenner … aufdrehen und zudrehen?«

»Jetzt leck mich am Arsch mit deiner blöden Fragerei.«

Er wandte mir seinen breiten Buckel zu.

»Ich hör ja gleich auf. Bloß noch eins: Du bist doch Vertrauensmann vom Pfarrgemeinderat.«

»Und was hat der Pfarrgemeinderat mit dem Schweißbrenner zu tun?«

»Der Schweißbrenner geht so ähnlich wie der Brenner im Ballon. Und der Pfarrer arbeitet normal eng mit dem Vertrauensmann zusammen. Und der Pfarrer ist Ballon gefahren. Seid ihr öfters miteinander gefahren?«

Er drehte sich um. Ich kam wieder in den Genuss seiner ungeteilten Aufmerksamkeit. Er sah mir gradaus in die Augen, sagte: »Hau ab!«

Er holte mit seinem Schweißgerät aus, als wollte er es nach mir werfen.

Ich ging drei Schritte zurück, fiel rückwärts über eine Eisenstange, sagte im Liegen: »Wird das eigentlich schriftlich aufgezeichnet, so eine Ballonfahrt? So eine Art Protokoll … wegen der Vorschriften …«

Er grinste hämisch, sagte: »Da gehst halt zum Lochbichler. Der hat die Bücher.«

»Der Lochbichler ist doch abgebrannt, und seine Ballon dazu …«

Er holte noch mal aus mit seinem Schweißgerät, schrie mich an: »Mach's Maul noch einmal auf, und ich derwirf dich!«

Ich konnte mich gerade noch wegdrehen.

Der Schweißbrenner schlug neben mir ein.

Ich rappelte mich auf, warf mich in mein Auto.

Nix wie weg!

31 Der Verfolger

Ich dachte, der Schlossers Michl, der ruhige Typ, hat sicher einen Burn-out. Die Ballons sind verbrannt, und seine Nerven sind verbrannt. Das passte gar nicht zu ihm.

Ich sah ihn noch vor mir, wie er in der Kirche stand, neben dem Pfarrer, und die Hostien austeilte. Als ich noch in die Kirche ging.

Ich kurvte die Serpentinen hoch. Beim Anwesen vom Waltl-Bauer stand schon wieder das Dienstauto von der Viehdoktorin.

Der Parkplatz für die Feriengäste war leer.

Die Weide am Haus war leer.

Die Tierärztin redete auf die kleine krumme Waltl-Bäuerin ein. Fasste sie an beiden Schultern. Drückte sie an sich.

Oje.

Das sah nach nichts Gescheitem aus. Griechische Tragödie

oder so. Vielleicht war der Waltl-Bauer im Krankenhaus verstorben. Oder seine Kühe. Oder beide.

Ich hätte mit der jungen Ärztin gern ein Wort gewechselt.

Einfach so.

Aber es war nicht so einfach.

Ich gab Gas.

Parkte auf den Pflastersteinen vor der Alm.

In den Fugen wuchs das Gras.

Der Parkplatz sah ziemlich vergammelt aus.

Wie die Alm.

Wie ich.

Ich zündete mir eine Gauloises an. Meine Finger zitterten noch.

Von meiner netten Unterhaltung mit dem Schlossers Michl.

Meine Handballen waren blutig verschrammt.

Mir fiel auf: Ich wusste eigentlich nichts über den ersoffenen Pfarrer.

Wieso eigentlich nicht?

War er ein erfahrener Ballonfahrer? Oder war es sein erstes Mal, die Absturzfahrt? Oder die letzte? Oder die erste und letzte?

Und wer war der Verfolger?

Gab es einen?

Und Rückholer? Oder waren Verfolger und Rückholer die gleiche Person?

So viel, was ich nicht wusste.

Je mehr ich dachte, desto mehr wusste ich nicht.

Ich blickte über den See, auf die Hügel, das liebliche Allgäu.

Dann kam sie.

Die Idee.

32 Bibelstunde

Ich steckte mir mein altes Dienstschild an. »Ev. Seelsorge. Dr. Bär. Pfarrer. Klinikum Würzburg«. Mit einen Computerfoto. Von vor zwanzig Jahren. Es war so schlecht, dass es auch ein Konterfei von meinem Hund hätte sein können. Ich hatte keinen Hund. Dafür eine Hundephobie.

Weißes Hemd. Schwarze Jeans. Trachtenjanker.

Dekanat Kempten. Am Hofgarten.

»Der Dekan ist nicht zu sprechen.« Sagte die Dekanatssekretärin in ihren PC-Bildschirm hinein.

Nicht dass ich sie nach dem Dekan gefragt hätte.

Verbeugte mich vornehm. »Gestatten, Dr. Bär von der Klinikseelsorge Würzburg.«

Sie blickte kurz auf. Wahrscheinlich wegen dem »Gestatten«. Dino-Sprache.

»Okay?«

Sie war noch sehr jung. Um die vierzig, schätzte ich. Wegen dem »Okay«. Trendy Sprache.

Ich schaute mich nach einem Stuhl um.

Musste ja nicht gerade der Heilige Stuhl sein.

Sah keinen.

Nicht einmal eine Kniebank.

»Ich bin zwar evangelisch …«

Sie schaute mich noch mal an, sagte: »Das evangelische Dekanat ist ein paar Straßen weiter, unten an der Iller, eine knappe Viertelstunde zu Fuß. St.-Mang-Platz 2.«

»Ich wollt eigentlich schon zu Ihnen. Ich komm nämlich wegen einem Kollegen, dem Pfarrer Hardenberg, Hanno von Hardenberg, der soll nämlich hier im Dekanat Kempten sein, hab ich gehört …«

Ich hatte ihre volle Aufmerksamkeit.

Ihr Gesicht wurde fahl, ihre Augen feucht.

Ich sagte: »Er war vor Jahren in einem Seelsorgekurs. KSA. Klinische Seelsorge-Ausbildung … und wir haben uns angefreundet, damals in … ah … Mensch, es liegt mir auf der Zunge … diese Scheiß-Demenz, Wortfindungsstörungen, ich sag Ihnen, es ist ein Kreuz, wenn man alt wird.«

»Das sagt mein Opa auch immer …«

Ich schluckte. »In … Dingsa … mit B fängt's an …«

»Köln?«

Ich kriegte einen Hustenanfall. Schon wieder Köln. War denn

Köln die Hauptstadt der Welt? Ich kannte Köln nur vom Karneval. Aus dem Fernsehen. »Wenn mer uns Pänz sinn, sin mer vun de Söck.« Wer soll das verstehen? Zum Glück spielen sie in den Prunksitzungen immer einen Tusch, damit man weiß, wann man lachen muss. Köln am Rhein. Der 1. FC Köln. Mehr Kult als Fußball.

Ich hustete zu Ende, zeigte ihr die rote Schachtel Gauloises Blondes, derfing mich wieder, sagte: »Ja, verreckt, genau, Köln!«

Sie schwieg, strich sich eine Träne aus dem Auge.

»Und jetzt, ist er hier in der Gegend?«

Sie griff sich an den Hals, hauchte: »War!«

»Was war?«

»Er war hier. Er … ist nicht mehr … er ist vor Kurzem … verunglückt.«

Die Tränen flossen lautlos.

»Tödlich verunglückt.«

»Unfall?«

Sie nickte.

»Autounfall?«

»Ballon.«

»Wie … Mit einem Luftballon kann man doch nicht … Die gibt's doch nur für Kinder beim Geburtstag …«

»Es war an seinem Geburtstag.«

»Mit einem Luftballon?«

»Heißluftballon.«

»Ah sooo! Ist er nuntergefallen?«

»Er ist mit seinem Heißluftballon in den See von Tal gestürzt … Wissen Sie, wo Tal ist?«

»Keine Ahnung«, log ich.

»Knappe zwanzig Kilometer von hier Richtung Reutte in Tirol.«

»Und man hat ihn nicht rausziehen können?«

»Nein, der Ballon ist explodiert und mit ihm in den Stausee gestürzt, und man hat nichts mehr gefunden. Es hat ihn in die Tiefe gezogen. In die Turbinen … ach …«

Sie wurde von Schluchzen geschüttelt.

Ich bot ihr eine Zigarette an.

Sie nahm sie.

Tat einen tiefen Zug, nahm aus ihrer Schreibtischschublade einen winzigen Aschenbecher.

Wir rauchten. Brandopfer für das Todesopfer.

Ich sagte: »Da verschlagt's mir ja die Sprach!«

»Er war sooo beliebt ... und die Luft war seine Leidenschaft. Heißluftballon. Segelfliegen ... Und er war immer so lustig, so lebenslustig. Ganz anders als wie die alten De..., die alten Kollegen hier ... Eine Bereicherung für unser Dekanat, hat unser Dekan immer gesagt. Nur zu viel gearbeitet hat er. Der Dekan hat immer gesagt: Passen S' auf, sonst kriegen S' noch einen Burn-out!«

Ich tat zerknirscht.

»Ja, ich erinner mich, er war schon vor zwanzig Jahren so lebhaft und leidenschaftlich ... Aber sagen S', wie hat's ihn denn von Köln nach hierher verschlagen? Ich hab nach unserem KSA-Kurs in Köln dann nix mehr von ihm gehört.«

»Er war lange Zeit im Ausland. Neu-Delhi, deutsche Gemeinde.«

»Ah ... gibt's das auch?«

»Ja, die katholische Kirche ist überall auf der Welt vertreten, in der ganzen Ökonomie!«

Die Sache mit Ökonomie und Ökumene war also auch für Katholiken nicht so einfach. Ich dachte an die »ökonomischen Gottesdienste«. Man weiß ja, was gemeint ist.

»Und dann?«

»Dann war er viele Jahre Militärseelsorger. Bei der Luftwaffe, natürlich ... das Fliegen ...«

Ich dachte an den Bestseller von Erica Jong: »Angst vorm Fliegen«. Wo es nur um Psychoanalyse und Bumsen geht. Behielt das für mich.

»... und bei den Fallschirmjägern. Hoch geachtet. Bei allen. Er ist ja auch selber mit den Soldaten gesprungen. Er war geachtet und beliebt, von den untersten Rängen bis zum Generalstab.«

»Und wie ist er dann hier im Allgäu gelandet?«

»Ach, Sie wissen ja, es gibt überall Lästermäuler, Intriganten, eifersüchtige Mannsbilder ...«

Ich nickte zustimmend.

»Man hat ihm eine Weibergeschichte angedichtet. Mit der Frau von einem General … Und da hat ihn die Kirchenleitung in Sicherheit gebracht.«

»Ins Allgäu?«

»Ja, und er hat auch noch Lagerlechfeld betreut.«

»Ein Lager?«, fragte ich naiv.

»Lagerlechfeld ist ein Stützpunkt der Luftwaffe.«

»Noch nie gehört!«

»Es liegt auf dem halben Weg zwischen Augsburg und Kempten.«

»Muss ich mal googeln.«

Ich kenn Lagerlechfeld wie meine Westentasche. Einschließlich Flugplatz. War als Bub mal mit meinem Vater dort. Der war auch ein Fliegernarr.

Ich sagte: »Ja, das mit den Weibern und der üblen Nachrede hat schon manchem den Kragen gekostet. Schon in der Bibel …«

»In der Bibel?«

»Ja, wollen S' die G'schicht hören?«

Sie schaute auf die Uhr. Sagte: »Das dauert noch eine Weile, bis der Chef wiederkommt.«

Sie öffnete ein Fach von ihrem Schreibtisch, nahm eine Bibel heraus, schlug den Deckel auf, nahm zwei Schnapsgläser und ein Fläschchen, füllte die Gläser, schob mir eines zu. Ich hatte mir inzwischen einen Stuhl ergattert, sagte: »Prost. So mag ich eine Bibelstunde!«

Wir kippten die Stamperl hinunter. Sie schenkte nach. Fischte sich noch mal eine von meinen Gauloises, schaute mich erwartungsvoll an.

Ich sagte: »Sie kennen doch die Josefsgeschichten.«

Sie nickte. »Bis zum Geht-nicht-Mehr. Schon im Kindergarten …«

»Da gibt's im ersten Buch Mose 39 die Geschichte mit dem Potifar … ein König von Ägypten. Zu dem war der Josef gekommen und hat sich bei ihm hochgearbeitet. Er hatte doch seine Brüder verlassen und war nach Ägypten verkauft worden. Der Josef war ein junger Kerl … wahrscheinlich so einer mit Waschbrettbauch und knackigem Po …«

»Das ist aber in den Geschichten, die sie uns erzählt haben, nicht vorgekommen ...«

»Und das wahrscheinlich auch nicht: Die Frau vom Potifar war ganz scharf auf diesen Josef und hat gemeint, er soll mit ihr ins Bett steigen.«

Die Sekretärin bekam rote Bäckchen. Biblische Geschichten sind gesund.

»Josef sagte: ›Nein, das geht nicht, wenn mich der Alte erwischt, reißt er mir den Arsch auf bis zum Kehlkopf ... und ich bin meinen Job los.‹«

»So hab ich's aber wirklich nicht in Erinnerung.«

»Das ist die Allgäuer Version von der Geschichte ... Jedenfalls hat sich der Josef nicht ins Bett verführen lassen. Jedenfalls nicht gleich. Sie ließ nicht locker. Jeden Tag lag sie ihm in den Ohren: ›Komm, gehen wir ins Bett!‹ Aber Josef blieb standhaft. Dann waren sie einmal allein im Haus. Sie packte ihn an seinem Gewand und zog ihn zu sich: ›Komm ins Bett zu mir!‹ Aber er schlüpfte aus seinem Gewand und rannte nackert auf und davon, und die Frau Potifar stand nun mit dem Gewand in der Hand da. Sie rief das ganze Gesinde ins Haus und keifte: ›Da schauts her: Dieser Hebräer, den mein Mann ins Haus gebracht hat, beleidigt uns. Er rennt in mein Zimmer und will mich vergewaltigen. Ich hab dann so laut ich gekonnt hab geplärrt: Vergewaltigung! Da ist er auf und davon und hat in der Eile sein Gewand flacken lassen.‹ Sie nahm das Beweismittel zu sich, bis abends ihr Alter heimkam. Dem erzählte sie dieselbe Geschichte, Wort für Wort. Der Alte wurde so richtig narret und verknackte den Josef ...«

Sie blies den Rauch aus, schüttelte den Kopf.

»Also so was ... dass so was in der Bibel steht ... Aber genauso ähnlich war's mit dem Pfarrer von Hardenberg.«

»Er wurde nach Kempten versetzt.«

»Ja, nach Tal am See.«

»Wo er abgestürzt und ertrunken ist.«

Ich bot ihr noch eine Gauloises an.

Sie schenkte mir noch einen Obstler ein.

Ich sagte: »Da bin ich jetzt wirklich erschüttert. So ein tüchtiger, netter junger Kollege ... Glauben Sie, es war ein Unfall?«

»So heißt es. Warum?«

»Könnt es nicht sein, dass er … unglücklich war, oder Heimweh gekriegt hat … und sich selber …«

»Nein, auf keinen Fall. Er ist zwar«, sie senkte ihre Stimme, »unter uns gesagt …«

Ich beruhigte sie. »Ich steh unter Schweigepflicht.«

»… ah, gut … Er war zwar bei so einem Deppendoktor … aber er war ganz normal. Und lebenslustig. Da gibt's andere hier, die bräuchten einen Doktor.«

Sie nickte in Richtung Dekan-Zimmer.

»Aber vielleicht hat er Heimweh g'habt. Nach Köln. Rheinland. *Warum ist es am Rhein so schön?* Mit Karneval und so. Da geht es im Allgäu doch etwas ernsthafter zu.«

»Hm, komisch, jetzt, wo Sie es sagen, fällt's mir ein: Er war im Karnevalsverein von Kempten. Hat sogar Büttenreden gehalten, so ganz echt, wie die da oben in Köln reden. Sogar in der Zeitung war er. Also, nein, an Heimweh glaub ich nicht … Technisches Versagen, sagt die Polizei.«

Ich nickte zustimmend. »Wenn so ein Ding explodiert, ist es immer ein technisches Versagen.«

Oder eine technische Meisterleistung.

Sie schaute auf die Uhr. Erschrak.

»Jessasmariaundjosef, der Alte kommt gleich.«

Sie ließ die Gläser und das Fläschchen in der Bibel verschwinden, die Bibel im Schreibtisch, dazu den Aschenbecher, riss die Fenster auf.

Ich sagte: »Schad, und ich hätte noch ein paar schöne Geschichten aus der Bibel parat …«

Sie steckte sich ein Fisherman's Friend in den Mund, sagte: »Ja, das tät mich schon interessieren.«

»Wir können ja unsere Bibelstunde privat fortsetzen.«

Ich gab ihr mein Kärtchen mit der Handynummer.

Sie errötete, steckte sich das Kärtchen in den Ausschnitt, sagte: »Ja, vielleicht.«

33 Prunksitzung

Beschwingt verließ ich das Dekanat. *Ja mir san mitm Radl da, ja mir san mitm Radl da, ja mir san mitm Radl daaa …*

Ich war zwar mit dem Auto da, mit meinem Golf Diesel. Auto. Nicht Autoauto. Zum Selbststeuern. Aber in ausgelassener Stimmung.

Das einzige Problem war: Ich wusste nicht, woher meine Hochstimmung kam.

Vom Schnaps? Ja, auch …

Vom Rauch? Ja, auch …

Von der feschen Dekanatssekretärin? Ja, auch.

Aber hauptsächlich von … Ich kam nicht drauf.

Ich hatte keine Lust, schon wieder zurück auf meine Alm zu fahren. Ich bin der geborene Einsiedler, aber nicht länger als drei Tage.

Ich zuckelte Richtung … Mein Auto leitete mich zur Heißluftballonschule Lochbichler. Kempten.

Von Weitem sah ich die abgebrannte Halle. Abgebrannt bis auf die Grundmauern.

Das Wohnhaus daneben war intakt. Gut für den Lochbichler.

Ich läutete.

Die Frau Lochbichler in Kleiderschürze machte einen Spalt auf.

Ich sagte, jovial: »Kennen S' mich noch? Ich war vor vierzehn Tag da. Wegen einer Ballonfahrt. Mit meinem Enkel. Ich hab mich entschlossen, dass ich doch mit ihm eine Fahrt machen will.«

Sie schaute mich an, als wär ich der Osama bin Laden persönlich, sagte: »Der Betrieb ist geschlossen. Es gibt keine Ballone mehr.«

Sie deutete auf die Brandruine.

»Alles verbrennt!«

»Alle Ballone?«

»Alle. Ratzeputz.«

»Eine Katastrophe!«

Sie sagte, ohne jegliche Überzeugung: »Ja.«

»Und meine Anzahlung? Ich hab Ihnen doch hundert Euro Anzahlung gegeben. Krieg ich die zurück?«

»Die ist auch verbrennt. Alles. Das ganze Büro. Alle Papiere. Alle Anzahlungen.«

»Und Ihr Mann, wie nimmt's der?«

»Geht scho. Man muss es nehmen, wie's kommt.«

Der Herr hat's gegeben, der Herr hat's genommen, gelobt sei der Name des Herrn.

»Aber Sie ham ja noch Ihre Schneiderei. Und im November geht ja schon der Fasching los.«

Sie nickte. »Gott sei Dank.« Stolz: »Wir ham zum Glück schon wieder Aufträge von überallher. Köln. Leverkusen. Mainz. Düsseldorf.«

»Vielleicht können S' die Ballonseide verwenden?«

»Die ist auch mit verbrennt. Alles.«

»Und was mach ich jetzt mit meinem Enkel?«

»Gehen S' halt nach Gersthofen, die ham auch Ballonfahrten.«

»Ja, vielleicht ... Sagen S', Sie ham doch hier in Kempten auch einen Faschingsverein, ham S' denn da auch so Prunksitzungen wie in Mainz oder Köln oder Düsseldorf?«

»Ja ...«

»In der Zeitung hab ich was davon gelesen ... Ja, jetzt kommt's mir wieder: Hat net da der Pfarrer von Tal auch mitgemacht? Sogar eine Büttenrede gehalten, ham die g'schrieben ...«

Aus dem Dunkel des versifften Hauses kam eine vergrantelte Stimme: »Was will denn der Depp ...?«

Die Frau Lochbichler erschrak. Haute die Tür zu. Mir ins Gesicht.

Nur durch einen Muhammad-Ali-Rückwärtsshuffle konnte ich mein Nasenbein in Sicherheit bringen.

Allgäuer Charme.

34 Prosecco

»Hallo, Herr Bär!«

Die jungen Mädchen hockten unter einem Sonnenschirm vor einem Café am Forum Allgäu.

Der Einkaufstempel vom Oberallgäu. Dreiundzwanzigtausend Quadratmeter Einkaufsfläche. Neunzig Läden mit allem, was man nicht braucht. Außer Bücher. Von Hugendubel.

Sie winkten. Riefen: »Hallo, Herr Bär!«

Ich schaute mich um.

Nach einem Herrn Bär.

Mich konnten sie nicht meinen. Musste sich wohl um eine Verwechslung handeln.

»Herr Bär!«

Sie winkten tatsächlich mir zu.

Ich schaute unsicher.

»Kennen Sie uns denn nimmer? Vom Gymnasium. Von einem, der ausging, das Fürchten zu lernen. Märchenstunde … sexy!«

Langsam fiel das Zehnerle.

Die Mädchen von der Kollegstufe. Mein glorreicher Religionsunterricht.

Ich ging die paar Schritte hin, sagte: »Natürlich kenn ich euch!«

Vor ihnen standen dicke Eisbecher.

»Feierts wohl Geburtstag?«

»Nein, Abitur. Wir sind fertig mit der Schul. Heut war für uns letzter Schultag. Komm, hocken Sie sich zu uns her.«

Sie rückten, zogen noch einen Korbstuhl vom Nebentisch heran.

Ich hockte mich hin.

Unsicher. Geschmeichelt. Sagte: »Abitur! Da gratulier ich euch aber ganz sakrisch. Alle Achtung! Respekt!«

Machte in meinem Stuhl die Andeutung einer Verneigung.

Alte Schule.

Sie kicherten.

Die Bedienung kam vorbei. Ich rief: »Bedienung! Bittschön eine Runde Prosecco für die Damen!«

Die Bedienung nickte. Eilte.

Die Mädchen kicherten noch mehr.

Wir tauschten die wenigen Erinnerungen aus, die wir hatten.

An die Schule.

Stießen mit Prosecco an.

Auf das neue Leben. Auf das Leben überhaupt. Und die Zukunft.

Der Prosecco stieg mir in den Kopf.

Ich sagte: »Ist denn euer Religionslehrer wiederaufgetaucht?«

»Der Spasti?« Kichern. »Nein, keine Spur von ihm. Aber dafür ist die Frau Lot abgetaucht.«

»Die Sekretärin? Verschwunden?«

»Sie ist kurz nachdem Sie bei uns waren verschwunden. Krankgeschrieben.«

»Was hat ihr denn gefehlt?«

»Der Spasti!«

Kicherte eine. Hielt erschrocken ihre Hand vor den Mund.

Betretenes Schweigen.

Dann hysterisches Gekicher.

»Waren die beiden denn miteinander befreundet?«

Die Mädchen prusteten los. Proseccoprusten.

Ich sagte: »Das letzte Mal, wo ich sie in der Schule gesehen hab, die Frau Lot, ist sie umgefallen. Da war sie wahrscheinlich schon angeschlagen.«

Kichern ohne Ende.

»Angebumst!«, entfuhr es einer.

Neuer hysterischer Lachausbruch.

Als wären sie auf einer Karnevalssitzung. Nur lustiger.

Ich bestellte noch eine Runde Prosecco.

Noch mehr Hallooo!

Mit der Zeit waren sie erschöpft vom Lachen.

Ich sagte: »Schöner Spaß, den ihr da gemacht habt. Hätt ich euch fast abgekauft!«

Die Stimmung schlug um.

Eine sagte: »Koi Spaß. Im Ernst: Dia hend was g'het mitnand.« Die hatten ein Techtelmechtel zusammen.

Ich sagte: »Aber der Spasti war doch verheiratet!«

Sie lachten schallend.

»Als wär das ein Grund …!«

Eine sagte: »Verheiratet schon, aber jedenfalls nicht am Montag. Er hat jeden Montag seinen freien Tag gehabt. Und sie auch.«

Eine andere: »Er ist dann Dienstag bis Freitag jeden Tag zweimal im Sekretariat gestanden. Wegen irgendwas. Sie hat getan, wie wenn sie ihn net kennt ... Dabei hat das ein Blinder mit dem Krückstock gesehen.«

»Offiziell hat es geheißen, sie hat einen Burn-out, weil sie ihren Großvater pflegen muss.«

Ich sagte: »Das muss sie auch. Sie hat es mir jedenfalls erzählt. Und wisst ihr, was sie jetzt macht?«

Ich kam mir ein wenig hinterfotzig vor.

Eine sagte: »Wahrscheinlich ist sie in so einer Psychoklinik. In Scheidegg oder so. Das halbe Lehrerkollegium war ja schon da.«

Ich, der alte Weise, sagte: »Da sehts, wie anstrengend der Job ist in der Schule ...«

»Der Halbtagsjob, haha ... Anstrengend, dass ich net lach!«

»Studiert denn eine von euch auf Lehrerin?«

Sie schauten konsterniert. »Lehrerin? Wir sind doch nicht blöd!«

»Ja, was macht ihr dann jetzt nach dem Abitur?«

»Feiern!«

»Saufen!«

»Die Sau rauslassen!«

»Und dann?«

»Wois i itta. Ich mach eine Weltreise. Ein Jahr lang.«

»Ich auch.«

»Und dann?«

»Du redst grad so daher wie mein Papa. Der fragt mich auch jeden Tag, was ich nach dem Abitur mach. Falls er mich fragen kann.«

»Wieso, hat er Sprachstörungen?«

»Nein. Wir sehen uns kaum. Ab und zu, in der Früh um sechse, wenn er in die Arbeit geht und ich heimkomm, vom Feiern, fragt er, was ich beruflich vorhab. Nervig. Als gäb's nix Wichtigeres ...«

»Ja, hat denn keine von euch was vor? BWL, Pädagogik, Medizin, Jura ...?«

Sie konnten sich für keines der Fächer begeistern.

Eine sagte: »Ich mach vielleicht Angewandte Freizeitwissenschaft in Bremen.«

»In Hamburg gibt's einen Studiengang Coffeemanagement, das tät mich interessieren, ich mag so gern Kaffee.«

»Ich steh total auf Oenologie. Alles, was mit Wein zu tun hat. In Geisenheim. Da kommt nämlich mein Freund her.«

»Ich möchte bald eine große Familie, drum geh ich nach Merseburg und studier Angewandte Sexualwissenschaft.«

Ich dachte: Die Zukunft des deutschen Volkes.

Ich dachte: Hoffentlich langt meine Pension noch eine Weile.

Ich sagte: »Ich hab gehört, in Taiwan gibt es ein Porno-Studium!«

Sie rollten die Augen.

»Porno. Langweilig. Das ist was für alte Männer!«

35 Summa cum laude

Es roch nach Schweißfüßen. In einer Skihütte, wo alle Skifahrer ihre verschwitzten Sachen über den Kachelofen hängen. Und Spaghetti bolognese essen. Ohne Schuhe.

Ich dachte: Don't worry, be happy. Nach fünf Minuten gewöhnt man sich an jeden Geruch. Riecht ihn nicht mehr. Erfahrung aus meiner Krankenhauszeit. Die ersten fünf Minuten. Wenn man da nicht kotzt, kotzt man nimmer.

Ich saß seit drei Minuten in der Brauereigaststätte »Zum Stift«. Am Stiftsplatz 1 in Kempten. Die Kellnerin im Dirndl stellte mir eine Halbe Bier vors Gesicht. Ich roch hinein. Roch nicht viel besser.

»Die Kässpatzen kommen gleich.«

Klang wie eine Drohung. Die Mittagsgäste zogen Kässpatzen in sich hinein, der Käse zog sich wie Rotz zwischen Spatzen und Gesicht.

Wegschauen hilft.

Der Polizeipräsident Tom Tommer erschien nach fünf Minuten. Er hatte die ersten fünf Schweißfußminuten ausgelassen. Schlau!

Er setzte sich mir gegenüber.

»Ich hab gute Nachrichten!«

»Da bin ich aber gespannt!«

»Meine Tochter, die wo in Cambridge studiert, hat ihren Doktor gemacht!«

»Die hat doch erst vor sechs Monat ein Kind gekriegt. Das Opapo-Genie.«

»Ja, und jetzt hat S' noch einen Doktor gekriegt.«

»Ich glaub, Multitasking heißt das neuerdings. Meinen Glückwunsch!«

Er strahlte, als hätte er gerade den Nobelpreis bekommen.

Ich nahm meine Enttäuschung aus der Stimme, sagte: »Sakrament! Das hab ich mir gleich gedacht, dass aus der was Besonderes wird. Die war ja schon so schlau bei ihrer Geburt!«

»Warum?«

»Weil sie sich die richtigen Eltern rausgesucht hat!«

»Aber …«

»Nix aber. Glauben S' mir halt endlich was. Sonst müssen S' noch mal dreihundert Stunden auf meine Couch.«

Er, erschrocken: »Dann glaub ich's Ihnen lieber!«

Die Kässpatzen kamen. Tommer trank Cola dazu. Cola light. Cola war für ihn, was für mich Engelbräu war.

»Und wissen Sie, mit was für einer Note sie ihren Doktor gemacht hat?«

»Lassen S' mich raten!«

Er platzte fast vor Stolz.

Ich ließ mir Zeit, tat so, als dächte ich, sagte: »Summa cum laude? Stimmt's oder hab ich recht?«

Er nickte. »Summa cum laude. Ich kann zwar kein Latein, aber …«

»Eins. Eins mit Stern.«

»Ja, das sagt meine Frau auch.«

Die Staatsanwältin.

Die mich mal rausgerissen hat aus der Scheiße mit der Panteraner-Geschichte.

»G'scheite Frau, Ihre Frau.«

Ich stach appetitlos mit voller Todesverachtung in meine Kässpatzen.

Ihm war es wurscht, was er aß. Er war noch voll *summa cum laude* auf seine Tochter.

Ich schob nach: »*Summa* heißt nämlich eins. *Cum* heißt mit. Und *laude* heißt Stern.«

»Das muss ich mir merken. Da wird meine Frau schauen, wenn ich ihr das erklär!«

Er kaute verklärt auf seinen Kässpatzen rum. Ich schob sie von einer Ecke in die andere.

»Ich spende Ihnen zur Feier des Tages noch eine Runde … Hallo, Bedienung: Dasselbe noch mal, aber in groß.«

Er sagte zu mir: »Jetzt fehlt eigentlich nur noch ein Schäufele.«

Tommer kam aus Franken. Schäufele-Land.

Ich sagte: »Ja, das wär jetzt was Feines. Aber hier im Allgäu gibt's keine Schäufele. Leider.«

»Warum eigentlich nicht?«

»Nur die fränkischen Schweine haben ein Schäufele. Angeblich ist es das Schulterblatt.«

»Aber die Allgäuer Schweine haben doch auch Schulterblätter. Theoretisch.«

»Vielleicht haben die Frankenschweine etwas, was die Allgäuschweine nicht haben … Wie bei den Frauen. Wenn denen der Mann wegläuft mit einer anderen, sagen sie: Was hat die bloß, was ich nicht habe?«

»Ein Schäufele?«

»Es muss das psychische Äquivalent zum Schäufele sein …«

Er schaute unsicher. Ich erklärte: »Das Schäufele ist bei Frankenschweinen das ›gewisse Etwas‹. Und manche Frauen haben ein ›gewisses Etwas‹ und anderen fehlt es. Das ›gewisse Etwas‹.«

»Stimmt. Meine Sekretärin, die können S' mir nackert auf den Bauch binden, und es passiert nix.«

»Genau das.«

»Ah, so, jetzt versteh ich, wie Sie das mit dem … Ekwidingsa meinen.« Er lachte. »Jedenfalls, meine Tochter …«

Die Kellnerin erlöste mich von der Laudatio continua von Papa Tom Tommer.

Sie stellte eine Halbe Cola vor ihn und eine Maß Bier vor mich.

»Prost!«

»Prost!«

Wir stießen an, schoben die Kässpatzen weg.

Der Geruch war auch weg.

Ich sagte: »Und die andere Neuigkeit?«

»Welche? … Ach ja, richtig, hätt ich fast vergessen!«

Dachte: Arsch!

Sagte: »Sie ham ja auch so viel um die Ohren.«

»Sie haben recht. Sie glauben gar nicht, wie es bei uns grad zugeht …«

Er fing an auszuholen, ich sagte: »Das Labor. Die Ergebnisse?«

»Ach ja!«

Er holte die Plastikecke vom Ausweis des Ex-Pfarrers von Hardenberg aus seiner Brusttasche, sagte: »Eindeutig: Das Teil wurde mit einem scharfen Gegenstand abgetrennt!«

»Diamantenschneider? Flex? Rasierklinge?«

»Nein, ganz einfach: ein scharfes Messer, aber eher noch eine Schere.«

»Eine primitive Haushaltsschere?«

»Ja.«

»Und was bedeutet das?«

»Keine Ahnung.«

Der Polizeipräsident hatte keine Ahnung. Außerdem war es ihm wurscht.

Ich hatte eine Ahnung.

Der Ausweis war gepflanzt.

Ich sagte: »Ich glaube, der Ausweis war gepflanzt. Dass ihn jemand findet. Zum Beispiel ich.«

»Wozu?«

»Damit kein Zweifel besteht, dass es der Pfarrer war, der abgesoffen ist.«

»Aber das war doch eh klar! Klare Indiziensache. Wir haben Erkundigungen eingeholt. Es muss der Pfarrer gewesen sein.«

»Von wem habt ihr denn die Erkundigungen eingeholt?«

»Vom Bistum.«

»Und habt ihr auch Erkundigungen eingeholt, wer der Verfolger war?«

»Welcher Verfolger?«

Ich erklärte ihm, dass jeder Ballon einen Verfolger braucht, der ihm nachfährt und ihn aufsammelt, wenn er landet.

»Ah so. Nein. In den Akten steht nix von einem Verfolger.«

»Und über den Lebenslauf vom Pfarrer?«

»Das Übliche. Studium in Köln ... Klinikseelsorge ... Militärseelsorge ... Gemeindedienst ... Pfarrer. Alles normal.«

»Alles?«

»Ja. Die Sache ist einwandfrei und der Fall geschlossen. Wir haben genügend andere ...«

Die Bedienung kam.

Sie deutete auf meinen herumgeschobenen Kässpatzenteller.

»War's nicht recht?«

»Schon, aber ich hab eine Kässpatzenallergie.«

»Warum bestellen S' dann Kässpatzen?«

»Damit ich was zum Kotzen hab!«

Sie wandte sich angeekelt ab.

Tommer sagte: »Wohl nicht Ihr Tag heut?«

Ich sagte: »Ja und nein.«

Hatte die Schnauze voll, sagte: »Und noch mal Glückwunsch zu Ihrer Tochter. Summa cum laude!«

Er strahlte. »Eins mit Stern!«

36 Verklemmt

Beim Waltl-Bauer waren die Fensterläden zu. Am helllichten Tag. Vier Kühe grasten auf der Weide.

Früher waren es vierzig.

Ein Viehwagen stand vor dem Stall.

Kein Mensch zu sehen.

Der Anblick tat weh.

Im Herz.

Das liebliche Allgäu ging den Bach runter.

Ich fuhr die restlichen fünfhundert Meter hoch zur Bisclalm.

Überholte eine Gestalt.

Eine Wanderin.
Fußkrank.
Sie hinkte ein wenig.
Im Rückspiegel sah ich: Sie winkte. Ein wenig.
Kannte ich sie?
Kannte sie mich?
Ich parkte meinen Golf auf dem Pflaster vor dem Bauernhaus. Es sah aus wie eine Wiese. Das Unkraut spross zwischen den Steinfugen hoch. Einen halben Meter.
Gartenarbeit war nicht mein Forte.
Die Gestalt kam näher, schneller.
»Sie?«
»Ja, ich.«
Die Sekretärin. Liselotte Lot.
Aus der Puste.
Sie hatte sich hübsch aufgebrezelt in ihrem Wanderoutfit, streckte mir die Hand entgegen.
Ich sagte: »Grüß Gott, Frau Lot!«
Haute mich um. Ihr Anblick. Donnerwetter!
Die Bremsen spielten verrückt. Nicht die Autobremsen, die fliegenden Bremsen. Die Wetter-App der Natur. Gewitter im Anmarsch.
Die weiße Bluse meines ungebetenen Gastes war durchgeschwitzt. Der dünne Stoff klebte auf ihrer Haut. Genauer: auf ihrem Busen.
Kein BH.
Ich stemmte meine Augen nach oben.
Sie lachte mich an, der Schweiß lief ihr von der Stirn, übers Gesicht, tropfte in ihr Dirndl hinein.
»So eine Sau-Hitz!«, sagte sie, lachte.
Mich fror.
Hatte wohl einen Virus eingefangen.
Vielleicht von den Kässpatzen.
Ich sagte: »Hocken Sie sich doch hin, auf die Bank.«
Sie hockte sich hin auf die Bank vor dem Haus.
»Ich hol Ihnen ein Wasser!«
»Oh danke, sehr freundlich!«

Von wegen freundlich. Ich hatte ein schlechtes Gewissen. Ihre Vorauszahlung lag tiefgefroren im Eisfach von meinem alten Kühlschrank, der brummte wie ein Panzer. Ihr Kärtchen lag noch oben auf dem Schreibtisch in der Schreibstube. Meine Entscheidung lag mir noch im Magen.

Ich goss ihr ein Glas Adelholzener Mineralwasser ein.

Anstandshalber mir auch eines.

Normal trinke ich aus der Flasche.

Ohne Geschirrspüler geht man sparsam mit Geschirr um.

Sie zupfte sich ihre angepappte Bluse vom Busen weg, nahm einen tiefen Schluck, lächelte, sagte: »Ich nehm das mal als gutes Omen, dass wir uns beim Wandern zufällig begegnet sind.«

Verarschte sie mich? Von wegen zufällig.

»Wie steht's mit dem Auftrag? Nehmen Sie ihn an?«

»Ich hab mich mal rumgehorcht. Die Sache ist klar. Der Pfarrer von Hardenberg ist in den See gestürzt. Die Polizei weiß das ganz eindeutig. Und der Spasti … ah, 'tschuldigung, der Herr Spielrein ist weg.«

Die Unklarheiten behielt ich für mich.

»Ich will wissen, wie es zu dem Unglück kam. Und ich will vor allem wissen, wo ich die Frau Spielrein finden kann. Die kann doch nicht auch vom Erdboden verschwunden sein!«

»Das Letzte, was ich von ihr weiß: Sie wollte zu ihren Eltern zurück ins Rheinland. Köln. Düsseldorf. Essen. In die Gegend, vermute ich. Wahrscheinlich kann sie die Berge nimmer sehen, wo ihr Mann verloren gegangen ist.«

Sie schaute weit weg. Weiter wie der Horizont. Über die Wohnblocks von Kempten hinaus. Leerer Blick. Sagte: »Er ist nicht in den Bergen verloren gegangen. Die Berge sind so überlaufen wie das Allgäu-Forum am Samstagvormittag. Da geht kein Schwein verloren. Und wenn, wird es gefunden.«

»Das arme Schwein … Aber was macht Sie denn so sicher, dass er nicht beim Bergsteigen abgestürzt ist?«

»Er war ein erfahrener Bergsteiger.«

»Die stürzen bekanntlich am meisten ab. Weil sie denken, sie können's. Und passen nimmer auf. Sie ham keine Angst mehr. Am wenigsten stürzen die Anfänger ab. Weil die noch Angst haben. Und vorsichtig sind. Schauen S' mich an: Ich bin noch nie abgestürzt.«

»Weil Sie Angst haben?«

»Genau. Ich geh gar nicht so hoch rauf. Ich geh überhaupt nicht rauf. Über tausendfünfhundert Meter wird's mir schwindlig vor Angst. Deshalb bin ich noch nie abgestürzt. Jedenfalls nicht vom Berg …«

Dachte: vom Saufen ja, aber nicht vom Berg, sagte: »Die schönste Art von Bergsteigen geht mit den Augen. Wenn man vor einer Halbe Weizen hockt und hinaufschaut. *Ich hebe meine Augen auf zu den Bergen, von welchen mir Hilfe kommt …«*

Sie sagte, leise: »Psalm 121,1. Sein Lieblingspsalm …«

Sie sah noch immer in den Horizont hinter Kempten.

»Das Letzte, was ich weiß, war, dass er Ballon fahren wollte. Er hat's mir in der Schule erzählt, in der Pause. Mit einem früheren Kollegen. Am Freitag hat er mir's erzählt. Nach dem Wochenende ist er nicht mehr in die Schule gekommen. Nie mehr.«

»An welchem Freitag?«

»Freitag, der 13.«

Ich war sprachlos. Wollte denken. Ging nicht. Wurde unterbrochen: »Nehmen S' den Auftrag?«

Ich druckste herum.

»Wois net.«

Sie schnaufte wie eine läufige Stute.

»Heiß ist's hier. Ich zerlauf noch vor Schwitzen.«

Sie nahm einen tiefen Schluck Adelholzener. Sagte: »Eine Dusche wär jetzt recht. Kann ich bei Ihnen duschen?«

Ich dachte: Was soll das jetzt? Ist meine Dusche geputzt?

Sagte: »Meine Dusche ist aber nicht frisch geputzt.«

Dachte: Wenn sie die Bieselflecken vor der Kloschüssel sieht …

Sie sagte: »Meine auch nicht. Hauptsache, das Wasser läuft.«

Ich sagte: »Ich geh voraus. Meine Behausung ist im Dachgeschoss.«

»Ich weiß.«

Ich stieg die Treppen hoch.

Sie hinter mir her.

Mein Herz klopfte im Hals wie ein Presslufthammer.

»Hier … das Bad … Ich hol … frisches Handtuch.«

Zu zusammenhängenden Sätzen war ich nicht mehr fähig.

Ich fand noch ein unbenutztes Handtuch, langte es durch den Spalt der Badezimmertür hinein, Kopf abgewandt, ganz gentlemanlike, oder doch eher verdatterter Teenager?

Sie nahm nicht das Handtuch, sondern meine Hand, sagte: »Huch, Ihre Hand ist ja ganz kalt!«,

Ich habe immer kalte Hände, wenn ich aufgeregt bin.

Sie öffnete die Tür, nahm meine Hand in ihre Hände, sagte: »Schauen S', da wird's Ihnen gleich wieder warm … Sind S' halt net so verklemmt! Wir sind doch nicht im Kindergarten!«

Sie stand vor mir. In ihrem Geburtstagskleid.

Die trauernde Geliebte.

Die hinterfotzige.

Ein Prachtkind.

Ein Prachtweib.

Ein Piercing in ihrer linken Brust.

Wo sie noch Piercings haben mochte, sah ich nicht.

Ihr Gesicht näherte sich meinem, ihre Lippen halb offen.

Ich schaute ihr einen Augenblick in die Augen.

Hielt den Blick nicht aus.

»Mensch, mein Telefon läutet, es liegt noch unten vorm Haus!«, plärrte ich, war schon in Panik die Stiegen hinunter. Wie der Josef im Haus des Potifar.

Ließ mich auf die Bank fallen. Das Telefon lag da.

Es läutete nicht mehr.

Es hatte überhaupt nicht geläutet.

Ich zitterte mir mit meinen kalten Händen Wasser ins Glas, schüttete daneben, trank aus der Flasche.

Das Mineralwasser war warm.

Meine Füße kalt.

Meine Lenden taub. Ich griff hin, um zu prüfen, ob ich noch alles dran hatte. Ein Gefühl, wie wenn ich zu lange Fahrrad fahre und den Sattel nicht richtig eingestellt habe: taub. Wie nach dem Zahnziehen.

Was war mit mir los?

Ich hatte kalte Füße gekriegt!

Weil ich so verklemmt war?
Wegen des Piercings?
Wegen der Augen!

37 Exhibitionist

Fest entschlossen wachte ich auf.

Finger weg vom Fall.

Den Umschlag mit den Scheinen weg.

Ich zählte die Scheine.

Zwanzig.

Fünfhunderter.

Rechnete: zehntausend Euro.

Und das Angebot: mehr in Naturalien.

Mit Piercing.

Falls ich keine kalten Füße kriegte.

Ich komme aus der Generation, die Brot nicht wegwirft.

Noch weniger Geld.

Ich legte den Umschlag zurück ins Kühlfach.

Nein!

Ich hatte nichts als Spekulationen, Gerüchte, einen halben Personalausweis.

Trat vor die Tür.

Kaiserwetter.

Der Grünten lag erhaben und faul in der Morgensonne und bewachte das Allgäu.

Er spiegelte sich im See.

Kuhglocken läuteten dünn.

Die letzten.

Zündete mir eine Gauloises Blondes an.

Wegen der Gesundheit.

Verdauung.

Habe ich von Kant abgeschaut.

Immanuel Kant.

Aus Königsberg.

Der genialste Zwangsneurotiker der deutschen Philosophiegeschichte.
Jeden Morgen rauchte er eine Pfeife.
Wegen der Verdauung.
Schrieb dann ein Traktat über Diätetik. Eine philosophische Universalmedizin. Zum Fit-Bleiben.
Das mit der Verdauung haute also hin. Materiell und spirituell.
Ich schaute stolz auf meinen alten, verbeulten Golf Diesel. Vier Liter auf hundert Kilometer. Zehohzwei-Ausstoß wie ein Kohlekraftwerk.
Gut sah er aus.
Tiefergelegt.
Dann schüttelte mich ein Hustenanfall.
Ich sah, warum er tiefergelegt war.
Die Reifen platt. Alle vier.
Da nützt auch kein Ersatzreifen was.
Mit einem Reifen fährt selbst mein Golf nicht.
Meine Finger wurden schon wieder zittrig.
Ich schaute mich um.
Kein Mensch zu sehen.
Gott sei Dank.
Die Reifen waren zerstochen.
Ich zitterte mir noch eine Gauloises an.
Dachte: Ich bin auf der richtigen Spur.
Nur welche? Und wohin führt sie?
Ein Auto fuhr vorbei. Der Audi A3 der Nachbarin.
Früher war sie um diese Zeit hinter ihren Kühen hergegangen, zur Weide. Jetzt fuhr sie nach Kempten zum Aldi. Vierhundertfünfzig-Euro-Job.
Das Auto bremste ab, rollte zurück.
Zu mir.
Ich merkte, dass ich noch im Bademantel war.
Mit drunter nix an.
Mein Sommerschlafanzug. Nix.
Ich schlug ihn züchtig übereinander, knotete den Gürtel fester.
»Alles in Ordnung?«, rief sie mir zu.
»Ja, bis auf mein Auto.«

»Kaputt?«

»Nicht direkt das Auto. Die Reifen.«

»Hast Ersatzreifen?«

»Keine vier.«

»Alle vier hi?«

»Alle vier. Da werd ich den ADAC brauchen.«

»Den brauchst itta!«

»Warum?«

»I fahr di. Nunter zum Schiefele.«

Schiefele ist die Autowerkstatt von Tal.

»Oh, dank dir schön! Ich zieh mich bloß schnell an …«

»So viel Zeit hab ich nicht. Komm, hock dich rein. Hast doch einen Mantel an.«

»Aber …«

»Die Badegäste laufen auch nicht schöner rum! Also?«

Ich warf meine Kippe weg und stieg ein.

In Bademantel und Pantoffeln.

Schiefele stand unter einem aufgebockten Auto.

Ölwechsel.

»Gut Morga«, sagte ich.

Er schraubte die Ölwanne auf.

Schaute kurz um.

Ließ den Schraubenschlüssel fallen.

Das Auto pinkelte dreckiges Öl.

»Sakrament!«, schrie er.

»Sorry«, sagte ich. Kleinlaut. »Ich wollt dich nicht erschrecken!«

»Du hast mich nicht erschreckt. Dein Aufzug …«

Er meinte meinen Bademantel.

»Bist wohl unter die Brüder gegangen, die den Mantel vor kleinen Mädchen aufmachen?«

»Noch nicht. Ich hab andere Laster. Exhibitionist werd ich später.«

Er wechselte weiter Öl.

Ich sagte: »Mein Auto steht auf der Biselalm. Die Reifen sind hin. Alle.«

»Und was hat das mit mir zu tun?«
»Ich brauch neue Reifen.«
Er wandte sich wieder um. Mir zu.
»Was heißt alle?«
»Alle vier.«
»Wie hast denn das angestellt?«
»Irgendein Depp oder mehrere haben sie mir zerschnitten.«
»Warum?«
»Keine Ahnung.«
»Hast deine Nas wieder in was neig'steckt? Wie damals mit unserm Pfarrer.«
Ich wusste nicht, welchen Pfarrer er meinte, den Amadagio oder den Messner oder den Ramsay.
Log: »I wois von nix.«
Halblüge. Ich hatte wirklich keine Ahnung, was da abging. Noch nicht.
»Also, kannst mir neue Reifen besorgen?«
Freundlicher: »Kann ich.«
»Vielleicht Sonderangebote?«
»Ich hab nur Sonderangebote!«
»Ahh, prima!«
»Alle Reifen, die ich verkauf, sind besonders gut. Topmarken.«
Ich hatte keine Wahl.
Er sagte: »Dann bringst halt dein Auto runter, ich bestellt die Reifen und mach sie dir drauf.«
»Und wie soll ich mein Auto runterbringen? Die Reifen sind hin. Kannst du sie mir nicht raufbringen? Und droben anmachen?«
»Spinnst du? Glaubst wohl, ich hab sonst nix zu tun, als deine Reifen spazieren fahren?«
»Net umsonst. Ich zahl dir die Anfahrt. Wie beim Installateur.«
»Ich richt mich normalerweise nach den Rechtsanwaltstarifen.«
Ich sagte: »Dann kann ich mir gleich ein neues Auto anschaffen. Ferrari.«
»Wennst net willst …«
Er drehte wieder ab, widmete sich seinem Ölwechsel.

Ich sagte: »Und wenn wir eine Mischkalkulation machen?«

Ich bekam wieder seine volle Aufmerksamkeit.

»Ich zahl die Reifen auf Rechnung. Den Rest machen wir in bar. Anfahrt. Montage.«

»Net dumm, die Idee. Aber die Mischung stimmt itta.«

»Warum?«

»Koi Rechnung. Alles bar.«

Die Tür ging auf, ich drehte mich um, erblickte eine Frau. Sie unterdrückte mit der Hand vorm Mund einen Schrei.

Ich zog den Gürtel von meinem Bademantel fester.

»Guta Morga, Frau Schiefele!«

Sie entkrampfte. »Ach, Sie, der Herr Bär …!«

Sie hatte mir schon mal einen Mietwagen vermietet. Als meine Reifen kaputt und die Kabel unter der Kühlerhaube durchgezwickt waren.

Sie sagte, an mir vorbei: »Hans, ich fahr jetzt schnell nach Wertach nüber.«

»Scho recht!« Es ging ihm am Arsch vorbei, wohin sie fuhr.

Zu mir sagte er: »Bar!«

Ich sagte: »Bar. Komplett.«

»Ich komm in der Mittagszeit nauf zu dir.«

»Ich bin da.«

Mir graute, im Bademantel und Schlappen drei Kilometer bergauf zu wandern, bei glühender Sonne und verrückten Bremsen.

Zog meinen Bademantel fester um mich, ging zur Tür, die Frau Schiefele drehte gerade wieder ab, ich holte sie ein, sagte: »Ach, Frau Schiefele, wenn Sie nach Wertach fahren, dann kommen S' ja direkt an der Biselalm vorbei … Könnten S' mich net mitnehmen und da absetzen?«

»Da müsst ich ja die abgesperrte Straße nehmen!«

»Aber Anlieger sind frei. Und ich bin Anlieger … und es spart Ihnen eine halbe Stund Zeit und drei Liter Benzin … und ich will nicht, dass Sie es umsonst tun … sondern so wie ein Taxi …«

Sie zögerte.

Ich sagte: »Bar!«

»Aber gern, Herr Bär. Wir sind ja praktisch Nachbarn, und da hilft man doch gern!«

Ja. Bar.

Barbarisch.

Ich setzte mich in den Beifahrersitz, bedeckte keusch meine trainierten Schenkel. Und verschwieg, dass nicht nur mein Auto auf der Alm war, sondern auch meine Unterwäsche.

War besser für ihre Konzentration.

Sie fuhr ganz fesch die Kurven zur Alm hoch.

Sagte: »Ihr Auto ist auch nimmer das Neueste, das fahren Sie doch schon jahrelang. Ich erinner mich noch, wie Sie damals im Tiefschnee mit Sommerreifen vor der Werkstatt gestanden sind …«

»Ja, da bin ich bei Schneetreiben mit Sommerreifen von Innsbruck über den Fernpass. Ein Trauma!«

»Bei den Kurven! Sie hätten sich zu Tod stürzen können!«

»Ich hab mich eigentlich mehr gefürchtet, dass die hinter mir mich aus dem Auto ziehen und lynchen, weil ich den Verkehr auf fünfzig Kilometer aufgehalten hab … Jaja, mein alter Golf …«

»Wir hätten zufällig ein neueres Modell. Einen Caddy …«

»Einen Caddy … Wie der gelbe, wo immer die Post zu mir naufbringt?«

»Ja. Allrad. Diesel. Im besten Zustand. Aus erster Hand. Und Ihr Fahrrad können S' auch einfach hinten hineinschieben, wie in eine Garage.«

»Toll! Und was tät der kosten?«

»Wir machen schon einen guten Preis!«

»In bar?«

»Da wird der Preis noch besser.«

»Und wer ist eigentlich die erste Hand?«

»Was?«

»Der Vorbesitzer?«

»Der lebt nimmer!«

»Oh … verstorben?«

»Ja … wenn er nimmer lebt …«

»Klar. An was denn? Altersschwäche?«

»Nein. Unfall.«

»Dann ist der Caddy ein Unfallwagen?«

»Nein, der Unfall war nicht mit dem Caddy.«

»Mit was dann?«

»Luftfahrt …«
»Ist er abgestürzt?«
»Ja. Tragisch.«
Wir schwiegen. Sie bremste ab, sagte: »Hoi, was ist denn da los? Der Waltl-Bauer ist doch erst vor Kurzem aus dem Krankenhaus heimgekommen.«
Auf dem Waltl-Hof stand das Auto vom Tierarzt. Ärztin. Der jungen.
Und das Auto vom Notarzt.
Und das Auto von den Johannitern. Sanitäter.
Ich sagte: »Ein ganzer Fuhrpark! Fehlt nur noch der Leichenwagen.«
Sie schaute mich streng an, sagte: »Über so was macht man keinen Spaß! Wer weiß, wer der Nächste ist.«
Ich kam mir vor wie auf einer Beerdigung, wo der Pfarrer sagt: »… und wir beten auch für den, den der Herr als Nächsten aus unserer Mitte abberufen wird.«
Sie bekreuzigte sich. Vorsichtshalber. Nahm wieder Fahrt auf, die letzten steilen fünfhundert Meter, wo man im Winter immer stecken bleibt. Ohne Allrad. Sie schaltete runter.
Ich sagte: »Hier bleib ich immer stecken mit meinem Golf. Genau an der Stelle. Im Winter.«
»Deshalb hat der Postbote ja auch einen Allrad. So, wie er bei uns zum Verkaufen ist.«
»Ja, richtig … Aber wenn der Vorbesitzer nimmer lebt, wer verkauft ihn dann, und wohin geht das Geld?«
Sie biss sich auf die Lippen.
»Datenschutz!«, hauchte sie. »Vertraulich.«
»Und angenommen, ich tät den Caddy kaufen, bar, dann kriege ich auch den Fahrzeugschein, und da steht ja drauf, wem er vorher gehört hat.«
»Ja.«
»Und wohin das Geld geht.«
»Nein, das steht nicht auf dem Fahrzeugschein.«
»Sehr geheimnisvoll. Da steckt sicher der BND drin, oder der Verfassungsschutz, oder der IS, oder der Vatikan …«
Sie trat auf die Bremse.

Direkt vor der Alm.

Ich sagte: »Auf so was lass ich mich nicht ein … Aber dankschön, dass sie mich mitgenommen ham.«

Ich schob mich so aus dem Auto, dass trotz Bademantel meine Blößen bedeckt blieben.

»Gute Fahrt! Ach … und die Farbe?«

»Welche Farbe?«

»Von dem Caddy?«

»Schwarz.«

»Wie ein Leichenwagen. Vielseitig verwendbar, so ein Caddy.«

Sie lachte nicht.

Ich schlug die Tür zu.

Sie rauschte auf dem verbotenen Feldweg dahin.

Ich rief mit meinem Handy die Johanna an.

»Ich wollt dir nur sagen: Ich fahr mit der Emily am Montag wieder ins Bad nach Nesselwang!«

»Prima … das passt mir gut.«

»Ach, was ich dich noch fragen wollt: Was hat der Pfarrer Hardenberg denn für ein Auto gefahren?«

»So einen wie die Postbotin, so einen kleinen Lieferwagen.«

»Schwarz?«

»Nein, der war schon angemeldet!«

»Nein, ich mein: welche Farbe?«

»Schwarz.«

»Ich liebe dich!«

»Spinnst jetzt?«

Ich drückte auf die rote Taste.

Kfz-Schein überflüssig.

Ich schaute meinen zerstochenen Golf an, sagte zu ihm: »Keine Angst, ich verkauf dich nicht!«

38 Kölsch

Köln.

Am Rhein.

Uni.

Institut für Evangelische Theologie. Klosterstraße. Wo auch sonst.

Ich trat ein, sagte in Richtung einer Sekretärin: »Grüß Gott!«

Hatte meinen Trachtenjanker an, drunter mein weißes Ex-Diensthemd mit offenem Kollar.

Ausgebeulte Jeans. Mein Studenten-Look.

Sie schaute kurz von ihrem Bildschirm auf, sagte: »Wat soll dä Quatsch?«

Ich versuchte meine Fremdsprachenkenntnisse: »Juten Tach, jnädische Frau, isch bin nämlisch der Bär ausm Alljäu, und ich hätt mich gern erkundigt wegen Seniorenstudium, ob das bei euch in Köln möglich ist ... In meinem vorigen Leben hab ich Theologie studiert, und jetzt auf meine alten Tag hab i denkt, statt Gedächtnistraining an der Volkshochschule könnt ich a bissle promovieren ... in Systematischer Theologie ... Sakramentstheologie ...«

»Kenne mer nit, bruche mer nit, fott domet.«

Schade, dass ich mein Latein vergessen hatte.

Die Tür ging auf, ein weißhaariger Herr, der nach Theologe aussah, schaute herein.

»Geht das in Ordnung mit den Einladungen für das Rigorosum?«

Die Sekretärin sagte: »Ja, natürlich!«

»Gut! Sonst alles klar?«

Sie deutete auf mich. »Der Herr da mit dem Seppl-Outfit, der will was mit der Volkshochschule ... Er ist ziemlich durcheinander, könnten Sie ihm vielleicht weiterhelfen?«

Er schaute mich an, sein Gesicht hellte sich auf, streckte mir seine Hand entgegen, sagte: »Ich bin Professor Hestermann, Systematische Theologie, was kann ich für Sie tun? Sie kommen doch nicht etwa ...«

»Ausm Allgäu!«, sagte ich, drückte seine Hand. »Oberallgäu.«

»Nein ... Und wo genau?«

»Tal am See. Das ist zwischen Kempten und Reutte neben der Autobahn, nicht weit weg von Wertach ...«

»Nein!«

»Doch, gestern war's jedenfalls noch so.«

»Nein, nicht möglich!« Er war ganz aus dem Häuschen. »Stellen Sie sich vor, da haben wir jahrelang Urlaub gemacht mit den Kindern. In Wertach. Und der Grünten ...«

»Und der Grüntensee mit dem Campingplatz ...«

»Da haben wir gecampt! Wir erwägen, dort hinzuziehen, wenn ich in den Ruhestand gehe.«

»Da sind S' nicht der Einzige ...« Der heimwehkrank wird, dachte ich. Sagte: »Das ist ein Paradies für Ruheständler. Rüstige. Ich leb auch schon seit drei Jahr dort. Auf der Alm.«

»Auf der Alm?«

»Ja, die Biselalm. Unterhalb von der Ellegg-Höhe.«

»Die Ellegg-Höhe mit der wunderbaren Aussicht ... Blick auf die Reuterwanne ...«

»Und hinten das Geishorn ...«

»Und das Hörnle ...«

»Und ganz rechts der Grünten.«

»Haben wir auch erklommen!«

Es war ein Almenduett, das wir aufführten, die Sekretärin hockte mit offenem Mund da, als wären wir in der Semperoper in Dresden.

Er schaute auf die Uhr, sagte: »Drinkste ene met? Schnelles Kölsch?«

»Schon überredet!«

Zu seiner Sekretärin: »Wenn jemand nach mir fragt: Ich bin in einer wichtigen Besprechung. Kann dauern.«

Es dauerte.

Er verschleppte mich in ein Etablissement namens »Jeck«, eine neu eröffnete Altstadtkneipe.

Wir tranken Bier aus Gläsern von der Größe eines Fingerhutes.

Ich hatte die doppelte Schluckgeschwindigkeit wie mein neuer rheinischer Freund, sagte: »Wenn des so weitergeht, derlauft er's nicht, der Kellner.«

»Lecker, nicht wahr!«

»Das beschde Bier nördlich von der Donau!«

Er erzählte von seinen Allgäu-Urlauben und Allgäu-Plänen und Allgäu-Reliquien. Sogar eine Kuhglocke, sagte er, hängt in seinem Studierzimmer.

Nach einer guten Stunde wandelten wir miteinander einen Stock tiefer und entledigten uns des Kölsch.

Erklommen wieder die Theke.

Bestellten noch eins.

Plötzlich sagte er: »Ach, ich hab mich gar nicht erkundigt, was Ihr Anliegen ist … Ich war wie in einer Trance.«

»Urlaubs-Trance. Da sind wir im Allgäu immer drin! Aber, weil Sie schon fragen …«

Und ich erzählte ihm die Geschichte mit meiner Promotion, die ich vorhatte, und am liebsten in Köln, weil die Evangelische Fakultät so einen tollen Ruf hat, und ein Thema hätt ich auch schon, die Sakramentstheologie, und bevor ich mich da hineinschmeiße, wollte ich mich fachkundig beraten lassen, ob das Thema schon bearbeitet wird, damit ich mich nicht umsonst plage.

Er schüttelte den Kopf. »Nicht dass ich wüsste. Meine Doktoranden befassen sich gerade mit Ökumene, Schleiermacher, Mystik, viel Ethik, Umwelt, Schöpfungstheologie … Aber Sakrament?«

»Ist wohl nicht so der Renner bei euch … Dann hätt ich ja Chancen, wenn das Thema noch nicht vergeben ist …«, sagte ich, begeistert wie ein Surfer bei Flaute.

»Prost!«

»Prost!«

»Es könnte höchstens sein, dass in der Praktischen Theologie was am Köcheln ist. Der Kollege erwähnte etwas … irgendwas mit einer neuen Theorie, die soziologische, pastorale, psychoanalytische und systematische Elemente aufnimmt und in Beziehung setzt … ach ja, Beziehung … um Beziehung ging es dauernd …«

»Beziehung als Sakrament?«

»Ja, das kommt hin … Ehrlich gesagt, ich war abgelenkt … weil …«, er errötete sanft, »das Interessanteste an dem Thema war die Doktorandin …«

»Eine Frau?«

»Eine relativ junge Frau … gut aussehend …«

»Blond? Wallende Mähne?«

»Nein, schwarz. Pechschwarz. Glatt. Wie die Edith Piaf.«

»Rehbraune Augen?«

»Nein, türkisblau wie der Strand von Ibiza.«

»Und auf der Nase ein Höcker, ein ganz kleiner, a wenig a Hakennas?«

»Nein, das wäre mir aufgefallen. Ein Gesicht wie ein Model. Ein Engel! Makellos!«

»Wissen S' noch, wie's heißt?«

»Nein …«

»Spielrein?«

»Spielrein? Auf keinen Fall. Es war ein … eher preußischer Name … irgendwas mit Dorf … aber ich könnte es rausfinden.«

Ich sackte auf meinem Barhocker zusammen.

Schnelles Strohfeuer. Schnell abgebrannt.

»Noch zwei Kölsch«, rief ich dem Kellner zu.

39 Lachklinik

Ich wählte eine Kölner Nummer.

»Hallo, Constanze! Der Emil ist hier …«

Nix.

»Emil Bär!«

»Emil! Wo steckst denn du gerade?«

»Zufällig in Köln!«

»Mensch, wat für 'ne Überraschung. Komm doch vorbei. Kannst meine neue Wohnung anschauen. Und meine neue Praxis!«

Constanze von Rippentrop. Die Stanzi.

Wir hatten unsere psychoanalytische Ausbildung zusammen angefangen. In München. Nicht im gleichen Alter, aber im gleichen Semester.

Und uns dann aus den Augen verloren.

Zwischendurch ein kurzer Telefonkontakt.

»Hallo, Emil, ich soll ein Buch schreiben. Über Psychologie. Hab keine Zeit. Könntest du das machen?«

Ich war entzückt, sagte: »Ich habe auch keine Zeit. Außerdem keine Ahnung von Psychologie. Aber der Verlag kann ja mal anrufen …«

Zwei Stunden später rief der Verlag an. Eine Einführung wollten sie. Was Populäres, was man am Strand oder aufm Klo lesen kann. Ich sagte: »Ich hab keine Zeit und keine Ahnung von Psychologie.« Nein danke.

Beim Abendessen erzählte ich von der kuriosen Geschichte. Mein Sohn, damals vierzehn, saß mit am Tisch, ich sagte: »Ich hab dankend abgelehnt. Weil ich hab keine Zeit und keine Ahnung von allgemeiner Psychologie … Ich bin Psychoanalytiker!«

Mein Sohn schaute mir tief in die Augen, sagte: »Du Depp!«

Es kam von Herzen. Deshalb fing er keine Watschn.

Am nächsten Morgen um acht rief ich beim Verlag an, sagte: »Wegen dem Psychologie-Buch: Ich hab doch Zeit, und zur Psychologie ist mir auch was eingefallen.«

Drei Monate später gab ich das Manuskript ab. Es war die Einführungsvorlesung von vor zwanzig Jahren, am Anfang meines Studiums, übersetzt in Bildzeitungs-Deutsch.

Sechs Monate später schickte ich das erste gedruckte Exemplar mit Dankeschön-Schokolade an Constanze.

Bin ihr bis heute dankbar dafür. Das schnellste Buch, am meisten verkauft von allen, die ich mir aus den Fingern gesaugt hatte.

Ich läutete. Ihre Praxistafel zeigte mehr Titel, als ich mir merken konnte.

Umarmung, Bussi, Bussi.

Sie war noch klein, schlank und rank wie vor fünfundzwanzig Jahren, rheinische Frohnatur plus ein paar Lachfalten, ich sagte: »Bist du jung geblieben!«

Sie sagte: »Für dein Alter siehst du auch noch ganz fit aus.«

Was immer das bedeuten sollte.

Gut, dass sie nicht »rüstig« sagte. Sonst wär's aus gewesen zwischen uns, bevor es angefangen hätte.

»Kaffee oder ein Glas Wein?«

Ich schluckte mein Pfefferminzbonbon runter.

Ich vertrage nicht Kaffee auf Bier.

Wein auf Bier, das rat ich dir!

Sie schenkte ein. Zwei Glas Sauvignon Blanc.

Prost!

Prost!

Ich schmatzte wie ein Weinkenner, sagte: »Saugut! Rhein? Mosel? Nahe? Ahr?«

Sie sagte: »Aldi.«

Mir auch wurscht. Hauptsache, trocken und kalt. Sagte: »Super!«

Ich erzählte ihr, was mich nach Köln geführt hatte: die Wissenschaft. Psychoanalyse.

Die Heißluftballongeschichte ließ ich weg.

Fragte: »Und was treibst du so?«

»Ich bin noch in einem Krankenhaus. Einem evangelischen. Habe mich auf Traumatherapie spezialisiert, aber ich mache mich bald selbstständig. Ich werde eine eigene Klinik aufbauen!«

»Ja mi leckst … Psychiatrie? Sucht? Trauma? Sex?«

Sie lachte. »Du wirst es nicht glauben: eine Klinik für Gelotologie.«

»Gerontologie? So was wie ein Altersheim?«

»Nein, Gelotologie. Die Wissenschaft vom Lachen.«

»Ach, eine Lachklinik?«

»Genau!«

»Hör auf! Wie bist denn da drauf gekommen?«

»Wir sagen hier: Et bliev nix, wie et wor.«

»Ist das keltisch?«

»Kölnisch. Es heißt etwa: Sei immer offen für neue Wege und neue Lösungen. Ich habe in der Traumatherapie gearbeitet. Und da bin ich drauf gekommen: Die beste Medizin gegen Posttraumatisches Belastungssyndrom ist Lachen.«

»Und dann verschreibst du einfach Lachen gegen Trauma?«

»So einfach ist das nicht. Man muss die Leute schon zum Lachen bringen.«

»Und wie machst du das? Erzählst du Witze?«

»Ich bin nicht gut im Witze-Erzählen, und die meisten Witze finde ich nicht zum Lachen.«

»Wie dann?«

»Paradoxe Intervention.«

»Ah so? Ich hab zwar ein Buch über Psychologie geschrieben, aber die paradoxe Intervention hab ich grad nicht auf dem Schirm.«

»Ganz einfach: Kannst du dich noch an das Spiel erinnern, das wir als Kinder auf Geburtstagsfeiern spielten: Armer schwarzer Kater?«

»Ja, freilich. Wir saßen im Kreis, und in der Mitte ein Kind, das sagte zu einem nach dem anderen: ›Armer schwarzer Kater‹, so richtig tragisch und mitleidig und wehleidig … und wer dann lachen musste, der musste in die Mitte. Der schwarze Kater.«

»Das ist paradoxe Intervention!«

»Toll. Und die Krankenkassen zahlen das?«

»Das ist zurzeit noch zum Weinen. Die zahlen nicht. Die Amerikaner sind schon weiter. William Frey entwickelte da schon in den siebziger Jahren die Gelotologie. Und Robert Holden in Birmingham gründete die erste Lachklinik in England. Wir hier müssen noch wissenschaftlich nachweisen, dass unsere Lachtherapie wirkt.«

»Oh ja, wissenschaftlich … Eine todernste Sache, die Wissenschaft. Da gibt's nix zum Lachen.«

»Es läuft gerade eine Untersuchung hier in Köln, die wahrscheinlich nachweisen kann, dass zwischen November und Februar depressive Erkrankungen abnehmen, weniger Diagnosen, weniger Therapien, weniger Nervenzusammenbrüche, weniger Krankschreibungen …«

»Weil am 11.11. der Karneval beginnt und bis Mitte Februar geht, wo meistens der Aschermittwoch liegt …?«

»Genau, unsere fünfte Jahreszeit hier im Rheinland. Und danach nehmen sie wieder zu, die Depressionen.«

»Lachen ist gesund!«, sagte ich.

Sie stimmte zu.

»Das wusste man schon immer. Dass Äpfel von den Bäumen fallen, wusste man auch schon immer. Aber beweisen konnte man es erst mit Newton.«

»Die Gravität?«

»Genau!«

Die Stanzi wurde ernst, sagte: »Wir vermuten, dass Lachen gesund ist, aber dass in der fünften Jahreszeit noch ein antidepressiver Wirkfaktor dazukommt …«

»Kölsch?«

»Nein, eher nicht. Es kommt auf die Dosis an. Im Karneval tanzen die Leute sehr viel … Das dürfte der zweite Wirkfaktor sein.«

»Bewegung ist ein Allheilmittel. Das weiß ich aus Erfahrung …«

Ich setzte an mit meiner glorreichen Marathon-Vergangenheit. Sie ließ mich nicht zum Zug kommen, vor lauter Begeisterung, sagte: »Ich vermute noch einen dritten Wirkfaktor!«

»Und der wäre?«

Sie nuckelte an ihrem Weißwein, legte eine spannende Pause ein, offenbarte: »Singen!«

Ich trank mein Glas in einem Zug aus, stimmte an, verklärt: »*Wo man singt, da lass dich nieder, böse Menschen haben keine Lieder* … Hat meine Oma in der Waschküche immer geschmettert. Man hat es bis auf die Straße hinaus gehört.«

Sie unterbrach meinen nostalgischen Anflug mit einer majestätischen Handbewegung, sagte: »Es ist nicht nur das Singen an sich, sondern auch, was die Leute singen im Karneval. Du musst dir mal die kölschen Karnevalssongs anhören. Viele sind mehr als diese Umtata-Idiotengesänge. Nein, sie sind fast melancholisch, es geht um Freundschaft, um Schicksalsschläge … und einfach, wie man durch dieses Scheißleben durchkommt, ohne aufzugeben. Hier sagen wir: *Et hätt noch schlimmer kumme könne.*«

»Klingt nach Trauer.«

»Genau. Und Trauer ist das Gegenteil von Depression.«

Ein Satz aus dem Lehrbuch.

Sie fasste zusammen: »Das ist die Grundidee von meiner geplanten Lachklinik: Lachen, Tanzen, Singen.«

Um auch was Schlaues zu sagen, sagte ich: »Die therapeutische Trinität.«

Sie dachte, nickte, sagte: »Karneval ist Religion. Rheinisch.«

Sie füllte die Gläser nach, wir rauchten eine, sie Benson & Hedges, ich Gauloises, schweigend, hatten genug Hirnschmalz verbraucht, zwanzig Prozent unserer Energie geht eh fürs Denken drauf.

Stanzi hatte ein Temperament wie ein Tsunami, sagte: »Mensch, komm doch mit zum Karnevalsverein. Wir haben heute Abend Versammlung. Wir bereiten den 11.11. vor. Und den Karneval überhaupt. Wir machen da was Besonderes. Auf der Drachenburg im Siebengebirge. Komm doch einfach mit.«

Ich, scheu: »Aber ich kenn da doch niemand. Und ich … aus dem Allgäu …«

»Du kennst die Rheinländer wirklich nicht. Im Karneval gibt's keine Ausländer!«

»Aber wenn ich die nicht versteh … diese Fremdsprache.«

»Keine Sorge, das ist ganz einfach. Eine Grundregel ist zum Beispiel: G wird im Rheinischen durch J ersetzt. Zum Beispiel: ›'ne jut jebratene Jans is 'ne jute Jabe Jottes.‹«

Ich sagte mit der Begeisterung einer Schlaftablette: »O Jott, o Jott. Aber wennst meinst. *Wost du hingehst, da will ich auch hingehen* … Ruth 1,16.«

40 Bierkranz

In Köln gibt es über hundertfünfundachtzig Karnevalsgesellschaften. Große, kleine, ordentliche, hospitierende, fördernde, tanzende, junge, alte.

In Bonn gibt es hundertneun Karnevalsvereine.

Köln und die ehemalige Bundeshauptstadt bestehen praktisch aus Karnevalsvereinen.

Im Jahr 1999 waren es in Bonn noch hundertzehn. Ein Karnevalsverein wurde gemäß dem Berlin/Bonn-Gesetz von 1991 nach Berlin verlegt.

Die Regierung.

Ich zupfte mir meinen Trachtenjanker zurecht.

»Brauch ich Krawatte?«

Stanzi lachte.

»Zur Versammlung geht man nicht maskiert.«

Ich bereitete mich geistig auf eine Prunksitzung vor.

Kannte ich vom Fernsehen.

»Mainz bleibt Mainz, wie es singt und lacht«.
»Karneval in Düsseldorf«.
»Mer losse d'r Dom in Kölle«.
»Wir können gleich zu Fuß gehen, ist nicht weit. Gleich am Dom.«
Ein paar Gassen weiter eine Kneipe.
Laut Schild über der Tür: »Bier-Ochse«.
Ich ließ Stanzi den Vortritt.
Ladies first.
Folgte in ihrem Windschatten.
Obwohl sie einen Kopf kürzer war als ich. Sie glich das durch ihre Aura aus.
Schlechte Sicht.
Wie bei Nebel auf der Alm.
Rauch.
»Hallo, Conny!«, tönte es von fern und von nah.
Eher von nah.
Der Nebenraum hatte die Größe eines bürgerlichen Wohnzimmers und sah auch so aus: Polstermöbel aus den fünfziger Jahren des letzten Jahrhunderts. Nachkriegszeit.
Neu: drei Flachbildschirme an der Wand.
Ich schaute mich nach einer Conny um.
Da stand nur die Stanzi. Ich hinter ihr.
Sie hieß in ihrem rheinischen Leben Conny.
Großes Hallo.
»Und das …«, sie zog mich hinter sich hervor, »das ist der Emil, mein Kollege.«
Schallendes Gelächter.
»Is denn heut schon Karneval?«
Das Gelächter flaute ab.
»Wo kommste denn her, Emil?«
»… ausm Allgäu!«
»Nee … nu lass mal den Scheiß.«
»I komm wirklich ausm Allgäu. Aus d'r Nähe von Kempta. Drum bin i auch so angezogen. Mei Sonntigshäs.«
Stummes Staunen.
»Conny, kannst mal übersetzen?«

»Mein Kollege kommt aus dem Allgäu, aus der Nähe der Stadt Kempten. Er sagt, seine Kleidung sei nicht Verkleidung, sondern das, was man dort sonntags trägt.«

Einer rief: »Von Kempten! Mensch, voriges Jahr hatten wir eine Gruppe aus Kempten beim Rosenmontagszug.«

»Die kommen nächstes Jahr wieder. Hab isch jehört!«

Zwei Tische wurden zusammengestellt, wir quetschten uns dazu.

Ich hörte auf zu fremdeln. Erzählte von meiner Alm, und dass es sogar in Kempten einen Karnevalsverein gibt, und eine Näherin, die den Verein und Vereine im ganzen Rheinland mit selbst geschneiderten Kostümen versorgt.

»Du meinst doch nicht etwas die Frau Lochbichler? Hat die dir denn das hübsche Kostüm geschneidert?«

»Genau die mein ich. Ich kenn die persönlich! Wir haben schon oft miteinander geredet.« Genau zweimal. »Aber mein Kostüm hat sie nicht geschneidert. Es ist auch kein Kostüm. Es ist eine Tracht.«

»Vom Trachtenverein? Für die Prunksitzungen?«

»Nein, einfach so. Man zieht das bei uns an. Besonders am Sonntag. In die Kirche!«

»Also doch zur Prunksitzung! Mit der Bütt!«

Ich lachte. »So kann man das auch sehen. Die heilige Messe als Prunksitzung und die Kanzel als Bütt … Aber was die Frau Lochbichler angeht: Es ist ja ein Glück, dass sie den Näh-Job für die Prunksitzungen hat, weil der Betrieb von ihrem Mann ist abgebrannt, erst vor Kurzem.«

»Wat hat er denn betrieben?«

»Ein Flugunternehmen.«

»Watt? So watt wie Lufthansa?«

»Nein, so ähnlich. Heißluftballons!«

»Nääää, dat is nit mööööchlich!«

»Doch, wenn ich's euch sag!«

»Weil ich bin vom Heißluftballonverein, und wir haben im Juni immer das große Event. Wo in der Rheinaue Dutzende Ballone aufsteigen, und die fahren dann über dat Siebenjebirje … Und da kommt auch immer einer oder zwei von Kempten, jedenfalls quatscht er jenauso wie du … Und ich jlöv, der heißt so ähnlich wie Lochbichler.«

Ich kriegte eine Gänsehaut.

So viel an Zufall kann's doch nicht geben!

Der Kellner war in einem ständigen Rundlauf beschäftigt mit einem runden Metallkörbchen, in dem neun Reagenzgläschen mit gelben Urinproben standen.

Kölsch. Im Bierkranz.

Man plante ein großes Event in der Drachenburg. So was wie ein Betriebsfest für Faschingsprofis.

Für alle Karnevalsvereine aus Köln und Bonn. Und Gäste.

Vielleicht kam sogar der hundertzehnte Karnevalsverein. Aus Berlin.

»Injelade werden die auf jeden Fall!«

»Chancenlos!«

Eine kleine Dicke sagte trotzig: »Wir schaffen das!«

41 Fenstersturz

Der Saal war voll.

Arsch an Arsch und Wadel an Wadel saß der psychoanalytische Adel der Psychotherapeuten von NRW. Nordrhein-Westfalen.

Dazu die Ausbildungskandidaten. Und -innen. Sie kriegten einen Zettel, auf dem Punkte eingetragen waren. Fortbildungspunkte. Konfirmandenunterricht für Spätadoleszente.

Die Vorsitzende, graues Haar mit Dutt, graues Strickkleid ohne Dutt, rosa Seidenschal, erhob sich.

Sie wäre auch als Pfarrfrau durchgegangen. Aber sie hieß von Luxemburg. Wahrscheinlich Rosa von Luxemburg.

Sie stellte den Referenten vor.

Ein distinguierter Forscher an der Frontlinie der psychoanalytischen Bewegung Bayerns, Süddeutschlands, Gesamtdeutschlands, Europas. Und darüber hinaus. Knapp am Nobelpreis vorbei.

Ich schaute mich um.

Grauhaarige Eminenzen hockten in den ersten Reihen. Einen von ihnen musste sie wohl meinen.

»Er hat Bahnbrechendes geleistet auf einem der schwierigsten Gebiete der neueren Psychoanalyse: Neutralität und Abstinenz.«

Sie meinte damit wohl, unter welchen Bedingungen man seine Analysandin bumsen darf.

»Es geht um die tiefen emotionalen Verstrickungen zwischen Analytiker/Analytikerin und Analysandin/Analysand. Es geht um die Abgründe von Übertragung und Gegenübertragung. Um Mentalisierung und Acting out.«

Ich übersetzte weiter für mich. Es geht um: Wenn er auf sie steht und sie auf ihn und die Bude inzestgeschwängert ist, es geht um mind fucking und ins Bett hüpfen. Dachte an meine verschwundene Supervisandin aus Füssen, an meine Ex-Patienten Tom Tommer und Adam Amgine, die mir einen privaten Gefallen getan hatten.

Ich schreckte auf, Rosa von Luxemburg ging in die Schrei-Stimmlage von Boxpromotern, die ankündigen: »... and ... Muhammad Aliiiiiii!«

»... darf ich nun ans Rednerpult bitten ... Herrn Dr. Emil ... BÄÄÄÄÄÄÄÄR!«

Rauschender Applaus. Vorschuss. Dachte: Sie sollen lieber warten, bis ich fertig bin mit meinen berauschenden Ausführungen.

Ich erklomm die Bütt. Mir wurde schwindlig.

Wenn wir erklimmen ...

Der erste öffentliche Auftritt nach drei Jahren. Fühlte sich an wie nach dreißig Jahren.

Knöpfte den mittleren Knopf meines Trachtenjankers mit den Hirschhornknöpfen zu. Total retro. Janker und zuknöpfen.

Klopfte aufs Mikro, sprach hinein: »Grüaßts euch Gott mitanand!«

Konsternierte Gesichter.

Sagte: »Richtig, ich bin ja hier nicht im Allgäu. Sondern im Rheinland. Also noch mal: Guten Tag, meine verehrten Kolleginnen und Kollegen.«

Höfliches Gelächter.

»Also, verstehts ihr mich alle, auch die da hinten?«
Keine Reaktion.
»Wer mich nicht versteht, bitte die Hand heben.«
Hundertfünfzig Hände gingen hoch.
Die Hände zum Himmel …
Geraune.
Rosa von Luxemburg huschte neben mich, flüsterte mir ins Ohr: »Könnten Sie Deutsch sprechen?«
Ich fing noch mal an: »Liebe Kolleginnen und Kollegen. Ich bin des Deutschen als erste Fremdsprache mächtig.«
Höflichkeitsgelächter.
Kurze Pause.
Wie früher im Altersheim. Wo alle schwerhörig sind. Da muss man mit den Augen sprechen.
Ich sammelte sie mit meinen Blicken ein wie ein Schäferhund die Schafe.
Dann, total ernst: »Spaß beiseite. Unser Thema ist ernst. Existenziell. Ich möchte gleich in medias res gehen, und zwar mit einer Fallvignette. Die Patientin sagt: ›Herr Doktor, darf ich Sie küssen?‹ ›Nein, das geht nicht. Es ist eigentlich schon gegen die Regel, dass wir nebeneinander auf der Couch liegen.‹«
Konsterniertes Schweigen.
Ich ließ das Ding wirken.
Einer, wahrscheinlich ein Ausbildungskandidat noch ohne psychoanalytische *déformation professionelle* im Hirn, gluckste.
Noch einer.
Zwei mehr.
Das Glucksen rollte wie ein Schneeball nach vorn. Es endete in einer Lawine von schallendem Gelächter.
Ich hatte sie. Meine Schäflein.
Atmete durch.
Erleichtert. Erlöst.
Ich konnte es also noch. Reden. Mit den Leuten.
Manches im Leben verlernt man zum Glück nicht.
Atmen, Radfahren, Reden, Schwimmen, Vögeln …
Der Rest war ein Spaziergang.
Ich erzählte von Sigmund Freud, der seine eigene Tochter

Anna auf der Couch analysiert oder mit Gustav Mahler eine Analyse beim Spazierengehen gemacht hat.

Ich ließ einfließen, dass Melanie Klein ihre eigenen Kinder analysiert hat.

Und die Geschichte von Donald Winnicott, der bei der Analyse mit Margaret Little ihre Hand gehalten hat und dabei eingeschlafen ist.

Und wie Fairbairn und Guntrip, die steifen Engländer, sich nach jeder Analysestunde gemütlich bei Tee und Biskuits unterhalten haben.

Ich erwähnte die Abstinenzausschweifungen von Sándor Ferenczi, der sich nicht entscheiden konnte, ob er seine Analysandin, die Mutter, oder ihre Tochter als Gespielin nehmen sollte. Er schrieb an Freud, er könne sich nicht entscheiden, weil er gerade Katarrh habe. Freud antwortete, ein Psychoanalytiker muss sich mit und ohne Katarrh entscheiden können.

Nicht zu vergessen die Affäre zwischen Carl Gustav Jung und Sabina Spielrein, dem Schweizer Genie und seiner russischen Geliebten, die zugleich seine Patientin war. Oder umgekehrt.

Erwähnte nebenbei auch Heinz Kohut, den Erfinder der Selbstpsychologie in Amerika. Er gewährte einer Patientin, dass sie seine Finger lutschte.

Und schließlich eine harmlosere Story, die von Marie Bonaparte, der griechischen Prinzessin, die auch auf Freuds Couch lag, ihm einmal ihre bare Brust zeigte, er interpretierte brillant: »Sie sind eine Frau!« Und sie finanzierte ihm dafür 1938 die Flucht von Wien nach London und die Miete für sein Haus in Hamstead Heath.

Alles Abstinenz.

Ich beendete meine wissenschaftlichen Ausführungen, trocken: »Die unbewusste Beziehung zwischen Analytiker und Analysandin ist mächtig, im Guten wie im Bösen. Das gilt natürlich auch zwischen Analytikerin und Analysand. Auch Mütter missbrauchen ihre Söhne, nicht nur Väter ihre Töchter.«

Die Damen horchten sichtbar auf. Nickten, als hätten sie verstanden.

»Die unbewusste Beziehung wirkt ähnlich ambivalent wie die

religiöse Beziehung, wie der Apostel Paulus ausführt: Man kann das Sakrament des Abendmahles oder der Eucharistie kreativ oder destruktiv zelebrieren. Er sagt im ersten Korintherbrief, Kapitel elf, Verse siebenundzwanzig und neunundzwanzig, so: *Wer nun unwürdig von dem Brot isst oder aus dem Kelch des Herrn trinkt, der wird schuldig sein am Leib und Blut des Herrn … Denn wer so isst und trinkt, dass er den Leib des Herrn nicht achtet, der isst und trinkt sich selber zum Gericht.*«

Unverständige Blicke.

»Um wieder in die Niederungen unseres analytischen Alltags zu gehen: Im Idealfall werden diese unbewussten Beziehungen durch Interpretation in bewusstes Verstehen überführt. Werden sie jedoch nicht bewusst, gewinnen sie im Unbewussten eine Macht, die beide Beteiligten zur Handlung zwingt. Im günstigsten Fall wird dann aus dem analytischen Paar ein Liebespaar. Im zweitschlimmsten Fall endet die Beziehung in Mord und Totschlag …«

Pause.

Ja, da kam er, der Zwischenruf: »Und wie endet die Beziehung im schlimmsten Fall?«

»In der Ehe! Meine Damen und Herren, ich danke Ihnen für Ihre Aufmerksamkeit!«

Stille.

Stille Nacht, heilige Nacht …

Atemstille.

Harre, meine Seele, harre des Herrn …

Ein dumpfer Schlag.

Aus den hinteren Reihen.

Rufe: »Jemand ist ohnmächtig geworden!«

»Notarzt!«

Die Danksagung der Rosa von Luxemburg ging im Chaos unter.

Es legte sich nach einer Viertelstunde.

Ich dachte: War mein Vortrag so schlecht, dass jemand vom Stuhl kippte? Tröstete mich, dass ich nicht der Einzige war, dem so etwas passierte. Der Apostel Paulus hielt einmal eine Predigt in einer Stadt namens Troas. Ein junger Mann namens Eutychus hockte auf dem Fenstersims, schlief dabei ein und fiel aus dem Fenster.

Ich erfuhr: »Jemand« war:

Eine Frau.

Kandidatin.

Hochschwanger.

Erfuhr nicht:

Von wem.

Ging mich auch nichts an.

Dachte ich.

Der Mensch denkt und Gott lenkt. Der Mensch dachte und Gott lachte. Allgäuer Volksweisheit.

42 Geheimnis der Nase

Ausflug nach Bonn. Mit dem Schiff. Bis Königswinter. Stanzi zeigte mir das Siebengebirge. Zu Fuß.

Angefangen bei der Margaretenhöhe. Stanzi kündigte an, dass wir knapp fünfundzwanzig Kilometer vor uns hätten, auf und nieder. In schlappen acht Stunden, oder neun. Belohnt durch zehn Bergaussichten, unter anderem die Aussicht vom Ölberg, der Löwenburg, dem Lohrberg, dem Nonnenstromberg, dem Petersberg mit der Bundesfahne, der Wolkenburg, dem Drachenfels.

Schöne Aussichten.

Da hätt ich ja gleich im Allgäu bleiben können.

Oder zu den Gebirgsjägern gehen.

Die Aussicht auf einen Gewaltmarsch versetzte mich in:

Hitzewallungen.

Erschöpfungsphantasien.

Überforderungsängste.

Mein Smartphone meldete sich.

Zum Glück.

Professor Hestermann war in der Leitung.

»Herr Bär, ich habe Neuigkeiten!«

»Wann Sie mich auf der Alm besuchen?«

»Das muss ich noch mit meiner Frau besprechen. Die war ganz begeistert, wie ich ihr von Ihnen erzählt habe.«

»Was haben S' denn erzählt, was Ihre Frau so begeistert hat?«

»Mit dem Allgäu und so … und äh … so genau weiß ich das nicht mehr. Das Kölsch … das hat wohl mein Gedächtnis etwas ramponiert … Aber ich habe mit meinem Kollegen von der Praktischen Theologie gesprochen. Der hat mich gefragt, ob ich das Zweitgutachten machen würde für eine Arbeit seiner Doktorandin, und die geht in die Systematik hinein …«

»Die Doktorandin …?«

»Nein, ihre Arbeit. Sie ist Theologin und zugleich Psychotherapeutin und will irgendwie die Psychoanalyse verbinden mit der Sakramentstheologie. Wenn ich es recht mitgekriegt habe, will sie nachweisen, dass die Beziehung das einzige wahre Sakrament ist …«

Ich kriegte:

Herzrasen.

Atemstillstand.

Schwindel.

Kalte Füße.

Schweißausbrüche.

Hustenanfall.

»Was ist los, geht's Ihnen nicht gut?«

»Doch … ich hab mich nur grad verschluckt … Ach, wissen S' zufällig auch, wie sie heißt?«

»Den Vornamen weiß ich nicht, aber den Nachnamen, den hab ich mir gut merken können. Da gab es einen Kollegen, meinen Doktorvater, der hieß so ähnlich, deshalb …«

»Und?«

»Rensdorf.«

»Bei dem hab ich auch schon in der Vorlesung gesessen. Kein Wort verstanden.«

Professor Hestermann lachte.

»Dafür war er berühmt. Keiner konnte einfache Dinge so unverständlich und wortgewaltig verkomplizieren.«

»Ich glaub, das war, weil er so klein war.«

»Wie kommen Sie denn darauf?«

»Kleine Männer haben oft einen Minderwertigkeitskomplex. Deshalb müssen sie sich aufgockeln und tun, als wären sie die Größten. Aber das hab ich erst später erkannt. Nach jeder Vorlesung fühlte ich mich um dreißig Zentimeter kleiner und fünfzig IQ-Punkte dümmer. Er hätte auf die Couch gehört, nicht in die Bütt!«

»Da ist was dran … Aber ich hab davon profitiert!«

»Wieso?«

»Der Rensdorf hatte den Ehrgeiz, dass er nur erstklassige Doktoranden nahm und jeder mit Summa cum laude bei ihm promoviert, und ich auch.«

»Jetzt stellen S' Ihr Licht aber gewaltig untern Scheffel!«

»Na ja …«

»Das müssen wir bald auf meiner Alm begießen. Mit Engelbräu! Jedenfalls bin ich Ihnen sakrisch dankbar für Ihre Information. Da kann ich mich ja mal mit der jungen Kollegin verbandeln …«

»Verwas?«

»Ins Benehmen setzen. Und grüßen Sie Ihre Frau Gemahlin von mir. Also: pfüadi!«

»Tschüüüss!«

Ich wischte mir den Schweiß von der Stirn.

Stanzi sagte: »Mein Gott, wat is denn mit dir los? Haste de Möpp?«

»Ich bin völlig im Arsch!«

»Erzähl!«

Wir setzten uns auf eine Bank, steckten uns eine Zigarette an, ich sagte: »Ich steh vor einem Rätsel! Ich bin auf der Suche nach einer jungen Kollegin, die im Allgäu in Füssen Pfarrerin und Psychotherapeutin war. Sie hatte Supervision bei mir und ist dann verschwunden. Richtung Rheinland. Wollte eine Auszeit nehmen zum Promovieren …«

Dass zwei Männer von ihr verloren gegangen waren, ließ ich aus: ein Patient und ihr Mann.

»Ich wusste nur, dass sie über Beziehung und Sakrament promovieren wollte. Und nun stoße ich auf eine Doktorandin in Köln, die genau das macht.«

»Prima, und wo ist das Problem?«

»Sie heißt anders als meine Supervisandin, und sie schaut ganz anders aus. Ein Rätsel!«

Wir stapften schweigend nebeneinander her.

Ich schwitzte wie die Sau, sagte: »Ich habe das Siebengebirge immer für einen Witz gehalten. Die paar Buckel. Aber da kommt man ganz schön ins Schwitzen. Schlimmer wie im Allgäu.«

Der Schweiß rann mir in die Augen. Ich fragte: »Gibt's denn hier auch eine Wirtschaft?«

»Ja, Forstwirtschaft.«

»Nein, ich mein eine richtige. Zum Trinken und Brotzeitmachen. *Brotzeit ist die schönste Zeit ...*«

»Auf jedem Gipfel gibt's ein Restaurant.«

Ich unterließ eine abfällig Bemerkung zu »Gipfel« für die paar Buckel.

Stellte meinen Rucksack ab.

Stanzi, im Kopf noch woanders, sagte in das Siebengebirge hinein: »Ich heiß auch anders.«

»Anders wie was?«

»Als früher. Nach der Scheidung nahm ich meinen Mädchennamen wieder an.«

»Der gefällt mir auch besser ... als der frühere.«

Der frühere fiel mir gerade nicht ein.

Sie sagte versonnen: »Das würde erklären, warum deine Ex-Supervisandin jetzt anders heißt als früher. Sie hat ihren Mädchennamen wieder angenommen.«

»Aber die Frisur? Sie hat pechschwarzes Haar.«

»Ich hab früher auch eine andere Frisur gehabt. Grau und kurz.«

Ich schaute sie an. »Die steht dir aber besser. Blond und strubbelig. Macht dich um Jahrzehnte jünger!«

Sie lächelte. »Das ist keine Kunst, auch für deine Ex-Super nicht. Von blond gelockt auf pechschwarz.«

»Ja, stimmt. Aber du hast noch die gleiche Nase. Die hatte einen Knick in der Nase. Einen Hubbel. Nicht schön, aber interessant. Hakennase sagte man früher dazu. Und der Professor Hestermann sagt, sie sieht aus wie ein Engel. Engel haben keine Hakennasen.«

»Schon mal was von plastischer Chirurgie gehört?«

»Ah so … Aber das ist lächerlich. Weil sie nach Köln zu ihren Eltern zurückgeht, kann sie ja ihren Mädchennamen wieder annehmen und ihre Frisur runderneuern lassen … Aber das Gesicht verschneiden lassen … also … das passt irgendwie nicht, das ist zu viel …«

»Kennst du eigentlich ihre Eltern?«

»Nein, kenn ich nicht.«

Ich holte meinen Flachmann aus dem Rucksack.

»Bergsteigerwasser, magst einen Schluck?«

Sie zögerte, langte zu, sagte: »Wenn's hilft.«

»Hilft. Immer gegen alles. Macht den Kopf klar.«

Ich nahm einen Schluck.

»Nein, ihre Eltern kenn ich nicht …«

Mir fiel der Flachmann aus der Hand. Ich sagte: »Noch nicht!«

43 Vaterlos

»Grüß Gott, keine Angst, ich bin nicht von den Zeugen Jehovas, ich bin vom Roten Kreuz, nein, keine Angst, es geht nicht um Spenden. Unser Suchdienst versucht einen Mann zu finden, der in den Allgäuer Bergen vermisst wird. Man befürchtet ein Bergunglück. Wir wissen, dass er verheiratet ist … oder war … und dass seine Frau aus dem Rheinland stammt und ihr Mädchenname Rensdorf ist. Deshalb habe ich bei Ihnen angeläutet, vielleicht sind Sie die Eltern von der Melanie Spielrein, geborene Rensdorf?«

Das gefühlte dreihundertfünfundsechzigste Mal leierte ich meinen Spruch herunter.

Davon gefühlte dreihundertsechzig Mal die Türe im Gesicht. Bei den Reizwörtern.

Hundert Mal bei »Grüß Gott« (verdammte Ausländer!).

Hundert Mal bei »Zeugen Jehovas« (»ich bin katholisch und janz glücklich damit« – Köln war voller glücklicher Katholiken, die alle Rensdorf hießen).

Hundert Mal bei »Spenden«.

Rensdorf.

So kam ich nicht weiter.

Ich dachte, ich muss denken, nicht klingeln.

Hockte mich auf eine Bank, dachte.

Sie war Pfarrerin. Sie war Therapeutin. Fünfundsiebzig Prozent der Pfarrer und -innen kommen aus Pfarrhäusern.

Die Eltern meines begehrten Objektes waren vermutlich schon im Rentenalter.

Ein letzter Versuch. Andere Taktik.

Evangelischer Kirchenverband Köln.

Mit einer Tüte Marzipantrüffel von Eilles. Und einer rührseligen Geschichte von meinem verschollenen Stiefbruder Rensdorf.

Die Sekretärin schmolz dahin. »Ja, Sie können den Personalstand anschauen. Ausnahmsweise.«

Ich sagte: »Ich stehe unter Schweigepflicht, auch als Emeritus.«

Ich suchte.

Unter: »Emeriti«.

Unter den Emeriti war – halleluja – ein Emeritus namens Rensdorf.

Bei dem klingelte ich.

Eine kleine verbuckelte Frau mit grauem Dutt öffnete die Tür einen Spalt.

»Grüß Gott, Frau Rensdorf.«

Sie schaute mich von oben bis unten an. Misstrauisch.

Ich schob nach: »Ich komm aus dem Allgäu.«

»Dat sieht man. Dat hört man! Wir kaufen trotzdem nichts!«

Die Tür ging wieder zu.

Ich stellte meinen Fuß rein, sagte: »Ich bin ein Kollege Ihres Mannes, auch Emeritus. Könnte ich den Bruder Rensdorf sprechen?«

Der Bruder Rensdorf erschien schon aus dem Dunkel.

Alle Vorhänge waren zugezogen.

»Hallo, Bruder Rensdorf, wir kennen uns zwar noch nicht persönlich, aber indirekt doch …«

»Wer sind Sie?«

Nix mit Bruder und Du und Bruderkuss.

»Bär. Emil Bär.«

»Bär? Bär? Ich kenne keinen Bär.«

»Dr. Emil Bär. Ich war früher mal in Köln. KSA-Kurse. Klinische Seelsorge-Ausbildung.«

»Ich weiß, was KSA heißt.«

Er war angepisst, missmutig. Alt.

Dann riss es ihn. »Bär? Sind Sie etwa der Seelsorge-Bär, der das Buch geschrieben hat … das Standardwerk …?«

»Ja, genau der Bär. Standardwerk war es bloß im Norden von Deutschland. Im Süden ist es unbekannt. Der Prophet gilt nichts in seiner Heimatstadt!«

»Wem sagen Sie das! Ich habe …«

Bitterkeit ergoss sich kübelweise aus seinem Mund mit den dünnen Lippen.

Die beiden führten mich rein in ihre Dunkelkammer. Galt wohl als Wohnzimmer. Miefig.

Er musste seit fünf Jahren nicht mehr mit einer Menschenseele geredet haben. Kotzte seine Leidensgeschichte heraus. Seine Frau saß neben ihm, schwieg, nickte, schüttelte den Kopf. Eines der vielen Pastorenschicksale, von denen ich endlos viele gehört hatte. Hatten die Kirche mit dem Reich Gottes verwechselt und waren an der Desillusionierung eingegangen.

Ich fasste mich.

In Geduld.

»There is no such thing as a free lunch«, hatte ein Premierminister in Australien gesagt. Malcolm Fraser. Erinnerte ich mich. Aus meiner Zeit als Gastarbeiter. In Australien.

Sola gratia. Heißt es theologisch.

Glaube bekommt man umsonst. Oder gar nicht. Meistens Letzteres.

Ich wollte kein Lunch, keine Gnade, sondern Information.

Nach anderthalb Stunden ging meinem Bruder im Herrn die Luft aus, er hatte seine Galle ausgespuckt, atmete tief durch, sog den Dunkelkammermief ein. Ich dachte: ein Königreich für eine Gauloises.

Der Schatten eines Lächelns erschien auf dem fahlen Faltengesicht der Frau Emerita.

»Das ist aber schön, dass Sie uns besuchen …«, hauchte sie.

Er sagte: »Das hab ich schon damals bei Ihrem Buch gedacht, dass man mit Ihnen gut reden kann …«

Sie fragte: »Möchten Sie was trinken?«

Ja, ein Kölsch! Mit Schnaps.

»Ja, ein Glas Wasser. Am liebsten Leitungswasser.«

Sie schlurfte zur Leitung.

Stellte ein Glas Wasser vor mich.

Die Stimmung schlug noch nicht hohe Wellen, aber sie taute auf.

Ich nippte.

Schweigen.

Dann erschrak er. »Wer hat Sie denn geschickt? Das Dekanat? Der Bischof? Die Kirchenleitung?«

Ich freute mich, dass ich endlich auch mal was sagen durfte. Sagte: »Ich komm rein privat. Ich suche nämlich eine Kollegin, mit der ich im Allgäu zusammengearbeitet habe, und die ist überraschend weg von da, sie hat mir nur eine Notiz hinterlassen, dass sie zu ihren Eltern ins Rheinland geht, ihre Doktorarbeit schreiben … Um es kurz zu machen: Sie ist eine geborene Rensdorf. Und da dachte ich mir, die meisten Pastoren und Pastorinnen kommen aus Pfarrhäusern …«

Ich unterbrach mich.

Beim Namen Rensdorf waren die beiden Rensdorfs zu Stein erstarrt.

Marmor, Stein und Eisen bricht …

Die Stimmung ging zurück von Tauwetter auf Grundeis.

Sie hauchte: »Die Meli!«

Ich: »Also doch: Ihre Tochter. Das ist ja wunderbar!«

Mein emeritierter Kollege ging steif wie eine Tonfigur raus. Eine Tür ging auf, zu.

Das Klo.

Man hörte ihn kotzen.

»Was ist denn los?«

»Sie ist schwanger. Kriegt ein Kind!«

Und der Vater kotzt.

»Ohhh, da gratulier ich ganz sakrisch. Da werden Sie ja Oma! Glückwunsch!«

Ich schnallte es noch immer nicht.

Ich. Seelsorger. Seelsorger a.D. Außer Durchblick.

Die Tränen liefen ihr runter.

»Unglück, nichts als Unglück!«

»Aber, ich versteh nicht ganz … Ist was verkehrt mit dem Kind?«

»Es hat keinen Vater.«

»Alle Kinder haben einen Vater. Sogar Jesus. Wenn auch nicht ganz klar ist, welcher es wirklich war …«

Ich war schon wieder daneben. Sie kriegte es nicht mit. War in ihrem Elend versunken. Sagte: »Sie sagt nicht, wer der Vater ist.«

»Vielleicht ihr Mann?«

»Ihr Mann ist doch vermisst, darum ist sie ja zu uns gekommen.«

»Aber vielleicht, bevor er vermisst war … dass … dass da das Kind schon unterwegs war.«

»Sie redet nicht mit uns drüber. Sie ist so ganz anders …«

Ihr Mann setzte sich kotzweiß wieder neben sie, sagte: »Sie ist nicht mehr unsere Tochter!«

Schweigen.

Mir kam eine Idee.

»Ich könnt doch mal mit ihr reden. Wenn Sie mir Adresse und Telefonnummer geben … Vielleicht kann ich vermitteln …«

Er schüttelte den Kopf.

Sie sagte: »Meinen Sie?«

»Ja. Schlimmer geht's nimmer. Es kann nur noch besser werden.«

Er, wahrscheinlich Steinbock von Sternzeichen: »Glaub ich nicht.«

Ich: »Probieren geht übers Studieren. Allgäuer Volksweisheit.«

Er schüttelte schon wieder den Kopf.

Sie schlurfte weg, kam wieder, legte mir einen Zettel auf den Tisch, sagte: »Telefon und Adresse.«

»Ich schau, was ich tun kann. Das wird schon wieder!«

44 Todsicher

Ich schleckte die Klappe vom Briefumschlag an. Langsam und vorsichtig, damit ich mich nicht in die Zunge schnitt.

Pfui Teufel.

Stanzi schob mir ein Kölsch hin.

Ich spülte den Kleber-Geschmack runter.

Stanzi sagte: »Warum schreibst du keine Mail? Ist doch einfacher. Und du musst nicht lecken.«

Ich klebte den Umschlag fest zu. Sagte: »Ich schleck halt so gern.«

Ein Hauch von Rot huschte über ihre Wangen. Sie nahm einen Schluck Sauvignon Blanc.

Ich schrieb die Adresse auf den Umschlag.

Sagte: »Das liegt an meinem Alter. Ich bin noch Briefe schreiben gewohnt. Außerdem freut sich der Empfänger, wenn Post im Briefkasten liegt. Gute alte Zeit. Hast mir eine Briefmarke?«

Sie lachte, langte mir eine Briefmarke rüber, sagte: »Isch bin nämlich auch noch aus der juten alten Zeit.«

Ich schleckte einen zweiten Umschlag, steckte eine Kopie meines Schreibens hinein.

Sie langte mir noch mal eine Briefmarke rüber. Ich sagte: »Brauch ich nicht, danke.«

»Trägst du den selber aus?«

»Ja. Der ist nämlich für dich.«

Ich klebte ihn zu.

»Wenn er für mich ist, brauchst du ihn nicht zukleben. Dann muss ich ihn ja sofort wieder aufmachen. Ich les ihn gleich, ich bin so neugierig!«

Ich druckste rum.

»Was ist denn los? Tust ja, als wär's ein Liebesbrief.«

»Nein, da muss ich dich enttäuschen. Aber bist du so lieb und behältst ihn bei deinen Papieren?«

»Warum? Ist da dein Testament drin?«

»Nein, nicht mein Testament. Vielmehr meine Lebensversicherung.«

»Jetzt versteh ich gar nichts mehr.«

»Besser so. Nur: Im Falle, dass … ah … dass mir was … ah … zustößt … dann gibst ihn der Polizei.«

Stanzi wurde blass. »Was soll dir denn zustoßen?«

Ich zuckte die Schultern. »Altersschwäche. Unfall auf der Autobahn. Hirnschlag … oder gar … Impotenz!«

»Du mit deinen Scherzen. Mit dir weiß man nie, wo man dran ist!«

»Im Ernst: Es ist besser, wenn du nicht weißt, was drinsteht. Eine komplizierte Geschichte. Nimmst du ihn zu dir? Bitte!«

Sie nahm ihn zu sich.

Ich sagte: »Dann schmeiß ich den andern mal in den Briefkasten. Wo ist denn der nächste?«

»Um die Ecke.«

»Und wo ist die Ecke?«

»Ich begleite dich. Soll ich dich an der Hand nehmen?«

Jetzt kriegte ich rote Bäckchen.

Schluck Sauvignon Blanc. Sagte: »Ich bitte darum.«

Vor der Haustür nahm sie scherzhalber meine Hand.

Ließ sie nicht mehr los.

Ich entzog sie ihr nicht.

Schaute weg von ihr. Mit feuchten Augen.

Wie lange hat mich keine Hand mehr an die Hand genommen?

Meine Mama am ersten Schultag.

Weil sie Angst hatte.

So nimm denn meine Hände …

Unsere Hände lösten sich vor dem Briefkasten.

Ich warf den Brief ein.

Meine Lebensversicherung.

Er ging nach Kempten. Drin stand:

Sehr geehrte Frau Lot!

Nach eingehender Recherche kann ich Ihnen das Ergebnis meiner Investigationen mitteilen.
Die gesuchte Person ist:

Melanie Rensdorf
Sternengasse 666
50676 Köln
Tel: 02203/9966677
Damit ist Ihr Auftrag erledigt. Zusätzliche Anfragen zwecklos.

MfG,
Dr. Emil Bär

Stanzi und ich gingen wieder zurück zu ihrem Haus.

Wortlos.

Hand in Hand.

Angekommen, sagte ich: »Jetzt pack ich's dann.«

»Was?«

»Ich muss wieder heim auf meine Alm.«

»Schon?«

»Ja, aber ich kann ja mal wieder vorbeikommen.«

»Komm doch zu unserem Karneval. Das ist was anderes, als vor der Glotze zu sitzen und bei Prunksitzungen einzuschlafen. Karneval live.«

»Sicher!«, sagte ich. »Todsicher!«

Sollte leider recht behalten.

45 Stahlkappenverstärkt

Der Fall war für mich abgeschlossen.

Ich kurvte durchs Siebengebirge am Drachenfels vorbei, Richtung A 3.

Erleichtert.

Wehmütig.

Kein Händchenhalten mehr.

Aber wenn's am schönsten ist, soll man aufhören.

Weisheit meiner Mutter und anderer bürgerlicher Spaßbremsen.

Mein Navi ließ mich aus meinen gemischten Gefühlen hochschrecken.

Klingelte. Eine Radarfalle am Eingang von Ittenbach.

Zügelte meinen Golf, den es mächtig nach Süden zog.

Er roch den Stall.

Fuhr auf die A 3 ein.

Trat das Gaspedal durch.

Bis zum ersten Stau.

Dann von Stau zu Stau.

Mein Navi versprach mir fünf Stunden und vier Minuten. Ohne Verkehr.

Kleiner Scherz vom Navi. Ohne Verkehr.

Nach sieben Stunden und fünfzig Minuten nahm ich die letzte Steigung vor der Alm.

Die Sonne färbte den Abendhimmel blutrot.

Abendrot, leuchtest mir zum frühen Tod …

Ich parkte den Golf auf dem Hof vor der Alm.

Legte ein Mardergitter drunter.

Nicht dass es die Marder abgehalten hätte. Aber es beruhigte mich.

Sperrte auf, drehte den Schlüssel zweimal rum.

Stieg in meine Dachwohnung.

Sperrte auf,
trat ans Fenster,
schenkte mir ein Stamperl Obstler ein,
murmelte ein Vaterunser,
wie nach jeder langen Reise.

Verkehrstote gibt es in Deutschland weit mehr als Terroropfer. Circa tausendmal mehr.

Prostete meinem Schöpfer zu.

Kippte den Obstler.

Atmete tief aus,
öffnete das Fenster,
steckte mir eine Benson & Hedges Gold an.

Stanzi rauchte Benson & Hedges.

Blies den Rauch ins liebliche Allgäu.

Hörte eine Diele knarzen.

Drehte mich um.

Drehte mich wieder fensterwärts.

Rieb mir die Augen.
Von einem Schnaps sehe ich doch nicht doppelt!
Oder hab ich Halluzinationen?
Drehte mich noch mal rum.
Schaute ins dämmrige Zimmer.
Meine zwei Halluzinationen waren schwarz.
Hatten Balaklavas übers Gesicht gezogen.
Fliegerkombis schwarz.
Springerstiefel schwarz. Mit Stahlkappen, damit sie sich nicht ihre zarten Zehlein verletzten, wenn sie ihr Handwerk ausübten.
Baseballschläger. Schlagring.
Mein Schließmuskel zuckte nervös.
Es war nicht der einzige Muskel, der zuckte.
»Denkste, du kannst dir alles erlauben, du halve Jeck! Dein Näschen in alles stecken, watt dich nichts anjeht!«
»Halts Maul, du Depp!«, knurrte ihn der andere an.
»Ach watt, nach unserer Behandlung wird er nit mehr aussajen können.«
Die beiden bewegten sich in Zeitlupe auf mich zu. Die Bewegungen von dem einen hatte ich schon mal gesehen. Bei wem nur? Er klang, als wär er von hier. Allgäuer Färbung im Ton.
Der andere war fremd. Sein Nörgelsingsang klang jedenfalls nicht nach Allgäu.
»Hilfe, Hilfe, Hilfe!«, wollte ich schreien. Kein Ton kam.
Ich erinnerte mich, dass man nicht »Hilfe« schreien solle, weil einem dann keiner hilft, man soll »Feuer!« schreien. Dann kommen sie gerannt. Die Nachbarn. Falls sie mich hören.
Sie konnten mich nicht hören.
Ich brachte auch kein »Feuer« raus. Nicht den Hauch eines Feuerchens.
Ich dachte, wenn ich mich umdreh, wach ich aus dem Alptraum auf.
Bevor ich mich umdrehen konnte, stand der eine vor mir, bewegte seine Hand auf mein Gesicht zu, langsam, als wollte er mir eine Hostie reichen.
Dann krachte es. Bei mir im Gesicht.
Meine Nase.

Ich klappte zusammen wie ein Taschenmesser.

Dann ein Stich von Schmerz in meine Nieren.

Also wirklich Stahlkappen!

Wie ein Fötus lag ich am Boden, kotzte, hielt mir die Hände übern Kopf.

Wartete auf den Baseballschläger. Den Schlagring.

Vier Stahlkappen traten auf mich ein.

Hart wie Kruppstahl, zäh wie Leder, flink wie die Windhunde …

Schneller wie die Windhunde sah ich die Sterne.

Dann hörte ich auf zu sehen.

46 Koma

Erst dachte ich, es wären die Kuhglocken.

Aber Kuhglocken piepsen nicht so.

Auf der Weide gibt es auch keine Monitore.

Und die Bäuerin trägt keinen weißen Mantel.

Kuhmist riecht anders.

Wo war ich?

Es wurde wieder Nacht.

Nach zwei Minuten, zwei Stunden, drei Tagen oder auch vier Monaten – ich hatte meinen Zeitsinn verloren – dämmerte es wieder.

Mir.

Ich war nicht auf der Alm.

Ich war an meinem früheren Dienstort.

Klinikum.

Intensivstation.

Notfalleinsatz.

Ich war der Notfall.

Panik.

Eine Halbgöttin in Weiß näherte sich.

Bekanntes Gesicht.

Dr. Vasthi Graf.

Chefin der Notfallambulanz.

Ich wollte was sagen. Ging nicht.

Wollte sagen: »Ich kann nicht reden.«

Die Gräfin beugte sich über mich, sagte: »Du kannst nicht reden.«

Nicken ging auch nicht.

Ich riss die Augen auf.

Sie sagte in einem Letzte-Ölung-Ton: »Ganz ruhig!«

Wie soll ich ganz ruhig sein, wenn ich nicht reden kann. Nicht nicken. Nix!

»Du darfst dich nicht aufregen!«

Ein Monitor fing an zu rattern, ein zweiter zu piepsen, irgendwas schrillte.

Ich dachte: Muss sich wohl um ein Bio-Feedback-Labor handeln hier.

Vasthi stellte die Geräuschkulisse mit ein paar Griffen ab.

»Jetzt horch mir endlich zu!«

Der Befehlston beruhigte mich. War vertraut.

»Was hast denn schon wieder angestellt?«

Warum fragt sie mich, wenn sie weiß, dass ich nicht reden kann?

Sie deutete auf meinen Kiefer, sagte: »Kieferfraktur.

Platzwunde am Kopf.

Unterarmfraktur.

Schienbeinfraktur.

Nierenquetschung.

Hodenquetschung.

Hautabschürfungen.

Schulterdislokation ...«

Hatte sie das alles auswendig gelernt?

»Sie haben dich bös zugerichtet. Es müssen Profis gewesen sein.«

Ich dachte, vielleicht Mediziner. Notärzte. Oder Metzger.

»Einer allein kann einen nicht so zurichten. Und so gekonnt!«

War sie etwa neidisch auf die Profis?

Sie hantierte an einer Infusion herum, schloss mich an, sagte: »Wir versetzen dich jetzt in ein künstliches Koma. Dann kannst kein Unheil anrichten. Dass das Zeug in Ruhe heilen kann. In zwei oder drei oder vier ...«

Die Stimme verschwand, die Dr. Graf verschwand. Alles verschwand.

47 Bettschüssel

Das Koma ging, die Schmerzen kamen.

Vasthi kam auch wieder.

Mit einem Zahnarzt.

Oder so was.

Jedenfalls fummelte er in meinem Gebiss herum.

»Wir haben den Kiefer fixiert. Wenn der Draht raus ist, kannst wieder reden.«

Ich nickte.

Nicken konnte ich schon wieder.

Der Zahndoktor nahm ein paar Drähte raus.

Vasthi sagte: »Die drei Wochen Koma haben dir gutgetan.«

Ich wollte fragen … Raus kam: »Au!«

Neuer Anlauf: »Wo? … Au!«

»Du bist immer noch im Klinikum hier in Kempten. Seit über sechs Wochen im Ganzen. Aber es geht aufwärts. Ich wunder mich, dass du dich so schnell derfangst. Bei deinem Lebenswandel!«

Von wegen Wandel. Die letzten sechs Wochen hatte ich keinen Fuß vor den anderen gesetzt.

»Wie … bin ich … hier rein…gekommen?«

»Das war ein Mordstheater. Irgendeine impertinente Kuh aus Köln hat angerufen, Himmel und Hölle in Bewegung gesetzt, weil du sie nicht zurückgerufen hast. Hat sich aufgeführt, als hättet ihr schon die silberne Hochzeit hinter euch.«

Sie meinte wohl die Stanzi. »Wenn du da bist, ruf mich bitte kurz an. Damit ich weiß, dass du gut angekommen bist«, hatte sie mir bei der Abfahrt eingebläut. »Ich zünd dir eine Marienkerze an!« Rheinland, das katholischste aller Länder. Karneval und Kerze.

Hat funktioniert.

Ich war gut angekommen. Kein Vorwurf an die Heilige Jungfrau Maria.

Nur ihre Nachtschicht hatte versagt. Welcher Heilige war für die Nachschicht zuständig? Stanzi fragen. Sie weiß solche Sachen.

»Und dann haben wir halt den Notarzt hinaufgeschickt auf deine Alm, und die haben dich dann gefunden. Halb tot. Seitdem bist du hier.«

Ich sagte: »...aus!«

Hätte »raus« werden sollen.

Raus hier.

Sie sagte: »Wir nehmen dich raus hier. Du kommst in die Reha.«

Ohhh ... Anwendungen und Stuhlkreise, Krankengymnastik, erbauliche Psychogespräche.

Mir wurde schon wieder schwarz vor Augen.

Ich erwachte, schaute um mich.

Keine Monitore.

Ein Fernseher überm Bett.

Er lief.

Laut.

Zwei Typen verprügelten den Rest der Population auf dem Bildschirm.

Bud Spencer und Terence Hill.

Zum Totlachen.

Mir war eher nach Tot als Lachen.

Erinnerte mich an was.

An zwei Typen, die mich verprügelt hatten.

Sie hätten mir fast das Leben aus dem Leib geprügelt.

Mir wurde schwindlig.

Schlecht.

Vor Wut.

Die Tür ging auf.

Ohne Klopfen.

Eine Krankenschwester kam mit einem Gerät auf mich zu, trällerte: »Guten Morgen, Herr Bär, hier, Ihre Bettschüssel, ich bin in zehn Minuten wieder da!«

»Und was soll ich mit dem Ding?«

»Da kommt Ihr Stuhlgang rein!«

»Ich soll da reinscheißen?«

»Ja, der Stuhlgang ist ganz wichtig, weil –«

»Ja sind wir denn hier in einem Krankenhaus oder in einem Scheißhaus?«

Es ging mir wieder besser!

Die Krankenschwester zog ab.

Dr. Vasthi Graf erschien.

Sagte: »Ich hör, es geht dir wieder besser! Du bist unausstehlich. Die Station beschwert sich über dich.«

»Ja, weil ich soll ins Bett scheißen …«

»Die Bettschüssel benützen hier alle.«

»Du auch?«

Sie wurde rot im Gesicht, sagte: »Bei aller Freundschaft …«

Es war etwas mehr als Freundschaft, was uns verband. Eher Liebschaft. War in letzter Zeit etwas abgeflaut.

Die Zeit heilt Wunden. Liebe ist auch eine Wunde. Manchmal.

»Emil!«

Alarmstufe eins. Wenn sie mich mit »Emil« ansprach, Betonung auf E, als wäre ich der kleine Bruder von ihrer dreijährigen Tochter.

»Emil, was ist los mit dir?«

»Ich will raus hier. Ich bin auf einer Spur. Diesmal auf der richtigen. Die zwei Typen sind doch nicht umsonst bei mir aufgetaucht und haben mich halb tot geschlagen. Ich muss rausfinden, warum. Da steckt was ganz Großes dahinter. Und außerdem …«

»Außerdem?«

»Ich kann vor Wut nicht mehr gradaus schauen. Wenn ich die beiden erwisch, die schlag ich tot. Ganz tot. Nicht halb.«

»Emil!«

Ich plärrte: »Ich will raus hier, ich schlag sie alle tot!«

Vasthi verließ das Zimmer, schlug die Tür hinter sich zu.

Ich warf ihr die Bettschüssel hinterher. Die leere.

Es schepperte.

Ich sank wieder in die Kissen.

Erschöpft.

Zog die Decke übers Gesicht.
Weil ich heulte.
Wie ein Schlosshund.
So was von fertig, wie ich war …
Ich hörte die Tür schon wieder aufgehen.
Spitzte unter meiner Decke heraus.
Hoppla.
Ein Mensch.
Nicht in Weiß.
Nicht in Grün.
Nicht in Blau.
Nicht in Uniform.
In Jeans.
Roter Pulli.
Rote Lippen.
Blonde Haare. Schulterlang.
Sah aus wie eine normale Frau.
Übernormal hübsch, wohlgeformt.
Sie kam näher.
Hatte die weggeworfene Bettschüssel in der Hand.
Ich ging wieder in Deckung.
»Herr Dr. Bär …«
Sie hatte nicht nur eine Bettschüssel, sondern auch Manieren.
Ich schälte mich aus meiner Deckendeckung.
»Herr Dr. Bär, ich bin von der Seelsorge.«
Sie deutete auf ein Schild über ihrer linken Brust.
»Klinikseelsorge. Manuela Zicke-Fromm. Pfarrerin.«
»So …« Est nomen omen?
»Die vom Personal sagen, Sie sind unausstehlich, stinkwütend und unbelehrbar.«
»So … so …«
»Und ich soll Sie beruhigen.«
Ich lachte laut auf.
»Ohhh ohhh au au! Wenn ich lach, tut alles weh. Hören S' bitte auf mit Ihrene Witz!«
»Herr Dr. Bär, mir isch es wurscht, ob Sie sich beruhigen oder ausrasten. Ich verdien mein Geld sowieso.«

»Und Sie sind von der Seelsorge?«

Sie schob die Bettschüssel unters Bett, sagte: »Jetzt hörn wir auf mit dem Scheiß-Theater. Wenn S' wolln, reden wir. Normal. Wenn nicht, verzupf ich mich wieder.«

Ich rieb mir meine verheulten Augen, sagte: »Ich glaub, ich hab eine Bindehautentzündung.«

Sie lächelte, sagte: »Schaut genauso aus … Aber das ist nicht das Einzige, was Sie haben.«

»Nein, eine ganze Liste hab ich. Am meisten hab ich Wut.«

»Klar. Wenn S' die nicht hätten, wären S' schon längst unterm Boden … oder in Kaufbeuren.«

»Die Wut ist das Einzige, was ich noch hab!«

»Keine Angst, ich nehm sie Ihnen nicht weg. Hab selber genug davon …«

»Zuerst brechen mir zwei Typen die Knochen und treten mir die Nieren kaputt … und dann brechen sie mir hier noch die …«

»Die Psyche?«

»Richtig! Eine Bettschüssel soll ich benutzen. Nicht allein aufs Klo gehen dürfen … Sie ham keine Ahnung! Ham Sie denn schon mal eine Bettschüssel benutzt zum … Können Sie sich das vorstellen, wie man sich da …«

»… schämt?«

Ich hatte einen Kloß im Hals. Schon wieder.

Verstanden zu werden haut mich mehr um, als niedergemacht zu werden.

Ich nickte. »Genau!«

»Wie ich meine zwei Kinder gekriegt hab, war ich auch im Krankenhaus. Hier. Ich hab tagelang nix gegessen – damit ich die Schüssel nicht benützen musste. Aber irgendwann … Und wissen S', Herr Dr. Bär, mit dem Schämen hat man als Frau Erfahrung. Ham S' schon mal einen gynäkologischen Stuhl gesehen?«

»Ja, bei der Dr. Curie in Kempten. Die Gynäkologin. Da war ich mal dienstlich … wegen … wegen so einer Frauengeschichte … Also mich täten S' da nicht hineinbringen in diesen Foltersessel. Mir haben ja schon die Vorsorgeuntersuchungen gelangt …«

»Prostata?«

»Ja. Da kann ich mitreden … Was glauben Sie, wie peinlich das jedes Mal war: Mit dem Plastikbecher durchs Sprechzimmer ins Klo, hineinzielen, mit dem vollen Becher wieder durchs Sprechzimmer balancieren, die Brunze einem siebzehnjährigen Model hinstellen, in ein Kabuff hineingehen. Hose runter, Hemd hoch, sich beugen … Der Doktor zieht sich die Latexhandschuhe an, die Sprechstundenhilfe, ein achtzehnjähriges Supermodel, schaut angelascht zu, der Doktor fährt einem mit dem Finger ins …«

»Arschloch …«

»Genau!«

»Und wie oft ham S' denn das mitmachen müssen? Jedes Jahr?«

»Einmal. Vor dreißig Jahr!«

Sie lachte.

Ich lachte.

»Au! Das Lachen bringt mich noch um! Ich versteh nicht, wie Leut freiwillig in Lachkliniken gehen …«

»Herr Dr. Bär, schauen S': Die hier wollen ihre Arbeit ordentlich machen. Ich will meine Arbeit ordentlich machen, Sie wollen Ihre Arbeit ordentlich machen. Wir können uns dabei im Weg stehen … oder uns gegenseitig den Weg bahnen.«

Fing sie jetzt an zu predigen?

Ich sagte: »Hören S' auf zu predigen, da bin ich allergisch drauf … Aber es klingt ganz vernünftig …«

Am Abend verließ ich das Krankenhaus. Sie waren alle froh, dass sie mich loshatten.

Ich war froh, dass ich wieder auf mein eigenes Klo gehen konnte.

Pfarrerin Manuela Zicke-Fromm half mir aus dem Auto.

Half mir die Treppen hoch.

Half mir, mein Gesicht zu wahren. Sagte: »Geht doch ganz gut, oder?«

Schweißgebadet und knieweich stand ich vor meiner Wohnungstür im Dachgeschoss. Meine Seelsorgerin stützte mich.

Ich sagte: »Ja, geht besser, als ich denkt hab. Das kommt, weil ich noch bis vor ein paar Jahr Marathons gelaufen bin.«

Sie lächelte, sagte: »Ja, das merkt man!«

Am liebsten wär ich an ihren Busen gesunken …

Ich sperrte die Tür auf.

Das Zimmer war aufgeräumt. Von wem?

Der beige Teppich hatte dunkelbraune Flecken von der Größe einer Kuhhaut.

Ich deutete hin, sagte: »Blut!«

Sie wurde weiß, wankte.

Ich stützte sie.

Die Welt war wieder in Ordnung.

48 Desinfektion

Ich pfiff auf die Reha.

Meine Reha war die Alm. Meine Nachbarin mit dem Piercing am Bauchnabel kaufte für mich ein.

Essen auf Rädern war in der Diskussion. Ein Horror. Zum Glück liefern sie nicht auf über tausend Meter.

Zweimal die Woche kam der Krankengymnast. Knetete mich durch.

Ich besorgte mir ein Ergometer. Fahrrad ohne fahren. Dazu DVDs. Damit ich nicht wahnsinnig wurde.

Der November war wie meine Stimmung: grau.

An Weihnachten ging ich zum ersten Mal wieder aus.

Groß.

Weißes Hemd, Trachtenjanker, Bergschuhe.

In die Kirche.

Ich war früh dran, zündete ein Teelicht an. Noch eins.

Für die Stanzi.

Betete, dass der Priester am Leben blieb. Diesmal.

St. Marien in Tal am See hatte eine hohe Fluktuation an Geistlichen.

Durch Mord. Theo Amadagio, Messner, Ramsay … und dieses Jahr der Heißluftballon-Fan Hanno von Hardenberg.

Die Weihnachtslieder gingen mir an die Nieren.

Musste in einer Tour schnäuzen.
Stellte mich für die Hostien an.
Riesenandrang. Als gäbe es Freibier.
Der Priester und der Vertrauensmann des Pfarrgemeinderates teilten aus.
Schlossers Michl. Im schwarzen Anzug.
Schmal war er geworden.
Ich vermied den Blickkontakt.
Er reichte mir die Hostie. Feierlich.
In dem Augenblick fuhr ein Stich in meine Nase, ein blendender Schmerz, mir wurde schwarz vor Augen.
Der Steinboden kam auf mich zu.
Ich erwachte in der Sakristei, die Messnerin Johanna und ein paar Mannsbilder um mich rum.
»Sollen wir den Notarzt rufen?«
Ich sagte: »Nein, ich hab kein Frühstück g'habt, wegen der heiligen Kommunion, da bin ich umgekippt.«
Johanna sagte gar nichts. Sie langte aus dem Schrank eine Flasche.
»Desinfektion« stand drauf. Sie schüttete ein Wasserglas halb voll mit dem Zeug, die Männer sagten: »Aber des got itta, der vergift sich ja.«
Johanna sagte: »Der itta. Der isch des g'wohnt! Reiner Alkohol.«
Johanna kannte mich.
Zu gut.
Ich schluckte das halbe Glas Alkohol.
Die Lebensgeister kehrten zurück.
Und die Erinnerung.
An die Hand, die auf mich zukam. Die Nase, die krachte. Meine. Baseballschläger. Schlagring. Stahlkappenschuhe.
»Noch einen!«, sagte ich, hielt Johanna das Glas hin.
»Das ist aber der Letzte!«
Deshalb waren wir nicht mehr zusammen.

49 Gloria in excelsis

Der erste Ausflug im neuen Jahr ging nach Köln.

Wie versprochen.

Karneval.

Ich verkleidet als Bayern-Seppl. Trachtenjanker, rot kariertes Hemd, Tirolerhut. Mein ganz normales Allgäu-Outfit.

Karneval mit Stanzi.

Großer Umzug.

Wir froren uns den Arsch ab.

Wir rückten näher zusammen.

Uns wärmen.

Konfetti, Bonbons flogen durch die Luft.

Alaaf!

Ein Wagen nach dem anderen.

»Schau!«, sagte Stanzi. »Schau, woher die kommen!«

Eine Gruppe schwarzer Mönche mit Kapuzen zog vorbei, warf Bonbons, der Anführer hielt ein Schild hoch: »Kempten. Allgäu.«

Schicke Gewänder hatten sie. Schwarz, grau, blutrot.

Der letzte der Mönche hinkte leicht.

Erinnerte mich an was. Aber was?

Ich kriegte die Erinnerung nicht her. Wie ein Traum, den man gerade geträumt hat, aber er verweigert sich dem Bewusstsein.

Je mehr ich die Erinnerung suchte, desto mehr verschwand sie.

»Ist dir nicht gut?«, fragte Stanzi.

»Doch«, sagte ich, »nur ein Anflug von Heimweh.«

»Da können wir was gegen tun!«

Sie hakte sich ein, verschleppte mich in eine Kneipe.

Volles Haus, Schunkeln, Singen, Kölsch, Karneval pur, zum Anfassen, und alle sangen mit:

Engl jitt et immer widder
Nit nur en dr Weihnachtszigg
Mer hürt un staunt jo hin und widder
Wat et doch für Minsche jitt.

Wie se helfe un nit froge:
Wot sprengk dobei för mich rus?
De jet dun – statt vell ze schwaade
Un die do sin wenn do se bruchs.
Gloria in excelsis deo …

Faschingsdienstag.

Stanzi verführte mich.

In die Drachenburg.

Großes Fest.

Mit allen zweihundertvierundneunzig Faschingsvereinen und geladenen Gästen.

Stanzi sagte: »Wir fahren mit der Drachenfelsbahn.«

Wir standen unten, in der Talstation, Königswinter.

Es ging ziemlich steil hoch.

»Ich tät lieber laufen. Ist ja nicht weit«, sagte ich.

Ich habe Angst vor:

Aufzügen.

Kernspintomografen.

Dem Leermooser Tunnel.

Dem Arlberg-Tunnel.

Dem Tunnel von Calais nach Dover.

Röhren generell.

Seilbahnen.

Zahnradbahnen.

Gondeln.

Ehe und eheähnlichen Beziehungen.

Kurz: vor allem, wo man drin ist und nicht mehr rauskommt.

»Wirst doch nicht etwa Angst haben?«, fragte Stanzi.

»Ich und Angst? Ha, dass ich nicht lach!«

Ich kaufte zwei Tickets für die Drachenfelsbahn.

Mit feuchten Händen.

Wir wurden gefilzt.

Rucksäcke verboten.

Polizei-Verkleidungen verboten.

Die Polizisten waren echt.

Gefühlte Millionen.

Mindestens die gesammelte Polizei von NRW.

Zur Sicherheit.

Wir nahmen unsere Plätze ein.

Dicht gedrängt.

Stanzi plauderte locker drauflos, erzählte von dem Drachenbahnunglück von 14. September 1958. Achtzehn Tote. Hundertzwölf Verletzte.

»Da haben nämlich die Bremsen versagt. Beim Runterfahren. Die Bahn wurde immer schneller. Ein Vater hat sein kleines Kind genommen und aus dem Fenster geworfen. Das Kind hat überlebt. Der Vater kam um. Tolle Geschichte, was?«

»Toll.«

Ich wischte mir den Schweiß von der Stirn.

Die Fahrgäste stimmten Karnevalslieder an.

Nach einer Ewigkeit blieb die Bahn stehen. Oben. Bei der Burg.

Die Waggons entluden sich.

Ich atmete auf.

Das Gelände war hermetisch abgeriegelt. Wieder Kontrollen.

Die Stimmung auf dem Gelände und in der Burg: ausgelassen.

Wie auf dem Faschingsball der Polizeigewerkschaft.

Ein halbes Dutzend Bands spielte Karnevalslieder.

Schunkeln, Singen, Lachen.

Mir graute vor der Rückfahrt.

Da ging's nämlich runter. Vorwärts.

Stanzi besorgte Kölsch.

Es war so kalt wie meine Hände.

Wir schunkelten, tanzten, Kölsch und Korn lockerten mich, endlich.

»Na endlich«, sagte Stanzi. »Ist alles etwas fremd für dich, oder?«

»Ja, schon … aber schön!«, redete ich mir ein.

In einer Ecke hockte eine Gestalt. Musste eine Frau sein. Trug Burka.

Mutig!

Sie erhob sich, ging zur Bar.

Seltsamer Gang.
Mein Kölschglas zersplitterte auf dem Steinboden.
Die Erinnerung schlug ein wie ein Schlaganfall.
Gestern: Der letzte der Mönche der Abteilung Kempten beim Karnevalszug hinkte leicht.
Erinnerte mich an was. Aber was?
Erinnerte mich an die Vorstellung im Gymnasium von Kempten: wie der Fünftklässler Fonsi den Spasti nachgemacht hatte.
Der Spasti?
Nein! Nein! Nein! Das konnte nicht sein.
Der vermisste Spasti. Abgestürzt in den Bergen. Auferstanden im Siebengebirge?
Ich dachte, ich werd verrückt. War ich's vielleicht schon?
Merkt man, wenn man verrückt ist?

Gegen fünf Uhr abends schoben sich die Massen wieder Richtung Drachenfelsbahn.
Ich trank noch ein Bier und einen Korn.
Keine Wirkung.
Je mehr ich trank, desto nüchterner wurde ich.
Eine lange Schlange stand an der Haltestelle.
Polizeikontrolle. Schon wieder.
Vor uns ein Paar. Hand in Hand.
Er: Matrose. Sie: Matrone.
Dicker Bauch.
Hochschwanger.
Sie nahm ihre blonde Perücke ab, wischte sich den Schweiß von der Stirn.
Ist auch anstrengend, für zwei zu feiern.
Sie hatte pechschwarze Haare.
Schaute kurz um.
Gesicht wie ein Engel.
Oder Edith Piaf.
Er legte den Arm um sie.
Unsere Augen trafen sich für eine Minisekunde.
Sie rutschte ihm aus den Armen, sank zu Boden.

Kreideweiß.

Die beiden wurden von den Polizisten und Ordnern vorgelassen und in die Bahn verfrachtet.

Endlich quetschten auch wir uns rein.

Die Türen schlossen sich.

Der Wagen war überfüllt.

Für meinen Geschmack.

Die Türen gingen wieder auf.

Ein Rollstuhl wurde hereingeschoben.

Die Leute machten bereitwillig Platz.

Im Rollstuhl saß eine Frau.

In Burka.

An sich gedrückt:

Ein Baby.

Auch in Burka.

Wusste gar nicht, dass es Baby-Burkas gibt.

Jedenfalls hielt sie ein Bündel an ihrer Brust, in ihrem Rollstuhl.

Blicke der Sympathie flogen ihr zu.

Stanzi sagte: »Schau ... so was von gelungener Integration und Fremdenfreundlichkeit!«

Ich: »Das ist nur bei euch im Rheinland möglich. *Darum ist es am Rhein so schön ...*«

Die Melodie wurde aufgenommen, und auf einmal tönte der ganze Waggon: *Warum ist es am Rhein so schön ...*

Ich kriegte eine heilige Gänsehaut.

Stanzi sagte: »Da krieg ich gleich eine Gänsehaut!«

Mein Blick ruhte auf der Mutter mit Bündel. Sie blickten sich durch die Sehschlitze an. Nahm ich mal an.

Das Band der Liebe!

Etwas Glänzendes verband Mutter und Kind. Der »Glanz im Auge der Mutter«?

Was glänzte: ein dünner Draht.

Trug die Mutter etwa ein Hörgerät?

Sie drückte ihr Bündel von eigen Fleisch und Blut innig an sich. Mit der freien Rechten bediente sie ein Smartphone.

Vielleicht wollte sie schauen, wie das Wetter wird.

Oder eine WhatsApp nach Aleppo schicken, damit die auch was vom Karneval mitkriegten.

Der Zug ruckelte an.

In meinem Hirn ruckelte etwas.

Durcheinander:

»Wenn ich flieg, werd ich in meinem Rollstuhl nie kontrolliert.« Zitat einer gehbehinderten Patientin von mir.

Der Spasti.

Und seine Geliebte, die Sekretärin.

Und ihre zehntausend Euro im Gefrierfach auf meiner Alm.

Ein Vermögen, um eine Adresse rauszufinden. Warum?

Und meine Supervisandin mit der Hakennase, die sich in einen Engel verwandelt hatte.

Und die Explosion im Heißluftballon.

Mein Unbewusstes war schneller als mein Denken.

Ich schrie aus voller Lunge: »Terror! Alles auf den Boden!«

Die Leute lachten.

Mich aus.

Scherzkeks!

Der Waggon nahm Fahrt auf.

Ich trat ein Fenster ein.

Alle starrten. Erstarrten.

Riss der Burka-Frau im Rollstuhl das Bündel aus den Armen.

Warf es durchs Fenster in die Dämmerung.

Die Burka-Frau drückte panisch auf ihrem Smartphone rum.

Leute lösten sich aus ihrer Starre, fielen über mich her. Traten auf mich ein, Stanzi ging dazwischen, versuchte die Meute aufzuhalten.

Dann:

Eine Explosion.

Meine Rettung. Sonst hätten sie mich gelyncht.

Scheiben splitterten. Geschosshagel von außen gegen die Wände des Waggons.

Er ruckelte wie bei einem Erdbeben, hob sich, donnerte dann neben die Gleise.

Hysterisches Schreien.

Kotzen.

Zwei Dutzend Menschen auf mir.
Dann die Erlösung: Martinshörner. Sirenen. Sanitäter. Polizei. Notarztwagen. Hubschrauber.
Ich landete im Polizeiwagen.
Dem mit den Gittern vorm Fenster.

50 Fatima

Ich kam wieder zu mir.
Keine gute Idee.
»Wo bin i?«
»Sie sind in Sicherheit«, sagte einer von der Visite.
»Da war ich schon lang nimmer«, sagte ich.
Mühsam.
Kam mir vor wie nach einer Reanimation.
Alle Rippen schrien: »Au!«
Zwischen den Weißkitteln zwei in Zivil. Polizei-Zivil.
Notizblock in der Hand.
»Sie sind im Evangelischen Krankenhaus Köln-Weyertal«, sagte einer der Weißkittel.
Andere nickten. Als hätte er gerade das Penizillin erfunden.
»Können Sie uns den Tathergang schildern?«, fragte der Zivi-Polizist.
»Au! Meine Rippen!«
»Das kommt, weil – man wollte Sie lynchen.«
»Au! Wenn i red, tut's weh!«
»Sie könnten tot sein, seien Sie froh!«
»Mensch, bin i froh …!«
Froh, froh, froh …
»Die Leute dachten, Sie entreißen der Mutter mit Migrationshintergrund ihr Kind und werfen es –«
»Zum Fenster naus. Ja, das täten viele Mütter gern mit ihren Kindern. Reine Projektion.«
Meine Theorie ging ihm am Arsch vorbei. Er schnitt mir das Wort ab: »Ja, die Projektile haben von außen in den Wagen einge-

schlagen. Zum Glück gab es nur Leichtverletzte. Und weil dann Panik ausgebrochen ist, haben sie aufgehört, auf Sie einzutreten.«

»Nett von denen. Gott segne die Panik.«

»Die waren schon dabei gewesen, Sie totzutreten, aber Ihre Begleiterin hat sie für eine Minute abhalten können. Eine gewisse …«

Er schaute auf seinen Spickzettel.

»Constanze von …«

Die Tür ging auf, Stanzi trat ein.

Im weißen Kittel. Mit Schild.

»Du? Hier?«

»Ja«, sagte die Stanzi, »ich arbeite hier«, blickte in die Runde, ergänzte: »Als leitende Psychologin, speziell für Traumatherapie«, fragte: »Wie geht es meinem Patienten?«

Schweigen. Betretenes.

Ich sagte: »Stanzi, bitte keine Lachtherapie jetzt! Wenn ich lach, tut nämlich alles weh!«

Stanzi lachte, sagte: »Singen genügt. Ich glaube, die Herren wollen hören, was passiert ist.«

»Und warum«, sagte der Kriminaler.

Ich ließ das Wichtigste weg: »Ich hab halt gesehen, wie von der Burka-Tussi …«

Hüsteln, politisch korrekt.

»… wie von der Burka-Tunte ein Draht zu ihrem Baby, dem Bündel, hinging, ich hab denkt, sie hat ein Hörgerät, aber dann denk ich, ein Hörgerät ist selten mit einem Baby verbunden, auch wenn die Mutter einen guten Draht zu ihrem Kind hat …«

Pause. Sie begriffen die Pointe nicht. Wahrscheinlich fehlte der Tusch zum Lachen, tatatatatäääähhhh, wie in den Prunksitzungen.

»… und ich denk: Der Burka-Drachen hat Hüften wie eine trächtige Kuh, vielleicht einen Sprengsatzgürtel, und dann hat sie dauernd mit einem Smartphone rumgetan, und ich denk: wie im ›Tatort‹!«

Sie schauten skeptisch. Glaubten kein Wort.

Sie kannten ja auch nicht die Geschichte mit dem explodierten Heißluftballon am See von Tal, ferngesteuert. Mussten sie auch nicht.

Die Tür rettete mich. Alle schauten sich um.

Ein Zwei-Meter-Schrank mit Sonnenbrille und Ohrstöpsel, die linke Brust wie vom Wonderbra geliftet, ebnete den Weg für einen, der aussah wie sein eineiiger Zwillingsbruder. Die Zwillinge ebneten den Weg für eine blonde Dame, die ausschaute wie Hannelore Kraft, in ihrem Kielwasser ein Inder, vielleicht ihr Migrationsbeauftragter. Sie schob ihr Lebendgewicht auf mich zu, ihre Hand mir entgegen, sagte, mütterlich: »Lieber Herr Dr. Bär, Sie haben das Land Nordrhein-Westfalen –«

»Und die Stadt Bonn«, schob der Inder schnell dazwischen.

»... vor einer Katastrophe bewahrt. Der Herr Oberbürgermeister Ashok Sridharan und ich danken Ihnen im Namen der Bevölkerung des bevölkerungsreichsten Landes der Bundesrepublik Deutschland für Ihren heldenhaften Einsatz ...«

Ich dachte, ich sitz zwanzig Jahre zurück vor einer »Bericht aus Bonn«-Folge aus dem Bundeskanzleramt mit der pornografischen Skulptur, die aussieht, wie wenn zwei löffeln, und schlafe gleich ein ...

»... und wünsche Ihnen gute Genesung. Zugleich darf ich Ihnen mitteilen, dass Ihnen die Verdienstmedaille des Landes Nordrhein-Westfalen für Verdienste um die innere Sicherheit ...«

»... und die Ehrenbürgerschaft der Hauptstadt der Herzen verliehen werden«, schob der indische OB nach. Er meinte wohl Bonn.

Ein Kameramann vom Fernsehen drehte mit.

Ich grinste in die Kamera.

Nützte nichts. Die Kamera war auf Hannelore Kraft gerichtet.

Noch einer stürzte zur Tür herein. Ein »g'standner Mann« im Trachtenjanker.

»Da seids zu spat kumma! Er kriegt schon die Horst-Medaille!«

Hannelore Kraft und dem unaussprechlichen OB Ashok Sridharan fielen die Waffeln runter.

»Welche Horst-Medaille?«

»Die von unserem bayerischen Ministerpräsidenten Horst Seehofer! Weil er ist nämlich ein Bayer, unser Dr. Bär, wie unser geliebter Ministerpräsident auch und wie wir Bayern alle überhaupt!«

»Hat der denn überall seine Spitzel, der Seehofer?«, entfuhr es der Hannelore Kraft.

»Unser geliebter Ministerpräsident weiß alles!«, sagte der g'standene Trachtler, der die R in Minister*rrrprrr*äsident fränkisch rollte. Der Innen-Herrmann.

Ich meldete mich zu Wort: »Gehen denn net alle zwoi?«

»Bitte?«

»Beide Medaillen. Auf einem Fuß steht man nicht!«

Hannelore Kraft und Innen-Herrmann unisono simultan: »Nein!«

»Warum itta?«

»Weil die Nordrhein-Medaille ist rot und die Horst-Medaille schwarz, und eine schwarz-rote Medaille gibt es nicht! Nie!«

Sie waren sich furchtbar einig.

Der Kameramann verschwand.

»Fertig«, sagte er, »das Zeug muss rechtzeitig auf Sendung.«

Die Politik verzog sich schlagartig.

Vergaß zu grüßen.

War mir auch wurscht.

Es folgte: das Schweigen der Männer.

Einer von den Kriminalern nahm den Faden wieder auf: »Dann war das eher zufällig, dass Sie das Kind ... äh ... die Bombe ... die Babybombe rausgeschmissen haben?«

»Ja, unbewusste Intuition.«

»Was?«

»Zufall.«

»Seltsamer Zufall ...«

»Wieso?«

»Weil die Terroristin mit Migrationshintergrund aus Ihrer Heimat stammt.«

»Ausm Allgäu?«

»Ja. Kempten!«

»Ja mi leckst am Arsch!«

Die Ärzteschaft hüstelte.

Ich erklärte: »Das muss der Stallgeruch gewesen sein, dass ich da Lunte gerochen hab ... Und wie heißt sie denn, die Allgäuer IS-Fatima?«

»Das können wir aus ermittlungstechnischen Gründen noch nicht sagen.«

»Vielleicht Lot …? Oder gar: Liselotte Lot?«

»Woher …?«

»Zufall!«

»Äh … unbewusste Intuition?«

»Genau das!«

51 Allahu akbar

Putzkolonne.

Serbisch-kroatisch-mazedonisch-türkisch.

Ich mittendrin.

Hatte mich zweihundert Euro gekostet. Bakschisch.

Frühschicht.

Mit Kopftuch.

Putzschürze.

Büstenhalter.

Von meiner Jagd auf die Gesundbeterin war ich auf »Frau« geschult.

Ich als Frau.

Der Gang macht's. Der feminine. Wie du dich bewegst. Als Frau. Wenn du ein Mannsbild bist.

Und als Putzfrau.

Vor allem langsam.

Ich putzte mich mit der Kolonne durch die Flure.

Wortlos.

Taubstumm.

Gebeugt.

Alles, nur nicht auffallen!

Ich näherte mich dem Zimmer.

Wischer um Wischer.

Dem Zimmer der Attentäterin.

Aus Kempten.

Name stand nicht an der Tür.

War ja auch nicht Krankenhaus.
Oder Altersheim.
Oder Einwohnermeldeamt.
Nur Zahlen.
Ich kannte die Zahl.
Aus gut informierten Kreisen.
Stanzis Studienfreund. Im Topmanagement der LVR-Klinik Köln-Merheim, Abteilung Forensische Psychiatrie.
Die Zahl war: 666.
Das Biest aus der Apokalypse.
Ich steckte meiner serbisch-kroatisch-mazedonisch-türkischen Putzkollegin einen Fünfziger zu.
Geld überwindet.
Grenzen.
Auch Sprachgrenzen.
Geld verbindet. Mehr noch als Musik.
Sie strahlte.
Ich deutete auf die »666«, legte meinen Zeigefinger auf die Waffel.
»Psssst!«
Sie lachte, machte einen Zeigefinger wie eine strenge Mama, als wollte sie sagen: Du Schlingel!
Dachte sie, ich bin eine Lesbe?
Egal.
Ich öffnete die Tür.
Mit dem Schlüssel von Stanzis Studienfreund.
Auf dem Bett hockte eine Gestalt. Verhockt.
In Burka.
Ohne Kopfteil.
Kataton.
Bis auf leicht wiegende Bewegungen wie die Juden vor der Klagemauer in Jerusalem.
Stierte gegen die Wand.
Ich nahm mein Kopftuch ab.
Trat in das, was früher ihr Blickfeld war.
Trat zwischen die Wand und ihr Maskengesicht.
Ging in die Hocke.

Schaute ihr in die Augen.

Fror.

Tot. Die Augen.

Sagte: »Liselotte Lot … ich bin der Bär.«

Sie sagte, ins Leere: »Der Teufel bist du!«

»Der Teufel, der wo dich und einen Zug voll Leut vor dem Tod gerettet hat.«

Sie, wieder ins Leere: »Hing'macht hast mich … mir die Gerechtigkeit versaut!«

Pause.

Ich sagte: *»Mein ist die Rache, spricht der Herr.«*

»G'schissen ischt auf den Herrn!«

Das erste Lebenszeichen! Ich sagte: »Du hast dich rächen wollen. Drum hast du mich so hoch bezahlt! Sogar mit deinem Leib hättest du bezahlt … vor lauter Rache.«

Sie nickte.

Ich schaute auf die alte Armbanduhr von meinem Vater, Gotthabihnselig, tat, als hätte ich die nächsten vierundzwanzig Stunden Zeit, um mit ihr zu plaudern.

Schwieg.

Ich hielt ihr meine offene Zigarettenschachtel hin.

Sie reagierte nicht.

Ich schob mir eine Gauloises zwischen die Lippen, knipste mein Feuerzeug an.

Schaute an die Decke, sah den Rauchmelder, steckte Zigarette und Feuerzeug weg.

Sie zischte: »Die Hexe, die verreckte …«

»Welche Hexe? Du meinst doch nicht die Pfarrerin Spielrein …«

Kein Widerspruch.

»Sie hat ihn auf dem Gewissen!«

Ich nickte, sagte: »Ja, den Spasti … den Carl Gustav … Er war so ein sensibler Mann, leidenschaftlich, zärtlich, verletzlich …«

Eine Träne rollte ihr die Wange hinab.

Zweites Lebenszeichen.

»Du und der Spasti, ihr wart ein Paar …«

»Heimlich …«

»Alle haben es gewusst. Jedenfalls alle Schüler. Von der fünften Klasse bis zum Abitur.«

»Wirklich?«

»So was sieht man. Kinder und Irre sehen das … Ich gehör zur zweiten Kategorie. Irre. Euch beide hab ich nie gesehen. Aber ich hab gesehen, dass die Spielrein einen Lover hat. Wie sie nebeneinander gelaufen sind. Sie und er … der Lover.«

»Den Pfarrer Hanno von Hardenberg von Tal, den falschen Hund …!«

»Der wo mit dem Ballon im See ersoffen ist?«

Sie schaute mir zum ersten Mal in die Augen. Sagte: »Glaubst du das?«

»… die Polizei sagt so. Und ich hab seinen halben Ausweis unterhalb der Staumauer gefunden …«

Sie, unwirsch: »Ich hab doch g'fragt, ob du das glaubst!«

»Ob er ersoffen ist mit seinem Ballon? An seinem Geburtstag …? Ehrlich: Ich glaub's nicht recht.«

»Er ist auch nicht ersoffen.«

»Wer dann? Einer ist doch ersoffen.«

»Ersoffen ist ein anderer!«

»Wer?«

»Mein Carl Gusti! Sie haben ihn umgebracht!«

Sie schluchzte, erwachte aus ihrer Katatonie, heulte wie ein Schlosshund.

Und ich dachte, der hinkende Mönch wär der Spasti gewesen und die hinkende Burka-Frau …

Hatte eine Idee.

Fragte: »So wie du gehst, das schaut aus wie Hinken. Hast das schon immer?«

»Nein … erst seit wir zwei, der Carl Gusti und ich, miteinander gegangen sind … wir sind uns immer ähnlicher geworden …«

Ich dachte: die Identifikation der Liebenden. *Und die zwei werden ein Fleisch sein … was Gott zusammengefügt hat …* Matthäus 19,6. Liebende nehmen den Partner in sich auf, oder ein Stück von ihm. Redewendungen, Essgewohnheiten, Bewegungen, den Gang. Das macht die Trennung erträglich.

Ich sagte: »Ja … stimmt. Meine Oma hat immer geredet wie

ein Buch. Mein Opa war still. Die Oma ist gestorben, und der Opa hat von da an geredet wie ein Buch.«

Die Tür ging einen Spalt weit auf.

Die Putzfrau. Erstarrte, als sie mich sah. Ohne Kopftuch.

Ich griff in meine Jackentasche, hielt ihr noch einen Fünfziger hin, sagte: »Maul halten!«

»Chef kommen.«

»Noch zehn Minuten …!«

Sie schüttelte den Kopf, verneinend.

Noch ein Fünfziger!

Sie nickte, sagte: »Zehn Minut okay.«

Ich sagte: »Allahu akbar!«

Sie bekreuzigte sich, sagte: »Ich katholisch.«

Ich sagte: »Das ist auch nicht besser!«

Die Tür schloss sich wieder.

Liselotte Lot wimmerte.

Ich sagte: »Wir ham noch knapp zehn Minuten … Sie haben ihn umgebracht. Wer ist ›sie‹?«

»Die Pfarrerin Spielrein und ihr Gspusi, der Pfarrer von Hardenberg.«

»Gelobt sei Jesus Christus!«

Sie sagte: »Der Pfarrer und mein Carl Gusti haben sich von früher her gekannt. Noch von der Schul her. Alte Schulfreund. Sie ham sich an dem Sonntag zum Ballonfahren getroffen. Der Pfarrer hat ihn eingeladen, der falsche Fünfziger. Weil er Geburtstag gehabt hat. Eine Ballonfahrt. An seiner Kirch vorbei, übern See …«

»Und angekommen ist nur einer. Im See. Ersoffen. Dein Spasti … äh, dein Carl Gusti. Und wo ist der Pfarrer geblieben?«

»Verschwunden. Er hat sich aus dem Staub gemacht!«

»Aus dem Ballon … Aber wie?«

»Das weiß ich nicht …«

»Aber kann's nicht sein, dass sich dein Carl Gusti selber in den See hineingesteuert hat? Suizid?«

»Schmarrn. Nie. Er war lebensfroh. Wir ham noch so viel miteinander vorg'habt!«

»Dann war's ein Unfall.«

»Mord!«

»Und wie?«

»Ich war im Ballonmuseum in Gersthofen. Da gibt es einen Fachmann ...«

»Den alten Eichele?«

»Ja ... der hat sich schon gewundert, dass schon wieder jemand so dumm nachfragt, wie man sich in einem Ballon umbringen kann ... Er hat g'sait, erscht vor vierzehn Tag war so ein alter Depp da ...«

»Noch einer ...? Ich war nämlich auch da ... und der alte Depp kann ich nicht gewesen sein ...«

Sie schaute mir in die Augen, wieder sah ich einem Schimmer von Leben.

Ich sagte: »Alt bin ich net und ein Depp bin ich auch net!«

Sie lächelte. Milde.

Ich sagte: »Wahrscheinlich ist der selber so alt und deppert. Projektion!«

Sie schnaufte, sagte, mehr zu sich: »Mannsbilder!«

Fuhr dann fort, ernst: »Der hat gesagt, so einen Ballon kann man auch fernsteuern. Mit einem einfachen Smartphone.«

»Und wer war der Fernsteuermann?«

»Sie!«

»Ich?«

War sie jetzt paranoid geworden?

»Noi, itta du. Sie ... die Hex!«

Im Gang hörte ich erregte Stimmen.

Ich setzte mein Kopftuch wieder auf, rückte meinen BH zurecht, ergriff Kübel und Putzlappen, sagte: »Die Zeit ist um!«

Sagen alle Psychoanalytiker. Das Amen in der Stunde.

Ich sagte, eindringlich: »Schnell, sag in zwei Sätzen, wie es nausgegangen ist!«

»Ganz einfach. Du hast mir die Spielrein ausfindig gemacht ... Ich bin dann nach Köln und hab mit ihr g'redt. Sie lebt mit ihrem Lover zusammen. Und mein Carl Gusti musste sterben, weil er zu viel wusste. Er hätte die neue Identität vom Hardenberg jederzeit auffliegen lassen können.«

»Und sie hat dir alles brühwarm erzählt? Ich hab sie auch gesucht, hab denkt, ich hätt sie gefunden, aber sie schaut ganz anders aus, als wie ich sie noch von Kempten her kenn. Die Nas! Die, wo ich kenn, hat eine Hakennas g'habt. Und die in Köln hat eine Stupsnas … und heißt anders!«

Sie lachte.

Mich aus.

Sagte: »Schon mal was von plastischer Chirurgie gehört?«

»Ja … aber … ah so … natürlich!«

Kam mir ziemlich blöd vor.

»Und sie ist schwanger!«

»Auch plastische Chirurgie?«

»Nein. Echt. Ich hab mit meiner Stricknadel auf ihr Bäuchle gedrückt, und da ist sie richtig gesprächig geworden …«

Die streitigen Stimmen auf dem Flur waren nun direkt vor der Tür.

»Ich muss weiter. Den Rest rausfinden!«

Sie versank wieder in ihrer wiegenden Katatonie.

Ich hatte schon den Türgriff in der Hand, drehte mich noch mal um, sagte: »Übrigens: Sie ist nimmer schwanger.«

Es riss sie, als wär sie an einem Defibrillator angeschlossen, ihre Augen wetterleuchteten.

Ich sagte: »Bei deinem Anschlag auf die Bahn war sie dabei …«

»Deshalb war ich ja da … die Hex und ihren Teufel und ihren Balg in die Luft jagen … aber …«

Sie zuckte mit den Schultern, versank zurück in sich.

Ich sagte: »Auf dem Weg in die Uniklinik hat sie entbunden … von dem Schreck …«

Ich machte eine Pause.

Sie schaute mich noch mal kurz an, ich sagte: »Totgeburt!«

Sie hatte mit einem Schlag wieder Farbe im Gesicht.

Sprich nur ein Wort, so wird meine Seele gesund …

52 Zu mehr als allem fähig

Allgäuer Rentner rettet Jecken am Drachenfels.
Islamistischer Anschlag auf Drachenburg.

Islam gegen Karneval. Die Grundfesten europäischer Kultur bebten, als …

Verbietet die Burka!

Und ähnlicher Unsinn stand in den Zeitungen.

Auch in der Allgäuer Rundschau.

Sie lag im »Schwarzen Adler« aus.

Ich trat ein, Sonntagfrüh, nach der Messe.

»Broschd!«

»Broschd! Bär!«

»Broschd! Unser Bär!«

Standing ovations der Schafkopfspieler.

Die Maria mit der roten Mähne stellte mir ein frisches Bier auf meinen Tisch in der Ecke der Gaststube.

Abseits.

»'s got aufs Haus!«, sagte sie.

Oha!

Ich nahm die Halbe, sagte schneidig in die Runde: »Broschd, Kameraden, broschd! Broschdbroschdbroschdbroschdbroschd!«

Wie beim Militär. Oder der Burschenschaft.

Vom Outcast zum Helden.

Dachte: Ihr könnt mich alle am Arsch lecken!

Sagte: »So ein Empfang! Da kommen einem gleich die Tränen.«

Schnäuzte mich. Vor einem Jahr war ich noch der Alki, mit dem kaum einer geredet hat.

In einem Jahr …

So ein Stimmungsumschwung der öffentlichen Meinung geht schnell.

»Dank euch schön!«

Einer mischte die Karten.

»Herz ist Trumpf!«

Die ersten Karten knallten auf den Tisch.

Einer sagte dazwischen: »Und wennst zum Seehofer gehst, sag ihm, des mit dem Milchpreis got itta! Wenn des so weitergeht, dann …«

Er ließ offen, was dann wäre.

Vermutlich AfD statt CSU.

Ich war zur Preisverleihung ins Maximilianeum nach München geladen. Bayerische Verdienstmedaille für Verdienste um die innere Sicherheit. Die von NRW hatte ich schon. Ehrenbürger von Bonn war ich schon. Diplomatische Verhandlungen auf Ministerialratsebene waren erfolgreich verlaufen.

Meine Lebensversicherungen.

Vorläufig.

Es würde auffallen, wenn's mich nicht mehr gäbe …

»Du kannst nicht zurück auf deine Alm«, hatte Stanzi gesagt.

»Keine Angst«, hatte ich erwidert, »ich lass mir neue Schlösser einbauen. Vom Schlossers Michl. Da bin ich sicher wie in Abrahams Schoß!«

»Bleib hier, Emil. In Köln.«

Sie hatte Tränen in den Augen. Sagte: »Die sind zu allem fähig!«

»Ich bin zu mehr als allem fähig!«, protzte ich.

Hatte keine Ahnung, was mehr als alles ist.

Noch nicht.

Sie gab mir ein Bussi, machte mir das Kreuzzeichen auf die Stirn.

Stanzi ist katholisch.

Aber ganz nett.

Ich protestierte nicht.

Ich glaub an so was nicht. Aber es hilft.

Ich saß schon im Auto, drehte den Zündschlüssel rum.

Stanzi sagte: »Ach, übrigens: Bei uns in der Klinik ist eine neue Patientin. Von der Geburtshilfe überwiesen. Totgeburt. Schwer depressiv. Traumatisiert! Sie sagt nur ein Wort, und das immer wieder.«

»Welches?«

»Sakrament!«, sagte sie. »Was bedeutet das?«

Sakrament, dachte ich, das ist sie, meine Ex-Supervisandin. Ich behielt meine Weisheit für mich. War besser für Stanzi und ihre Behandlung. Ich sagte, ganz neutral: »Sakrament bedeutet Heilmittel. Ein Sakrament ist in der Theologie so was wie Aspirin in der Medizin. Hilft gegen alles.«

»Die Arme!«

Fand ich nicht …

Ich sagte Stanzi auch nicht, dass »Sakrament« der Titel der Dissertation ihrer Patientin war. Das Sakrament der Liebe. Und dass die ihren Mann umgebracht hatte. Aus lauter Liebe.

Den Spasti.

Den Geliebten der Allgäuer Terroristin.

Ein Hieb auf die Schulter riss mich aus meinen Erinnerungen.

Das Bier schwappte über.

»Unser neuer Ehrenbürger«, röhrte er.

Der Bürgermeister von Tal.

Ehrenamtlich.

Es langte mir.

Vom Säufer zum Heiligen.

Eines so unerträglich wie das andere.

Ich ließ mein schales Bier stehen. Stieg auf zu meiner Alm.

Unruhig.

Getrieben.

Mein ist die Rache …

Zwei Typen liefen noch frei rum.

Ungestraft.

Den einen kannte ich.

Den anderen wahrscheinlich auch.

Beide wussten, was ich wusste.

Guter Grund, mich aus dem Weg zu räumen.

Die oder ich.

Ich entschied mich für die.

Die aus dem Weg räumen.

Bevor sie mich …

53 Test

Ich fuhr mit meinem Mountainbike nach Kempten.

Klinikum.

Dr. Vasthi Graf. Tochter meines verstorbenen Freundes Rössle. Mutter meines Patenkindes Anna.

Sie thronte hinter ihrem Chefärztinnenschreibtisch vor einer Unterschriftenmappe und unterschrieb Zeug.

Mechanisch.

»Wo kommst du denn her?«

»Ich war eine Weile weg.«

Sie kritzelte weiter. Eine unleserliche Unterschrift nach der anderen.

Geistesabwesend.

Bot mir keinen Stuhl an.

Ich nahm mir einen.

Sie schaute auf, irritiert, sagte: »Ich hab nämlich nicht viel Zeit.«

Wieder ganz die alte. Unausstehlich.

Nach unserem kurzen Schmuse-Intermezzo vor einem Jahr.

Ich sagte: »Das passt ja. Ich auch nicht.«

»Was willst?«

»Einen Aids-Test.«

»Was?«

Auf einen Schlag hatte ich ihre ungeteilte Aufmerksamkeit. Sagte: »Ich war im Fasching in Köln … und …«

Ihre Augen wurden kalt und grau wie die Iller bei Dauerfrost.

»So!«

»Ja.«

»Dann gehst zu deinem Hausarzt, der nimmt eine Blutprobe, und die geht ins Labor, und in ein paar Tag weißt du's!«

»Könnst net du … vertraulich … schnell … ich genier mich nämlich …«

»In Köln hast dich aber nicht geniert. Z'erst flicken wir dich zusammen, und dann …«

»Aber …«

»Hau ab!«

»Aber …«

»Abhauen, hab ich g'sagt. Schwing dich! Verschwind …«

Ganz leise sprach sie.

Ganz scharf.

Messerscharf.

Eisig.

Ich fror.
Super-GAU.
Ich stand auf, ging zur Tür, schaute mich noch mal um, sie zündete sich eine Gauloises an, ihre Finger zitterten.
Gauloises, das Letzte, was uns noch verband.

54 Positiv

Der Doktor von Tal hockte in seiner Ordination.
Das Wartezimmer war mäßig gefüllt.
Ich war der Einzige.
Johanna sagte: »Der Herr Doktor hat gleich Zeit für dich. Er studiert noch.«
Johanna war seine Sprechstundenhilfe.
Sie tippte was in ihren PC ein.
Wahrscheinlich die Lottozahlen.
Über dem Behandlungszimmer summte ein Schild mit Beleuchtung: »Der Nächste, bitte.«
Ich.
Jeder ist sich selbst der Nächste.
Der Doktor legte seine Studie weg.
Ein Buch.
Mit einem Rinderporträt drauf. Titel: »Kruzifix«.
Machte wohl eine Fortbildung in Veterinärmedizin. Oder einen Glaubenskurs bei der Caritas.
»Der Herr Dr. Bär!« Jovial. »Was macht denn unser Meniskus?«
Ich sagte: »Was Ihr Meniskus macht, weiß ich nicht. Meiner gibt eine Ruh. Ihre Therapie hat voll angeschlagen. Einzigartig!«
Er stutzte.
»Welche Therapie?«
»Sie haben mir doch gesagt, was ich machen soll …«
»Ah so … Was hab ich denn g'sagt?«
»Nix.«
»Und was ham S' dann g'macht?«
»Nix.«

»Und es hat geholfen?«

»Ja!«

»Schauen S', ein Beispiel für die Effizienz der Naturheilkunde … Selbstheilungskräfte … Autopoiesis …«

Und so weiter. Bla, bla.

Dann: »Was führt Sie denn heut zu mir? Das andere Knie?«

»Nein …«

Ich druckste rum, schaute auf die Tür, sagte: »Was arg Vertrauliches … nicht dass jemand mithört!«

Mit »jemand« meinte ich Johanna.

Er sagte: »Die Tür ist schalldicht, keine Angst. Was Urologisches?«

»In der Richtung, ja. Ich war nämlich im Fasching im Rheinland … und … jetzt bräuchet ich einen Aids-Test.«

Er lachte, sagte: »Respekt! In Ihrem Alter.«

Ich mochte ihn, den Doktor, immer lieber.

Er entnahm mir eine Blutprobe. Ich schaute weg. Hab's nicht so mit Blut. Schon gar nicht mit meinem eigenen.

Er blickte stolz auf das Gläschen, das mich an die Rumaroma-Gläschen meiner Oma erinnerte, wenn sie Plätzchen backte. Er sagte: »Das geht morgen weg, die Johanna bringt es ins Labor, und in ein paar Tag ham S' das Ergebnis.«

»Mir pressiert's aber. Ich bin ein schlechter Warter. Da bricht meine Restneurose wieder aus, beim Warten. Kann ich die Probe nicht gleich selber ins Labor bringen?«

Nach etlichem Hin und Her fuhr ich mein Eigenblut nach Kempten ins Labor.

»AlpenLab«.

»Wissenschaftliches Labor PD Dr. Gabriella Gigele«.

Läutete.

Sagte zu der Dame am Empfang: »Ich möchte die Frau Professor Dr. Gigele sprechen.«

»Termin?«

»Eilig!«

»Geht nicht!«

Ich dachte, du g'schnappiges Luder, du g'schnappiges!

Sagte: »Wollen S' Ihre Stelle noch länger behalten?«

Sie richtete sich auf wie eine Kobra vor dem Zuschnappen, züngelte: »Aber gell … jetzt aber … das lass ich mir nicht gefallen …!«

Ich lächelte pastoral, sagte: »Ich mein's ja nur gut mit Ihnen. Hier ist mein Ausweis. Von der Stiftung Warentest. Wir prüfen und testen alle Labore im Allgäu, Bayern, bundesweit … weltweit!«

Nur das Universum ließ ich aus.

Zückte meinen alten Dienstausweis und steckte ihn gleich wieder ein.

»Aber da wissen wir ja gar nix davon.«

»Das ist ja gerade der Sinn der Sache. Die Prüfung ist inkognito. Anonym. Kein Labor weiß vorher von nix. Ein echter Test. Echt wissenschaftlich.«

Sie dachte.

Ich redete: »Und wenn ich in meinen Bericht hineinschreib: AlpenLab von Frau Privatdozentin Dr. Gigele lässt sich nicht unangemeldet testen, ham S' gleich verschissen. Andererseits können das AlpenLab und Ihre Chefin ganz groß rauskommen.«

Sie kriegte große Augen.

Vom Verstehen.

Ich legte nach: »Und Sie auch. Mit Foto. Die Presse ist schon einsatzbereit. Am besten, Sie holen jetzt Ihre Chefin und gehen sich dann sicherheitshalber schminken. Fürs Foto …«

In zwei Minuten war die Chefin da. Zeigte mir alles, was ich nicht wissen wollte.

Ich sagte: »Wir prüfen sehr die Sicherheit … Wo und wie bewahren Sie zum Beispiel positive Aids-Proben auf?«

Sie deutete stolz auf ein Hängeregal: »Die sind hinter Glas, hier – die Monovettenständer mit den positiv getesteten Proben.«

»Panzerglas?«

»Nein … normales Schiebefenster. Wer sollte denn Interesse an positiven Proben haben …«

Ich dachte: ich.

Ich sagte: »Mensch, ich müsst dringen einmal … Prostata, Sie verstehen schon, das Alter …«

Sie wurde rot. Zeigte mir das Klo.

Ich bediente erst die Spülung. Dann mein Smartphone. SMS. Unter »Entwurf« gespeichert.

Drückte auf »Senden«.

Innerhalb von zwei Minuten war ich zurück.

Sie lächelte, sagte: »Das ging aber schnell …«

»Ja mei, bei dene paar Tröpfle …«

Sie, wieder amtlich, fuhr fort: »Also, wie gesagt, hier stehen die positiven Proben … und dort …«

Alarmglocken schrillten, Martinshörner wurden lauter, Feuerwehrsirenen heulten sich näher. Polizeistreifen erschienen.

PD Dr. Gigele stürzte hinaus. »Um Gottes willen, was ist denn da los?«

Ich bediente mich an dem, was ich brauchte.

Nahm schnell meinen Kittel aus dem Rucksack, schlüpfte hinein, Gamsbarthut auf. Machte ganz auf Hausmeister.

Polizisten, Spürhunde, Feuerwehrleute rannten im Schweinsgalopp heran.

Ich hielt ihnen die Tür auf.

Und verschwand.

Mission completed.

55 Nadel im Nacken

Der Schlossers Michl war schwer beschäftigt.

Hatte einen Schweißbrenner in der Hand.

Schutzbrille auf.

Ich streifte mit einem kurzen Rundblick seine Pin-ups. Junge Burschen mit Waschbrettbäuchen und knackigen Popos mit und ohne Heißluftballons, in oder vor Heißluftballons. Ein Plakat: *Sommer-Ballonfestival Bonn.*

Soso.

Ich schloss die Werkstatttür von innen, drehte den Schlüssel rum.

Wollte ungestört plaudern.

Michl schweißte hochkonzentriert.

»Ich hab jetzt für nix Zeit …«, sagte er zu seinem Schweißbrenner.

Ich trat hinter ihn, sagte: »Was du in deinem Genick spürst, ist eine Nadel. Wenn du dich bewegst, ist sie drin. In deinem Gnack … mit dem da …«

Ich hielt ihm die Monovette mit dem Blut drin, halb voll, vors Gesicht.

Mit einem Totenkopf drauf, Aufschrift: »Vorsicht – HIV positiv!«

Er ließ seinen Schweißbrenner fallen.

Auf seine Füße.

Arbeitsschuhe. Stahlkappenverstärkt.

Meine Nieren stachen. Körpererinnerung.

Ich stellte sicher, dass mein Smartphone auf »Aufnahme« stand.

Die Schutzbrille hatte er noch auf.

Ich versuchte einen Schuss ins Dunkel. Nichts macht gesprächiger als falsche Behauptungen.

Ich sagte: »Du hast den Pfarrer umgebracht, im Ballon. Du bist mitgefahren … Wenn die Polizei das erfährt, kannst dein Etablissement hier zuschweißen.«

»Schmarren. Ich war's nicht …«

»Wer dann?«

Ich verstärkte den Druck der Nadel in seinem Genick.

»Er hat sich mit dem Spielrein, dem Religionslehrer, getroffen. Die haben sich von früher her gekannt. Ich war nur für die Navigation zuständig. Wie wir gefahren sind, haben sie angefangen zu streiten, der Pfarrer und der Spielrein …«

»Warum streiten?«

»Weil … der Spielrein hat rausgekriegt, dass der Pfarrer mit seiner Frau … was g'het hot. Der Spielrein war eifersüchtig wie die Sau und ist dann auf den Pfarrer losgangen … mit dem Messer … und hat ihn …«

»Erstochen?«

»Des weiß ich nicht. Der Pfarrer ist jedenfalls zammbrochen, und der Spielrein wollt dann auf mich los … Ich hab g'merkt, mit dem Brenner stimmt was nimmer, man kann den Ballon nicht mehr steuern … und ich hab die Panik gekriegt und bin nausgesprungen …«

»Einfach so nausgesprungen. Aus dreihundert Metern Höhe. Bist zum Vogel mutiert? Ich glaub, du hast einen Vogel, dass du glaubst, ich glaub dir das. Also …«

»Nicht zustechen! Ich sag dir doch, wies wirklich war. Ich bin mit dem Fallschirm abgesprungen. Ich hab immer einen Notfallschirm dabei.«

»Und der Spasti … ah, der Spielrein?«

»Keine Ahnung.«

»Hat sich in Luft aufgelöst?«

»Wois itta. Vielleicht hat er den Fallschirm vom Pfarrer genommen … oder ist in den See gehupft …«

Ich dachte an den hinkenden Mönch und die hinkende Terroristin … sollte der Spasti doch noch am Leben sein … verschwunden … in Bonn? … Kohlte mich der Schlossers Michl doch nicht an?

»Ich hab einfach geschaut, dass ich wegkomm.«

»Und der Polizei hast auch nix g'sagt …«

»Ich wollt mich in nix hineinziehen lassen. Die hätten mir vielleicht nicht geglaubt.«

»Und ich soll dir glauben?« Ich drückte die Nadel in seine Haut, sagte: »Ich glaub dir kein Wort! Von wegen Fallschirm, Märchen erzählst du mir. Sprich dein letztes Vaterunser …«

Die Haut unter der Nadel spannte sich.

Er machte heftige Rüttelbewegungen.

Ich sagte: »Rühr dich nicht, sonst stech ich ein. Aids!«

Sein Genick war schweißnass, er roch unangenehm, als hätt er in die Hose geschissen, er keuchte: »Ich war's nicht. Ich war bloß fürs Navigieren zuständig. Er hat ihn erstochen!«

»Und du hast den Ballon auf Kurs gehalten?«

»Ja.«

Ich drückte die Nadel stärker gegen seine Haut.

Unter Schlossers Michls stahlkappenverstärkten Schuhen bildete sich eine gelbe Wasserlache. Seine Nieren machten Sonderschicht.

»Ich schwör, ich hab ihn nicht umgebracht!«

»Und wer hat ihn dann umgebracht?«

»Der von Hardenberg, der Pfarrer. Er hat den Spielrein erstochen … Wir haben den Ballon ganz niedrig fahren lassen … übers Ostende vom See … dann sind wir ausgestiegen … ins Wasser …«

»Und der Ballon?«

»Ist weitergefahren …«

»Auf den Staudamm zu. Von ganz allein. Erst aufgestiegen und dann wieder abgestürzt … ganz von selber … Hör auf!«

»Er ist gesteuert worden. Mit der Fernsteuerung.«

»Von wem?«

»Von der Spielrein. Sie ist am Badeplatz gesessen und hat ihn mit ihrem Smartphone gesteuert …«

»Und hat ihn dann explodieren lassen.«

Schlossers Michl nickte. Schwitzte. Klapperte mit den Zähnen.

»Und von wo kennt ihr euch, der Pfarrer und du, sein Vertrauensmann?«

»Zufällig …«

»Schmarrn. Ich stech gleich zu!« Verstärkte den Druck der Nadel in seinem Genick noch mal.

»Wir waren früher Ministranten.«

»Und da habt ihr beide wohl Fallschirmspringen und Nahkampf gelernt. Wie man Leute krankenhausreif prügelt.«

Druckverstärkung.

»Nein … bei der Polizei …«

»Bei welcher Polizei?«

»Bundespolizei. GSG 9 … Wir haben uns da wieder getroffen. 2007 Medebach, Sauerlandgruppe … 2008 Desert Fox in Ägypten … 2008 Somalia, der Frachter ›Hansa Stavanger‹ …«

Er geriet fast ins Schwärmen.

»Ich hab denkt, der von Hardenberg war Militärpfarrer.«

»Ja, und ich sein Assistent. Militärseelsorge. Und später dann Bundespolizei. Wir haben alles mitgemacht, die ganze Ausbildung. Auch zum Selbstschutz.«

»Die GSG 9 braucht Seelsorge?«

»Grad die!«

»Und dann hat der von Hardenberg ein bissle zu viel geseelsorgt. Vor allem die Damen … und ist in Tal gelandet. Bei seinem

Busenfreund. Bei dir, seinem Vertrauensmann. Sag, warum ist der von Hardenberg in Therapie gegangen zu der Spielrein?«

»Äh … wir haben Schwierigkeiten gehabt. Wenn man in so Einsätzen ist bei der GSG, da wächst man zusammen … Kampfkameradschaft … Und er hat's dann mit den Nerven gehabt … Und deshalb ist er zur Spielrein … und die«, seine Tonlage änderte sich, »sie hat ihm den Kopf verdreht, die Hur!«

»Wie groß war denn euer Vertrauen zueinander?«

»Total. Kampfkameradschaft. Die ist wie Kriegskameradschaft … Die ist unzerbrechlich …«

Marmor, Stein und Eisen bricht …

»Ist dein Intimfreund bisexuell?«

Der Michl nickte. »Drum war's ja so schwierig. Drum war er so fertig mit den Nerven.«

»Und du … warum hast du deinem Kamerad geholfen, den Spielrein umzubringen, wo er doch ein Verhältnis mit der Hur hat?«

»Er hat gesagt, wenn ich ihn im Stich lass, ist es für immer aus mit uns zwei … und …«

Seine Stimme wurde weinerlich: »… und ich wollt ihn nicht verlieren … lieber ihn mit der Hur teilen … als ohne ihn … er ist mein Leben …«

»Und wo ist dein Busenfreund jetzt?«

»Keine Ahnung … Er hat sich in Sicherheit gebracht.«

»Wo?«

»Hat er mir nicht gesagt. Damit er sicher ist.«

Machte Sinn.

Es trommelte an die Tür.

Ich sagte: »Ich schau, ob das wahr ist. Deine Geschichte. Dann ist der Käs g'essen. Wenn nicht, komm ich wieder. Mit Spritze. Ohne Unterhaltung.«

Ich packte die Spritze weg, sperrte die Werkstatttür auf. Ein junger Kerl schrie: »Was ist denn da los? Ich wart auf den Auftrag … Wo ist der Michl?«

Michl war weg.

Ich sagte: »Duschen. Der Auftrag war so schweißtreibend.«

Ich schaute, dass ich auf und davon kam.

Stolperte über eine Dose. Sie schepperte den Boden entlang. Ich hob sie auf, schmiss sie geistesabwesend in mein Auto.

Auf der Alm warf ich meinen Laptop an, schickte unsere gepflegte Unterhaltung an den Notar Müller-Wohle in Kempten mit dem Vermerk: »Nur im Falles meines Todes zu verwenden.« CC an Schlossers.Michl@t-online.de.

56 Amtshilfe

Das Frühjahr verschlief ich.

In Kaufbeuren.

Irrenanstalt.

Wegen Depression. Ein Hammer von Depression.

Hatte mich selbst eingewiesen. Sicherheitsverwahrung.

Damit ich mich nicht umbrachte.

Damit andere mich nicht umbrachten.

Oder ich andere nicht umbrachte.

Träumte jede Nacht die gleiche Szene:

Einer von zwei vermummten Typen steht vor mir, bewegt seine Hand auf mein Gesicht zu, langsam, als wollte er mir eine Hostie reichen.

Dann kracht es. Bei mir im Gesicht.

Meine Nase.

Ich klappe zusammen wie ein Taschenmesser.

Dann ein Stich von Schmerz in meine Nieren.

Also wirklich Stahlkappen!

Wie ein Fötus liege ich am Boden, kotze, halte mir die Hände übern Kopf.

Warte auf den Baseballschläger. Den Schlagring.

Vier Stahlkappen treten auf mich ein.

Ich bin eine Ratte, die erschlagen wird.

Erwachte schweißgebadet.

Die Therapeutin sagte: »Sie müssen sich ausweinen.«

Ich sagte: »Einen Dreck muss ich!«

Sie schnappte: »Dann kann ich Ihnen auch nicht helfen. Wenn Sie nicht loslassen wollen …«

Wolln hätt ich schon. Aber können hab ich nicht.

Jeden Montag nahm ich frei. Babyschwimmen mit meiner Tochter Emily.

Meine Therapie.

Sie kümmerte sich nicht um meine Depression.

Tat mir gut.

Die ersten Heißluftballons schwebten wieder durch die Allgäuer Luft.

Ein Mörder lief noch frei herum.

Bevor ich mich umbrachte, oder umgekehrt, musste ich ihn noch kriegen.

Mein ist die Rache, spricht der Herr.

Ich bestand darauf, ihm Amtshilfe zu leisten.

Dem HERRN.

57 Arm in Arm

Ich fuhr mit meinem alten Golf nach Köln.

Zur Stanzi.

Zum Sommer-Ballonfestival Bonn.

Start an der Rheinaue.

Fahrt übers Siebengebirge.

Am Drachenfels vorbei. Oder drüber.

»Ich muss noch g'schwind weg«, sagte ich zu Stanzi.

»So spät? Ist doch gleich Mitternacht. Soll ich mitkommen?«

»Ach, ich brauch noch ein Stündle oder zwei für mich. Meditieren.«

Log ich.

Sie schmollte.

»Schaust auch aus wie ein Mönch«, maulte sie.

Ich hatte an:

Schwarze Joggingschuhe.

Schwarze Jeans.
Schwarzes Kapuzensweatshirt.
Schwarze Balaklava.
Im schwarzen Rucksack.
Sie deutete auf den Rucksack, fragte: »Was hast du denn da drin?«
»Bibel und Kölsch. Fördert die Meditation.«
Sie glaubte mir kein Wort.
Sah ich ihr an.
»Vergiss den Schlüssel nicht!«
Ich wohnte in ihrem Haus.
Gästezimmer.
Comme il faut.
Ich fuhr mit meinem Golf Richtung Bonn.
Hielt mich genau an die Geschwindigkeitsbegrenzungen.
Fiel mir schwer.
Aber eine Polizeikontrolle war das Letzte, was ich brauchen konnte.
Die Rheinaue war von einem Sicherheitsdienst bewacht.
Privat.
Arbeitslose Sozialarbeiter, pensionierte Ministerialbeauftragte, schlaflose Rentner und so …
Kinderkram.
In weniger als fünf Minuten könnte ich den Sprengsatz am Korb befestigen.
Und das Steuerungsmodul für den Brenner.
Unbemerkt von den beiden Freunden.
Sie standen vor Michls VW Amarok mit OAL-Kennzeichen.
Daneben ein schwarzer Caddy mit Kölner Kennzeichen.
Schlossers Michl.
Und der andere.
Der Scheinwerfer einer Sicherheitsstreife tauchte beide für Sekunden in grelles Licht.
Ich fiel ins Gras.
Ich biss ins Gras. Vor Wut.
Der andere war ein anderer. Nicht der, den ich erwartet hatte: den Hanno von Hardenberg. Die Figur hätte gepasst.

Das Gesicht passte nicht. Es war jünger, gestraffter als in meiner Erinnerung.

Die Streife kam zurück. Tauchte die beiden nochmals ins Scheinwerferlicht.

Sie rauchten.

Tranken Kölsch.

Arm in Arm.

Der andere wischte sich den Schaum vom Mund.

Ich stutzte.

Kannte die Handbewegung. Wusste nicht, woher.

Er rülpste.

Mir stieß eine Erinnerung auf.

Ja, er war es.

Ich erkannte die Handbewegung.

Neues Gesicht, alte Handbewegung. Gesichter kann man operieren. Körperbewegungen nicht.

Mit dieser Handbewegung hatte sich Hochwürden Hanno von Hardenberg den Bierschaum vom Maul gewischt.

Also doch!

Die beiden Freunde … Herz und Herz vereint zusammen.

Ich hatt einen Kameraden …

Und ich hatte recht. Und die Liselotte Lot hatte recht, und der Schlossers Michl hatte nicht gelogen: Er und der Pfarrer Hanno von Hardenberg hatten gemeinsame Sache gemacht. Den Spasti umgebracht, aus dem Ballon ausgestiegen, die schwangere Madame Spielrein badete am See und ließ mit ihrem Smartphone den Ballon explodieren … und verstreute die Indizien diskret: Brille, Schuhe, Kollar, Lohnsteuerkarte von ihrem Lover … während ihr Mann zu Fischfutter verarbeitet wurde.

Ich machte mich aus dem Staub.

Warf noch einen schnellen Blick zurück.

Die beiden Busenfreunde knutschten.

Innig. Dachte an Gustav Klimts Bild. »Der Kuss«.

Dachte: Sie knutschen sich noch zu Tode!

58 Rattentraum

»Warst aber lang weg!«, sagte die Stanzi. Mit einem Hauch Vorwurf in der Stimme.

Ich sagte: »Meditation braucht Zeit.«

»Hat dich aber ziemlich durcheinandergebracht, deine Meditation. Du siehst ganz schön durch den Wind aus.«

Ich sagte nichts.

Sie hatte recht.

Ich kam mir vor wie in einem Alptraum ohne Aufwachen.

»Dann geh ich mal ins Bett.« Sie gähnte. »Dein Bett im Gästezimmer ist frisch bezogen.«

Ich druckste rum, sagte: »Ich bleib lieber hier im Wohnzimmer auf der Couch ...«

»Wieso?«

Ich schaute sie nicht an.

»Einfach so ... da kann ich besser schlafen ... ich hab nämlich leichte Einschlafstörungen.«

Die Untertreibung des Jahres. Ich konnte seit meiner Stahlkappenschuhbehandlung nur mit Licht schlafen. Hielt mich wach, damit ich nicht einschlief.

Damit ich nicht träumte.

Den Rattentraum.

Sie sagte: »Schau mich an!«

Ich schaute sie an, verschämt.

Sie sagte: »Schlafstörungen sind nicht selten. Sogar Bismarck litt an Schlafstörungen.«

»Der mit den Bismarckheringen?«

»Quatsch. Der Eiserne Kanzler.«

»Und was hat er dagegen getan?«

»Ich erzähl's dir.«

Sie hockte sich auf das Kanapee, sagte: »Komm, leg dich aufs Sofa.«

Ich drückte mich ans andere Ende vom Kanapee.

Sie machte eine einladende Geste. Richtung ihren Schoß.

»Leg deinen Kopf da hin.«

»Gehört das zur Behandlung?«

»Ja. Hier ist eine Decke. Deck dich zu.«

Ich tat wie mir geheißen.

Deckte mich zu, legte meinen Kopf in ihren Schoß.

Horchte.

Sie legte eine Hand auf meinen Kopf.

Ich schmolz.

Machte die Augen zu, damit die Tränen nicht rauskonnten.

»Du zitterst ja am ganzen Leib!«

Ich zitterte. Vom Scheitel bis zur Sohle. Ich hatte keinen Scheitel. Borste rustikal. Trotzdem. Biss die Zähne zusammen, damit sie nicht klapperten.

Sie sagte, ganz ruhig: »Wie gesagt, der Bismarck litt an Schlafstörungen. Die wurden so schlimm, dass er einen Arzt zuzog. Einen gewissen Dr. Schweninger. Der war ziemlich umstritten. Er hatte seltsame Heilmethoden … Der hat sich dann jede Nacht ans Bett vom Reichskanzler gesetzt und gewartet, bis der eingeschlafen ist. In der Früh, wenn der Patient aufwachte, ist der Dr. Schweninger wieder oder immer noch an seinem Bett gesessen. Das ging eine ganze Zeit lang so, man weiß nicht, wie lang, aber …«

Stanzis Stimme wurde immer ferner, wie in der Narkose.

»… aber wir wissen, dass Bismarck wieder schlafen konnte. Er machte den Dr. Schweninger zu seinem Leibarzt und nahm ihn überall …«

»Kaiserwetter!«, sagte ich zu Stanzi. »So was gibt's also auch in Bonn!«

»In Bonn gibt's noch viel mehr. Du weißt es nur noch nicht …«

Plinkerte mich an.

Die Ballons erhoben sich in den Morgenhimmel.

Wir saßen am Rande der Rheinaue, beim Biergarten am Pavillon.

Auf einer Decke im Gras.

Totaler Überblick.

Stanzi legte ihren blond gelockten Kopf in meinen Schoß, sagte: »Wie romantisch … wie schön, dass du wieder da bist.«

Ich war nicht da.

Ich war bei meinem Handy.

Und bei dem Heißluftballon mit dem Logo »Engelbräu«.

Die Brauerei aus Rettenberg. Allgäu.

Er schwebte dem Drachenfels zu.

»Warum interessierst du dich eigentlich so zwanghaft für Heißluftballons?«

Hieß wohl: Warum nicht für mich?

»Zwanghaft« war eine psychiatrische Beleidigung. Aber ich hatte Wichtigeres zu tun, als beleidigt zu sein.

Mein Feldstecher zeigte mir, dass der Ballon vom Engelbräu ungefähr fünfhundert Meter vom Drachenfels weg war.

Ich tippte eine Codenummer in mein Smartphone.

Deaktivierte den Brenner.

Aktivierte die Fernsteuerung.

Der Ballon sank.

Schwebte auf den Drachenfels zu.

Leute um uns setzten sich auf, sprangen erregt auf die Füße, schrien: »Der traut sich was, der Blaue mit Engelbräu drauf!«

»Die sind wohl suizidal!«

»Oder stockbesoffen!«

»Bayern!«

»Wenn der so weitermacht, knallt er direkt auf den Drachenfels …«

Ich tippte den Code ein. Den letzten.

Zünder aktivieren für Detonation. Wie ich es von ihr gelernt hatte. Der Lisl Lot.

5966.

Die letzte »6«, dann …

Der Engelbräu-Ballon zog majestätisch auf den Drachenfels zu, rammte den Fels, explodierte, eine Wolke wie ein Atompilz.

Dann Ruhe. Über allen Gipfeln ist Ruh …

Ein tiefer Friede erfüllte mich.

Dann eine Stimme aus den Wolken: »Mörder!«

Ich sah rot, schrie: »NEEEEIIIIN!«

»Emil! Emil! Was ist denn los mit dir?«

Stanzi rüttelte an mir.

Rüttelte mich wach. Halb wach.

Über mir sah ich keinen Heißluftballon.

Ihren Kopf sah ich.

Entsetzte Augen.

»Was hast du denn geträumt? Muss ja furchtbar gewesen sein.«

Ich wusste nicht, ob ich träumte. Träumte ich, dass ich in Stanzis Schoß lag? Träumte ich ihre Stimme?

Welcher Traum war Traum?

Sie stand auf, kam wieder, legte meinen Kopf in ihren Schoß, sagte: »Hier, trink. Ein Jäckchen!«

Meine Hände zitterten. Ich konnte das Glas nicht halten.

Sie flößte mir den Cognac ein wie einem Säugling in Panik.

Der Geschmack von Cognac hatte etwas Wirkliches an sich.

»Schmecket und sehet, wie freundlich der Herr ist …«

Erlösung. Die Wirklichkeit. Die Wirklichkeit erlöst. Vom Wahnsinn.

»Was hast denn geträumt?«

Ich nahm das Glas in die Hand, sie war ruhig genug geworden, sagte: »Einen Horrortraum!«

Ich erzählte ihn.

Sie sagte: »Furchtbar.«

Ich sagte: »Aber das Gute dran ist: Es ist das erste Mal in einem halben Jahr, dass ich was anderes geträumt hab …«

»Was anderes als was?«

»Den Rattentraum!«

»Erzähl.«

Ich zögerte.

»Du musst ihn mir erzählen. Damit er weggeht. Für immer.«

Sie hielt meinen Kopf.

Ich spürte ihre Wärme.

Fing an: »Der Rattentraum … Da komm ich heim auf meine Alm …«

Ich vergrub mich in die Stanzi, weil ich mich so schämte.

Ich erzählte, heulte wie ein Schlosshund, erzählte zwei Sätze, heulte, heulte, heulte …

Sie hielt mich durch die Heulkrämpfe hindurch.

Ich war wieder die Ratte.

Geschützt. Gewärmt. Gehalten.

59 Sieg

Am Sonntag schauten wir in der Rheinaue den Heißluftballons beim Aufsteigen zu.

Der Engelbräu-Ballon flog seelenruhig am Drachenfels vorbei.

Ich fühlte mich stark wie Wackelpudding.

Stanzi hielt mich fest.

Den Rest des Tages liefen wir den Rhein entlang.

Wasser beruhigt.

Hatte Stanzi behauptet.

Stimmt.

Mein letzter Weg in Köln führte mich in die Forensische Psychiatrie.

»Zu wem?«, fragte der Pförtner.

Ein Leichenwagen verließ das Gelände.

Zu meiner Linken. Bringt Glück, dachte ich.

Ich war überrascht. Dachte immer, in der Psychiatrie stirbt man nicht.

»Warum zu spät?«

»Die Frau Lot ist tot. Heute Morgen verstorben.«

»Wie?«

»Erhängt. In ihrer Zelle. Leintuch.«

»Warum?«

»Woher soll ich das wissen? Passiert öfter mit Terroristen. Erst bringen sie die Leute um, dann sich selber … Aber man hat was gefunden bei ihr.«

Er schob mir einen Umschlag zu. Ich sah, dass er schon mal geöffnet und dann wieder verschlossen worden war. Von einem Anfänger. Wahrscheinlich von einem Praktikanten. Immerhin, das ersparte mir eine polizeiliche Vernehmung.

Aufschrift: *Herrn Dr. Emil Bär. Wird abgeholt.*

Ich riss ihn mit zittrigen Fingern und Herzfrequenz zweihundertzwanzig auf.

Las:

Lieber Dr. Bär,

mit dem Tod von meinem geliebten Carl Gustav ging auch mein Leben zu Ende. Das Einzige, was mich weiter auf dieser Erde hielt, war ein Heißhunger auf Rache. Ich wollte seine Mörder umbringen. Ich wollte Gerechtigkeit. Sie haben mir dabei geholfen. Danke. Trotzdem bin ich gescheitert. Den Todesstoß hat mir die Nachricht im Kölner Stadt-Anzeiger versetzt. Leben Sie wohl!

Liselotte Lot

PS: Bitte sorgen Sie für meinen Opa im Pflegeheim. Bargeld liegt in der Tiefkühltruhe. Schloss-Code: 666.

Ich schluckte. Dachte: »Die Trennung der Liebenden«. Eine psychoanalytische Studie von Igor Caruso. Wiener Psychoanalytiker. Die Trennung der Liebenden ist der Tod im Leben. Meint er. Recht hat er.

Ich schnäuzte mich.

»Erkältet?«, fragte der Pförtner.

Ich nickte. »Sommergrippe. Gefährliche Keime bei euch hier in Köln.«

Schleppte mich am Rhein entlang.

Streifte planlos durch die Innenstadt.

Fand mich in einer Kirche wieder. Groß St. Martin, stand am Eingang.

Zündete eine Kerze an. Vor der Jungfrau Maria.

Sagte ins Halbdunkel: »Leb wohl, Lisl! Grüß mir deinen Spasti!«

Schaute mich um.

Ein paar alte Frauen saßen vor einem Seitenaltar, hielten einen Singsang, ich lauschte: »Jejröß bes du, Maria, met all dinge Jnad. De Härrjott es emme bei die. Du bess de Hüteste von all dänne Fraue. Et Hüteste es ävve datt, watt ons en de Weihnachtsnaach en et Kreppche jelaat häss. Hellije Maria, bee esu jot on donn jätt füe ons Sündere, jetz on och wämme ens drahn am stäreve senn …«

Wahrscheinlich Ausländer. Flüchtlinge. Jesiden?

Wie ich.

Ich huschte in einen Beichtstuhl.

Ohne Beichte.

Heulte.

Mir die Seele aus dem Leib.

Schon wieder.

Dann: Sonnenbrille auf.

Schleppte mich an den Rhein. Sank auf eine Bank.

Zog den Umschlag aus der Psychiatrischen noch mal aus meinem Trachtenjanker.

Fischte einen ausgerissenen Zeitungsartikel heraus.

Sah ein farbiges Foto mit zwei Männern Arm in Arm vor einem Heißluftballon mit einer Siegertrophäe. Pokal. »Engelbräu«.

Überschrift: *Allgäu und Rheinland fliegen und siegen vereint.*

Erfuhr: Das Freundespaar Michael Schlosser (Tal am See) und der Oberstleutnant der Reserve Horst Gneisenau (Köln) hatten am Wochenende in ihrer Klasse den internationalen Heißluftballonwettbewerb gewonnen.

Ich zerknüllte den Fetzen, fluchte: »Himmelherrgottsakrament! Wo ist denn deine Rache? Gott … verdammter!«

Ich trat einen Abfallbehälter um.

Leute schauten.

Weg.

60 Das Sakrament der Socken

»Was ist denn mit dir los?«, fragte Stanzi. »Schaust ja schlimmer aus als unsere schlimmsten Fälle in der Abteilung.«

Sie kam von der Arbeit. Psychiatrie. Abteilung Traumatherapie.

Ich lenkte ab: »Wie war's in der Arbeit?«

»Zum Verzweifeln. Wir haben da eine Patientin, die ist schwer traumatisiert, hat ihr Kind bei einem Unfall verloren.«

Wollte fragen: Bei welchem Unfall?

Drachenfelsbahn, fiel mir ein.

Aber fragen wollte ich nicht. Wollte Stanzi nicht in Schwierigkeiten bringen. Wegen Schweigepflicht und so …

»Keine Fortschritte?«

»Rückschritte. Freier Fall in die Depression. Sie isst nicht mehr, magert ab, redet nicht mehr, Medikamente schlagen nicht an, Citalopram, Mirtazapin, Amitriptylin, nützt alles nichts. Sie hockt vor der Wand, schaukelt wie die Juden vor der Klagemauer, murmelt monoton was von Sakrament … Sakrament … Sakrament der Liebe … Und wenn man ihr in die Augen schaut, schaut man ins Leere …«

Doch Drachenfelsbahn! Doch Melanie Spielrein.

»… und friert?«

»Ja, jetzt, wo du es sagst … Stimmt, ich hab die ganze Sitzung hindurch gefröstelt.«

»Typisch für Psychose.«

»Aber doch nicht für jede Psychose! Bei manchen wird's mir ganz heiß.«

»Wahrscheinlich bei den manischen …«

»Und bei den anderen?«

»Man kann es wissenschaftlich nicht erklären. Wenn das Böse herrscht … friert's einen … Das Sakrament des Hasses … Der Todestrieb!«

»Ach, du und dein Freud. Todestrieb. Erfindung einer kranken Psyche. Die Verhaltenstherapeuten kennen keinen Todestrieb und arbeiten sehr erfolgreich!«

Ich war angepisst. Auf meinen heiligen Vater Freud lass ich nix kommen. Ich sagte, gereizt: »Dann machts halt Verhaltenstherapie mit ihr. Am besten mit Wärmflasche. Dann hört das Frieren auf.«

»Dummes Zeug! Aber mir war tatsächlich nach Wärmflasche …« Ihre Augen wurden feucht. »Am liebsten hätt ich sie in den Arm genommen … Ich weiß, wie das ist … hab auch schon ein Kind verloren … Abgang …«

»Totgeburt ist Abgang hoch drei … der Tod im Körper … die Trennung der Liebenden … vor dem Leben.«

Tränen liefen ihr herab.

»Und warum nimmst du sie nicht in den Arm?«

Stanzi schaute streng. Sagte: »Abstinenz!«

Dachte: Ist die Abstinenz für den Menschen da oder der Mensch für die Abstinenz?

Scheiß-Psychoanalyse.

»Wärm mich!«

Ich rutschte neben sie aufs Kanapee, legte eine Decke um sie.

Und einen Arm.

Meinen.

Knetete ihre kalten Zehen.

Sagte: »Das passt jetzt nicht, aber trotzdem fällt's mir ein, weil wir gerade vom Frieren reden. Da gibt's eine wissenschaftliche Untersuchung … da wollten sie wissen, welche Faktoren die Orgasmusbereitschaft positiv beeinflussen …«

»Quatsch!«

»Ernst. Sie stecken zwei in die Röhre, Kernspin, Verkabelungen, Sonden, Messungen … das ganze Programm …«

»Und?«

»Nix. Keine statistisch relevanten Ergebnisse oder Korrelationen. Egal welche Stellung, Technik, Stöhnmusik, *Je t'aime* und so, Pornovisualisierung, Liebesgedichte, Senfsalben, Bachblütendüfte … und so weiter.«

»Jetzt machst du es aber spannend!«

Ihre Zehen wurden warm.

»… bis einem Praktikanten was auffiel … die entscheidende Beobachtung …«

»Ja?«

»Ihm fiel auf: Alle Paare, die zum Orgasmus kamen, hatten eines gemeinsam …«

»Die Liebe?«

»Die Socken!«

»Wie, Socken?«

»Alle, die Socken anhatten, kamen ruckzuck und mit Täterätätä … weil sie …«

Ich massierte ihre Füße.

»… weil sie warme Füße hatten!«

Sie kicherte.

»Das kann doch nicht wahr sein!«

»Die Wahrheit, nix als die Wahrheit!«

Sie schob die Pantoffeln von meinen Füßen. Fühlte. Sagte: »Du hast ja kalte Füße!«

»Ja. Ich muss heut Abend noch weg.«

Sie, enttäuscht: »Nein! Wohin denn?«

»Hoim.«

»Wo liegt Hoim? Ich kenn nur ein Hoima in Uganda.«

»Im Allgäu. Meine Alm. Heim.«

»Und warum so eilig?«

»Ich muss mir ein paar warme Füße holen!«

61 Aids

Gegen zehn Uhr abends, die Juninacht wurde endlich dunkel, fuhr ich übermüdet in Tal am See ein.

Im »Schwarzen Adler« brannte noch Licht. Die letzten Kartler.

Das Licht fiel durch die Wirtshausfenster auf die Eingangstür vom Schlossers Michl gegenüber.

Ein laminiertes A4-Blatt, Times New Roman, Schriftgrad zwanzig, klebte dran.

Ich stieg aus.

Schaute.

»Wegen Krankheit geschlossen«.

Sperrte meinen Golf ab. Ging in den »Schwarzen Adler«.

Die rothaarige Wirtin Maria schaute.

Die Kartler schauten.

Einer sagte: »Der Held kehrt heim!«

Lachen.

Ich sagte: »Der Held gibt eine Runde aus!«

»So g'hört sich's!«

»Des isch halt a Ma!«

»No a richtiger!«

Geplänkel.

Sie nahmen ihr Spiel wieder auf.

Mit dem frischen Freibier.

Maria setzte sich neben mich.

Rauchte.

War ja schließlich auch ihr Wohnzimmer.

Ich sagte: »Schenk dir halt auch was ein. A Gläsle Schampus.«

Sie errötete.

»I han bloß an Prosecco vom Penny.«

»Solang 's Wasser hupft …«

Sie schenkte sich ein Glas ein.

Sektglas.

Kultur pur.

Ich hielt ihr meine Zigarettenschachtel hin, sagte: »Gauloises … amal was anders?«

Sie nahm eine.

Wir rauchten.

Ich sagte: »Ich hab grad gelesen, der Schlossers Michl ist krank.«

Null Reaktion.

Ich weiter: »Schlimm kann's nicht sein. Vor ein paar Tag hab ich ihn noch mit seinem Freund beim Ballonfahren g'sehen. In Bonn.«

Sie zog an der Zigarette, dass ihre Wangen ganz hohl wurden.

»Was fehlt ihm denn?«

Sie, barsch: »I wois von nix!«

Das Gedresche und Geblöke der Schafkopfer verstummte.

Ich, in die Runde: »Weiß einer von euch, was ihm fehlt?«

Stummes Kartenspiel.

Kollektive Aphasie.

Ich sagte: »Maria, noch eine Runde und eine Runde doppelten Obstler dazu. Betthupferl!«

Meine Alkoholinjektion führte zu einer Stimmung wie bei Windstärke null an einem schwülen Tag am See von Tal.

»Prost!«

Einer sagte: »Dem fehlt halt sein Freund, der Pfarrer.«

»Aber der ist ja umgekommen bei dem Unglück letzten Sommer …«

»Ja, darum vielleicht … Er ist seitdem nicht mehr der Alte gewesen, der Michl.«

Ich warf ein: »Der Michl ist ja auch Vertrauensmann im Pfarrgemeinderat. Der hat doch immer mit dem Pfarrer die Hostien ausgeteilt.«

Einer mischte die Karten neu.

Sagte: »Der Pfarrer und sein Vertrauensmann … schwer vertraulich waren die zwei …«

Ich begriff nicht, sagte: »Oder ist er auf Brautschau, der Michl?«

Schweigen.

Total.

Wie eine Mauer.

Da half auch kein Schnaps.

Einem entwischte: »Ha, dass ich net lach … schöne Brautschau … der Michl …«

Ein anderer stand auf, sagte: »Ich muss jetzt hoim. Mei Kuh kalbt.«

»Meine auch!«

»Mei Alte kalbt itta, aber sie mault, wenn ich zu spät hoim komm.«

Ich: »Da hat's der Michl ja besser, der kann ausbleiben, so lang er will, da mault keine Alte, bei dem!«

Kein Kommentar.

Betretenes Schweigen.

»Servus!«

»Servus!«

Maria und ich saßen allein.

Ich sagte: »Scheiß-Stimmung. Was ist denn los?«

Sie, streng: »Über solchene Sachen redt man itta.«

»Was dem Michl fehlt?«

»Ja.«

»Was fehlt ihm denn?«

Sie nahm ihren Rechnungsblock von der Aktienbrauerei Kaufbeuren, schaute sich um, kritzelte vier Buchstaben mit ihrem Werbekuli von der Kreissparkasse drauf, schob es mir hin. Ich setzte meine Lesebrille auf, las.

Schweiß perlte auf meiner Stirn.

Mein Herz stolperte.

Sie zerriss den Zettel, legte ihren Zeigefinger auf die Lippen, sagte, leise: »Wennst hier in Frieden leben willst, haltst dein Maul!«

Ich nickte.

Hielt mein Maul.

Legte einen Fünfziger auf die Resopalplatte, verschwand ins Dunkel.

In der Gaststube ging das Licht aus.

Mir leuchteten die vier Buchstaben auf dem zerrissenen Zettel im Hirn:

»AIDS«.

62 Verreckt

Diese Nacht hatte der Teufel gesehen.

Auf halber Höhe zur Alm Scheinwerfer.

Am Anwesen vom Waltl-Bauer.

Mein Scheinwerfer fiel auf die Wand vom Bauernhaus.

Frisch aufgesprüht: *Mörder Verräter Verreck!*

Der Leichenwagen stand vor dem Hauseingang.

Die Herren in Schwarz schoben einen Sarg hinein.

Der Doktor von Tal stieg mit gebeugten Schultern in seinen Dienstwagen.

Alles klar.

So waren die Chirurgen immer aus dem OP gekommen, wenn die OP schiefgegangen war.

Die Polizei räumte ihr Zeug wieder ein.

Die Waltl-Bäuerin stand allein da.

Auf ihre halbe Höhe geschrumpft.

Ich stellte mich neben sie.

Beistand leisten.

Sie murmelte: »Jetzt ham sie es g'schafft, die Verbrecher. Alle Küh sind hi, der Rest verkauft.«

Der Kuhstall strahlte kaltes Dunkel aus.

Sie schaute mich an: »Auf'ghängt hat er sich!«

»Der Herr hat's gegeben …«

Sie nickte, sagte: »… *der Herr hat's genommen …«*
Ich: *»Gelobt sei der Name des Herrn …«*
Sie: »… der verreckte!«
Seelsorge im Allgäu.

63 Lausbubenstreich

Am nächsten Morgen: Kaiserwetter.

Schon wieder. Ich war grantig bis zum Gehtnichtmehr, das Wetter war wie Spott vom Himmel.

Ich klopfte einen Zettel an die Tür von der Alm. Kam mir vor wie Martin Luther beim Thesenanschlag:

»Geschlossen. Muaß gruebe.«

Für die Ausländer schrieb ich die Übersetzung drunter:

»Wegen Ruhebedürfnis geschlossen.«

Ich fuhr nach Maria Rain.

Pflegeheim Maria Hilf. Legte ein Bündel Fünfhunderter auf den Tisch des Verwaltungsbüros.

Ein Zehn-Quadratmeter-Zimmer mit Tisch und PC.

Sagte zu der Frau hinterm PC: »Für den Herrn Lot. Seine Enkelin ist verstorben.«

»Die Liselotte Lot …? Die nette … um Gottes willen … die war in letzter Zeit so gut drauf … An was ist sie denn g'storben?«

»An Liebeskummer.«

»Kann man da dran sterben?«

»Und wie!«

Sie schüttelte fassungslos den Kopf.

Ich sagte: »Wenn s' Geld ausgeht, rufen S' mich an. Hier ist mein Kärtle.«

Reichte es ihr: »Dr. Emil Bär. Consultant Bistum Augsburg«. Überbleibsel von einem früheren Fall.

Sie fragte: »In bar?«

»Bär zahlt bar.«

Sie schaute mich an, als wäre ich nicht recht im Kopf.

»Quittung?«

»Wenn die Pflege nicht erstklassig ist, kriegen Sie Ihre Quittung. Vom Bischof persönlich!«

An irgendwas muss man ja seine Wut auslassen.

Ich fuhr weiter nach Augsburg.

Nächstes Pflegeheim.

Meine Mutter besuchen.

Zwanzig Minuten.

Mehr für mein Gewissen als für sie.

Dann war ich reif fürs Pflegeheim.

Simste an die Stanzi: »Ankomme gegen zwanzig Uhr!«

Zwei Minuten später meldete mein WhatsApp: »Kerze brennt!«

Ich wischte mir die Augen frei.

Bekreuzigte mich.

Katholische Unsitte. Kerze und bekreuzigen.

Hilft.

Tuckerte auf der A 7, A 3 von Stau zu Stau.

Hinter Limburg Totalsperre.

Die Leute stiegen aus ihren Autos.

Schlechtes Zeichen.

Ich zündete mir eine an, griff auf den Beifahrersitz nach der Zeitung.

Die Allgäuer Rundschau.

Schlug sie gelangweilt auf.

Die Zigarette fiel mir aus dem Mund. Ich las:

Über dreißig tote Kühe nach Lausbubenstreich. Tragödie. Landwirtsfamilie erleidet hunderttausend Euro Schaden, aber die Haftpflichtversicherung will nicht zahlen.
Von M. Bär.

Schon wieder ein Bär. Hab ich etwa einen unbekannten Bruder … oder Sohn? Ich las weiter:

Oberallgäu. Es begann mit einem gewöhnlichen Lausbubenstreich: Der elfjährige Jonas (Name von der Redaktion geändert) aus dem Württembergischen hatte in den Osterferien beim Urlaub auf einem Bauernhof im Oberallgäu während des Spielens mit

einem Stecken Maissiloballen angestochen. Kleine Löcher entstanden, die keiner bemerkte. Im Inneren der Ballens wuchsen Schimmelnester, die man aber beim Verfüttern des Silofutters nicht sehen konnte. Die Folge: Die Kühe starben, der Hof musste geschlossen werden. Die Familie, die von der Milchwirtschaft lebte, verlor die Existenzgrundlage. Der Bauer nahm sich das Leben.
Veterinärmedizinische Untersuchungen ergaben schließlich, dass die Schimmelnester im Ballen die Ursache für das Drama waren.

Die Sonne heizte die Autobahn auf, die Autos, brachte mein Hirn zum Kochen.

Die Klimaanlage half auch nichts.

Ich hatte keine.

Der Gestank im Auto war zum Kotzen. Es roch nach ranzigem Schmieröl.

Hoffentlich lief der Motor nicht heiß.

Der Stau ruckelte ein paar Meter weiter. Ich war so in Gedanken, dass mein Golf einen Satz machte und abstarb.

Etwas schepperte unterm Sitz.

Ich griff nach unten, tastete, griff an eine schmierige Blechdose, las:

»MTN Industrial Mehrzweck Öl (400 ml). Mehrzweck-Schmiermittel aus Ölen, Lösungsmitteln und Zusätzen. Optimal zum Schmieren von Metallen und zum Schutz vor Korrosion«.

Die Sprühdose aus der Werkstatt vom Schlossers Michl.

Ich sprühte einen Strich auf die Titelseite der Allgäuer Rundschau.

Der Strich hatte die gleiche schwarzbraune Dreckfarbe wie das Graffiti am Haus vom Waltl-Bauer.

Ich warf meine verglimmte Zigarette aus dem Fenster.

Zündete mir eine neue an.

Dachte: So sieht also die wahre Geschichte aus. Die Geschichte hinter der Geschichte stand nicht in der Zeitung. Der Schlossers Michl wollte den Verdacht auf den Waltl lenken … Die Kühe waren an Schimmelvergiftung gestorben. Der Waltl-Bauer an Graffiti verendet. Gesprüht von Schlossers Michl.

Gott hab ihn selig, den Waltl.
Und seine Kühe.

64 Champagnerbad

»Wie schaust du denn aus?«, sagte Stanzi erschrocken.

»Vermutlich wie ein Sack voll Putzlumpen. Ein Stau am andern … Das sind Staufahrten, keine Autofahrten!«

Sie goss zwei Gläser Sauvignon Blanc ein.

Fragte: »Hast dir jetzt warme Füße geholt?«

Ich blies den Rauch aus. Sagte: »Eine kleine Wärme-Auffrischung wär jetzt schon recht!«

»Weißt du was? Ich lass uns ein schönes heißes Bad einlaufen!«

»Hast denn zwei Badewannen?«

»Wir teilen uns eine … christlich!«

Ich spürte meine Füße schon wieder kalt werden. Sagte: »Wir Protestanten baden immer getrennt.«

»Schon mal was von Ökumene gehört?«

»Ja, wenn das so ist …«

Wir plantschten bei Kerzenlicht und Champagner im Bade.

Stanzi sagte: »Unsere Patientin mit dem Trauma …«

»Die nix sagt außer Sakrament?«

»Genau die. Ich glaub, die kriegt die Kurve!«

»Oh, eine Wunderheilung? Habt ihr endlich die richtige Medikation entdeckt?«

»Nein. Wahrscheinlich Spontanremission.«

»Schönes Wort für Wunderheilung. Klingt oberwissenschaftlich … Glaubst du da dran?«

»Weiß nicht. Jedenfalls weint sie. Sie weint dauernd.«

Ich sagte: »Dann muss sie weniger bieseln.«

Stanzi ignorierte meine unprofessionelle Bemerkung. Sagte: »Sie weint. Es ist gut, dass sie weint.«

»Vielleicht ist es so wie mit dem Experiment und den Socken. Ein Zufallstreffer. Von einem Praktikanten …«

»Wir haben keine Praktikanten. Nur Putzfrauen.«

»Putzfrauen haben oft einen besonderen Draht zu den Patienten. Wie ich noch in der Klinik geseelsorgt habe, hab ich immer die Putzfrau gefragt, wie's den Patienten geht. Nicht den Chefarzt. Die Putzfrau hatte immer recht. Wie die Frisörin im Krankenhaus. Die hat immer gesagt: ›Ich spür an den Haaren, wie sie drauf sind, die Kranken.‹«

Stanzi wurde nachdenklich. Sagte: »Jetzt, wo du's sagst: Jeden Morgen, wenn ich in die Abteilung reingeh, kommt aus dem Zimmer meiner jungen Patientin eine Putzfrau raus. Mit Kopftuch. Eine echt türkische Mama. Heute hat sie mich angeschaut, auf die Zimmertür gedeutet und gesagt: ›Armes Kind. Brauchen Mama. Weinen. Viele weinen. Wein gutt!‹«

Stanzi machte eine Pause, sinnierte, fragte: »Du glaubst doch nicht, dass die Putzfrau sie jeden Morgen in die Arme nimmt …«

»… damit sie sich ausweinen kann. Könnt sein. Ich hab so was selber erlebt.« Ich drehte mich weg, weil ich feuchte Augen kriegte, sagte zum Fenster hinaus: »Mit dir. Neulich. Seitdem kann ich wieder schlafen. Jede Nacht. Ohne Alptraum.«

Sie tat, als hörte sie mich nicht. Sagte: »Und die ganzen Medikamente und Psychoanalyse wären dann für die Katz?«

»Nicht immer. Aber in dem Fall. Putzfrauen haben halt im Vergleich zu Psychoanalytikerinnen einen unschätzbaren Vorteil.«

»Welchen?«

»Putzfrauen unterliegen nicht der Abstinenzregel.«

»Ja, schon …«

Sie schaute schelmisch, lächelte, nahm ihr Sektglas, wir stießen an, sie sagte: »Unter gewissen Bedingungen unterliegen selbst Psychoanalytiker und Psychologinnen nicht der Abstinenzregel.«

»Unter welchen? Bei Lebensgefahr? Wenn's brennt? Im Weltall? Im ewigen Leben?«

Stanzi sagte: »In der Badewanne.«

Oh!

Ich sagte: »Und im Bett.«

Sie tat ganz abstinent, sagte: »Kein Kommentar!«

Wir lagen nebeneinander. Unschuldig wie frisch gebadete Säuglinge.

In Geburtstagskleidung.

Keusch bedeckt von Sommerdaunendecken.

Ich dachte an meine Falten.

Ich dachte, ob ich nach so langer Abstinenz wieder kann?

Ich dachte, vielleicht bin ich schon zu alt.

Ich dachte, hoffentlich bin ich nicht impotent.

Ich dachte, hoffentlich denkt sie nicht, ich bin impotent.

Ich dachte …

Sie drehte ihren blond gelockten Kopf zu mir, sagte: »Süßer. Du denkst!«

»Woher weißt du das?«

»Das seh ich dir an. Hör auf zu denken! Schalt dein Hirn aus.«

»Ich find den Schalter nicht!«

Sie lächelte, sagte: »Ich hab eine Idee, wo er sein könnte.«

Kam unter meine Decke.

Ich sagte: »Ja, genau da … ohhh … jahhhh … genau da! Sakrament!«

Xaver Maria Gwaltinger
DIE GESUNDBETERIN
Broschur, 304 Seiten
ISBN 978-3-95451-662-9

»Erzählt im unverwechselbaren Gwaltinger-Stil: höchst eigen, sehr direkt und mit eindringlichem Erzählton, der auch besonders durch den Humor des Autors geprägt ist. Aberwitzige Szenen, schwarzer Humor und unglaubliche Überraschungen machen ›Die Gesundbeterin‹ zum Pageturner.« Kreisbote Kaufbeuren

GWALTINGER/RAUCH
Heiliger Bastard
KRIMINALROMAN
emons: